Ariana Godoy

SIGUE MI VOZ

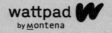

Sigue mi voz

Primera edición: agosto de 2022

© 2022, Ariana Godoy

© 2022, Penguin Random House Grupo Editorial, S. A. U.
Travessera de Gràcia, 47-49, 08021, Barcelona

© 2022, derechos de edición mundiales en lengua castellana:
Penguin Random House Grupo Editorial, S. A. de C. V.
Blvd. Miguel de Cervantes Saavedra núm. 301, 1er piso,
colonia Granada, alcaldía Miguel Hidalgo, C. P. 11520,
Ciudad de México

© 2022, Penguin Random House Grupo Editorial USA, LLC
8950 SW 74th Court, Suite 2010
Miami, FL 33156

penguinlibros.com

© 2022, iStockphoto LP, por los recursos gráficos de interior

ISBN: 978-1-64473-678-4

Impreso en México – *Printed in Mexico*

22 23 24 25 26   10 9 8 7 6 5 4 3 2

Este libro es para ti.
Es para mí.
Estas letras son un escape y una muestra de realidad
que espero sean calma en la tempestad.

Prólogo

Su voz.

No fueron sus ojos ni su apariencia lo que llamaron mi atención, fue su voz: delicada, suave, pero al mismo tiempo segura y varonil. Nunca pensé que alguien pudiera llegar a interesarme de esta forma con solo escuchar el sonido de su voz. Tal vez se debía al hecho de que era lo único a lo que tenía acceso desde las cuatro paredes de mi cuarto, lo que creaba una mezcla perfecta de circunstancias.

Me llamo Klara, sí, con K; he tenido que dar muchas explicaciones por ello. Y si mi nombre es ya motivo de conversaciones incómodas, pueden imaginar cómo ha sido mi vida.

Soy Klara con K, la chica que lleva setenta y seis días sin ser capaz de salir de su casa, y fiel radioyente del programa *Sigue mi voz.*

1

Escúchame

El sonido de las palomitas de maíz en el microondas me distrae, el olor se expande por toda la cocina e invade mi olfato. «Mmm, delicioso», pienso mientras sonrío, vertiendo la Coca-Cola en el vaso.

Este es mi momento favorito del día, lo único que me emociona de todas las horas que paso en esta casa. Saco las palomitas del microondas, tomo el vaso con la otra mano y me voy a mi habitación. A esto lo llamo la caminata de la felicidad. Un momento simple que, sin embargo, valoro con todo mi corazón; es interesante cómo apreciamos más las pequeñas cosas después de haber estado al borde de perderlo todo.

Me siento en la cama, poniendo las palomitas sobre la mesilla de noche, y me coloco los auriculares. Me aprietan la cabeza un poco, pero no quiero unos nuevos; estos tienen mucho significado para mí. Abro la aplicación de la radio en el móvil y sintonizo la emisora de siempre. Me llevo una palomita a la boca, contando el tiempo: falta muy poco para que empiece mi programa favorito. El locutor del programa de las seis de la tarde se despide con tono animado y ponen algunos anuncios antes de que empiece el programa de las siete.

Cuando llega el momento, mi corazón se acelera de alegría al escucharle.

«Buenas noches a todos —dice esa voz que me gusta tanto y que ha sido mi compañera todo este tiempo—, gracias por sintonizarnos y por estar aquí esta noche conmigo. Sin más que decir, les doy la bienvenida a su programa nocturno de preferencia: *Sigue mi voz*. Les habla Kang, su acompañante y su amigo durante esta hora».

Kang.

La primera vez que lo escuché fue por casualidad: mi hermana había dejado la radio encendida y yo estaba en la sala, aburrida, jugando al Candy Crush en el teléfono. El programa de Kang comenzó y, cuando escuché su voz, tan suave y reconfortante, la forma en la que hablaba, cómo comentaba los diferentes temas y las canciones que escogía, me atrapó en cuestión de segundos.

Al principio pensé que se trataba de alguien mucho mayor que yo, a pesar de lo joven que sonaba, porque tener tu propio programa de radio no suele ser algo que pueda conseguirse en poco tiempo. Pero a medida que lo escuchaba, fui conociéndolo y descubriendo más sobre él. Está en último año de bachillerato, como yo, y ha hecho diversos cursos de locución. Es muy inteligente; lo sé por cómo habla, con esa seguridad que tienen las personas que saben muchas cosas y que están completamente seguras de sus conocimientos.

No tengo ni idea de cómo es y tampoco tengo intención de averiguarlo. Me gusta esta sensación platónica, alejada de cualquier sentimiento romántico. No quiero más, no quiero complicar las cosas; por ahora no puedo permitírmelo.

«Esta noche tenemos una hermosa luna llena, ¿la han visto? Si están en casa, quiero que miren por su ventana en este momento; si están conduciendo, por favor, mantengan sus ojos en el camino, tendrán tiempo para verla más tarde».

Me levanto y me quedo frente a mi ventana; tiene razón, como siempre. La luna se ve clara y espléndida esta noche.

En noches como esta, me pongo a pensar en la infinidad y la perfección del universo. No despego mis ojos de la luna. Somos tan pequeños comparados con el tamaño de nuestra galaxia, y aun así hay días en los que sentimos que todo gira a nuestro alrededor. Los seres humanos podemos llegar a ser muy engreídos cuando nos lo proponemos. Pero también somos capaces de hacer cosas maravillosas; supongo que, como todo, tenemos nuestro lado bueno y nuestro lado malo.

Presiono la mano contra el vidrio de la ventana y delineo con el dedo la figura de la luna, tan perfecta. Quisiera ser como ella. No quiero ser este cascarón defectuoso que sobrevive cada día.

«Quiero comenzar con una canción que me gusta mucho; una de una banda local. Espero que la disfruten».

Empieza con una melodía lenta, melancólica:

*Solo quiero un momento para procesar y asumir todos estos
sentimientos.*
Tú eres el silencio,
la calma a esta tormenta,
la cura al dolor y a lo que siento.
Por favor, no te vayas;
por favor, no te vayas.
*Me faltan las palabras, me duelen los silencios, me arden las
miradas*
y me quema lo que siento.
Lo que siento...
Lo que siento por... ti.
No sonrías si no es de verdad, no me ames si no es real.
No me mientas por lástima,
solo ámame en nuestra realidad.
Nunca busqué perfección,
*ni sueños exquisitos ni adoración, solo me fijé en la chica
linda,*
de ojos oscuros e implacable corazón.
Por favor, no te vayas;

por favor, no te vayas.
Me faltan las palabras, me duelen los silencios, me arden las
    miradas
y me quema lo que siento.
Lo que siento...
Lo que siento por... ti.

Hay un silencio cuando termina el tema y escucho a Kang suspirar antes de volver a hablar:

«Bastante sentimental la canción, ¿no? Acaban de escuchar "Lo que siento", de la banda P4. No olviden apoyar el talento local siguiéndolos en sus redes sociales y escuchando sus canciones».

He vuelto a la cama para tomar un sorbo de Coca-Cola.

«Escogí esa canción para empezar el tema de hoy: ¿alguna vez les han abandonado o les han roto el corazón? Recibimos mensajes a diario de personas pidiendo canciones de despecho. Creo que el amor es un sentimiento increíble, pero puede acarrear muchas otras cosas no tan increíbles si no es correspondido o si es despreciado».

El amor no es algo por lo que me haya preocupado este pasado año, porque el amor no es para personas como yo, defectuosas y sin valor, pero sí para gente como Kang: exitosa y con un gran futuro por delante. La curiosidad me carcome, y espero a que él nos cuente algo sobre ese aspecto de su vida. Eso es lo que más me gusta de su programa, él habla primero de manera general y luego nos da su opinión y nos cuenta vivencias personales.

«Tengo que admitir que nunca me he enamorado, así que tal vez piensen que mi opinión sobre el amor no puede ser muy útil... No obstante, he observado a muchas personas enamoradas y he visto el efecto que tiene este sentimiento: en algunos casos, cambia a la gente para mejor, y en otros no tanto. Pero no se preocupen, si les han roto el corazón, porque con el tiempo sanará y encontrarán a una persona que les hará el doble de felices. Como siempre les digo...».

—Tenemos que aprender de lo malo y comenzar a pasar página para seguir adelante —recito con él al unísono.

«Nos iremos con otra canción, y cuando volvamos, leeré algunos de sus mensajes de texto acerca del tema de esta noche. No olviden que el número de contacto es...».

Da el número y deja que empiece el siguiente tema. Me lo sé de memoria, a pesar de que nunca he enviado un mensaje a su programa. ¿Para qué? Como dije antes, me basta con escucharlo, no necesito más, no quiero más, ahora no puedo lidiar con complicaciones.

Kang, me conformaré con disfrutar de tu programa y escucharte susurrar: «Sigue mi voz».

2

Sígueme

Los días transcurren uno detrás otro, el sol se cuela por mi ventana hasta que desaparece y es reemplazado por la luna, y vuelta a empezar; son todos tan iguales, tan monótonos...

Me preparo para mi rutina nocturna, ya casi es hora del programa de radio de Kang, así que, con palomitas y Coca-Cola en mano, me dirijo a mi habitación. Mi pequeña burbuja se revienta cuando me encuentro a mi hermana de frente en el pasillo.

—¡Ah! ¡Qué susto!

Kamila se cruza de brazos. Sí, Kamila con K; a mi madre le encantaba la letra K.

—Te he dicho que no comas esas cosas, no son saludables —me regaña. Veo que lleva la bata blanca doblada por la mitad en su brazo.

Le dedico una sonrisa inmensa para ablandar su corazón.

—Solo esta vez.

Ella entrecierra los ojos y se le forman pequeñas arrugas en la frente.

—Eso dijiste ayer.

—¿Tienes guardia hoy? —Cambio de tema; es lo mejor.

—Sí, uno de mis pacientes... —se detiene un momento; siempre tan cuidadosa con sus palabras cuando habla conmigo— tuvo una recaída.

Recaída...

Eso es un eufemismo para evitar decir el nombre de alguna

de las enfermedades o de las circunstancias con las que se encuentra ejerciendo su profesión. Kamila se graduó en Psiquiatría hace cuatro años, y quisiera decir que ha sido fácil para ella, pero no: ha sido agotador y desgarrador. Es la persona más fuerte que conozco, y gracias a eso ha podido manejarlo todo tan bien. Creo que cada persona tiene un papel en este mundo, algunos lo encuentran y viven felices con su decisión; otros simplemente se dejan llevar por la corriente de la vida, se marchitan y mueren sin haber tenido un sueño, una meta o tan siquiera un propósito para su existencia. Antes de que todo cambiara, yo tenía muchos sueños y estaba llena de energía, quería comerme el mundo, alcanzar lo inalcanzable. Luego mi madre enfermó. Y una cosa tras la otra destruyeron a esa jovencita soñadora, convirtiéndome en lo que soy ahora. Diecisiete años de nada.

—¿Cómo estás? —pregunta Kamila, mirándome con cuidado, analizándome, siempre está analizándome. No la culpo, es su trabajo.

—Estoy bien.

—¿Mareos? ¿Sueños vívidos?

Meneo la cabeza.

—Ningún efecto secundario esta vez.

Kamila suspira con alivio.

—Si tienes algún síntoma, debes decírmelo, Klara; los antidepresivos no son algo que debas tomar a la ligera. La confianza...

—Es lo más importante de todo —termino por ella—. Nunca te he mentido.

Y es la verdad; siempre he sido honesta con ella, solo que no me gusta cuando se pone en modo doctora. Pero, bueno, aparte de mi hermana, también es mi psiquiatra de alguna forma, así que he de aguantarme... No obstante, cada paso de mi tratamiento es informado y monitoreado por un psiquiatra que lleva mi caso en lo relativo al papeleo y que me ve una vez al mes. Mi hermana solo se asegura de que siga el tratamiento bien y de cuidarme.

—¿Has tenido pensamientos desagradables?

Eso me hace sonreír, no entiendo por qué cuida tanto sus palabras.

—No he tenido pensamientos suicidas, Kamila.

Tuvimos esta conversación cuando comencé con los antidepresivos. Las primeras semanas, mientras el cuerpo se acostumbra al medicamento, puedes sentir un bajón que te deprime más y te lleva incluso a tener pensamientos suicidas antes de comenzar a notar alguna mejoría. Yo lo llamo montaña rusa: bajas de repente para subir de nuevo.

—Llámame para cualquier cosa. Andy volverá del trabajo pronto, así que estarás sola muy poco rato.

Andy es su marido. Vivo con ellos. Es un buen tipo. Trago saliva, porque estar sola me da mucho más miedo del que quiero admitir.

—Que estoy bien, vete ya.

Me tira hacia ella y me da un abrazo fuerte.

—Te quiero mucho, K.

Respondo con unas palmadas en la espalda.

—Yo también te quiero, K2.

Nos llamamos así desde pequeñas. Aunque ella es mucho mayor que yo y era prácticamente una adolescente cuando nací, nuestra diferencia de edad nunca fue un problema para llevarnos bien.

La veo marcharse y me meto en mi habitación. Al escuchar la voz de Kang dando la bienvenida al programa me relajo mientras como palomitas. El tema de esta noche es la familia.

«Creo que lo que somos, nuestra personalidad, tiene mucho que ver con cómo nos han educado desde pequeños y con las cosas que vemos en el día a día mientras crecemos».

Su voz suena un poco afligida. ¿Acaso es un tema que lo entristece? Si es así, ya somos dos.

«¿Ustedes qué opinan? Déjenmelo saber en sus mensajes de texto de hoy mientras escuchamos la siguiente canción».

Una palmada en el hombro me hace abrir los ojos. Andy está delante de mí, con su traje impecable. Me quito los auriculares, dejándolos alrededor de mi cuello.

—Bienvenido —lo saludo con una sonrisa.

—Solo quería que supieras que ya estoy aquí. Sigue escuchando tu programa —dice, devolviéndome la sonrisa antes de mirar su reloj—. Por la hora que es, debe de ser tu favorito, ¿no?

Asiento y él me soba la cabeza.

—Te queda bien el rosado.

Pongo los ojos en blanco.

—Según tú y Kamila, todo me queda de maravilla.

—Es porque te vemos con los ojos del amor.

Andy es un hombre muy dulce y, a pesar de que solo es unos años mayor que mi hermana, es como un padre para mí.

—El amor es ciego.

—Me has herido —dice, agarrándose el pecho.

—Sobrevivirás.

Se da media vuelta y se dirige a la puerta.

—Disfruta de tu programa.

Cuando vuelvo a escuchar, Kang está leyendo un mensaje de los muchos que ha recibido.

«El siguiente es de una seguidora muy apasionada de nuestro programa, yo diría que es nuestra seguidora número uno: Liliana. Muchas gracias por estar siempre en sintonía. Hoy nos dice: "Me encanta lo bien que te expresas y cómo nos ayudas a comprender temas complejos. Sigue así". Muchas gracias por ese mensaje de apoyo, hago lo que hago por ustedes y para ustedes».

Liliana siempre presente en los mensajes, ¿no se cansa de escribirle? No sé por qué me molesta que lo haga. Tal vez el hecho de que él le dé el título de «seguidora número uno» cuando hay tantas personas como yo que hemos escuchado el programa desde sus inicios. Bueno, no me importa.

El programa llega a su fin y escucho a Kang despedirse:

«No olviden seguirnos en las redes sociales. Somos *Sigue mi voz* en YouTube, Instagram y Twitter. Se despide su humilde acompañante, Kang. Que pasen una feliz noche. Los dejo con esta canción titulada "Más de ti", de la banda Sueños Rotos.

> *Más...*
> *It's not enough.*
> *¿Qué pasaría si no es suficiente esto?*
> *Si todo lo que quiero cambia,*
> *sin importar la atención que presto... a ti...*
> *Para ti...*
> *van estas dulces palabras sin razón de ser,*
> *sin importar la vida*
> *o lo alto que debas caer.*
> *No...*
> *No es suficiente, ni hoy ni mañana, tenerte solo en mi mente.*
> *Quiero más, mucho más de ti.*

Al escuchar el coro, me tiembla el dedo sobre la aplicación de Instagram, donde tengo una vieja cuenta que no he usado desde hace más de un año. No sé si es por lo que Kang ha dicho de Liliana o por la canción que suena, que me hace sentir curiosidad. La segunda parte de la canción me afecta aún más.

> *¿Qué pasaría si explotaran mis emociones?*
> *Si todo lo que siento me sobrepasa,*
> *y ya no quiero controlarme.*

¿Qué pasaría si pierdo el control?
Por ti...
van estas dulces palabras sin razón de ser,
sin importar la vida
o lo alto que debas caer.
No...
No es suficiente, ni hoy ni mañana, tenerte solo en mi mente.
Quiero más, mucho más de ti.

Decidida, abro mi Instagram y busco la cuenta de *Sigue mi voz* antes de que pueda arrepentirme.

3

Mírame

El sonido de los cubiertos invade el comedor mientras comparto la cena con Kamila y Andy. Me esfuerzo por comer. Aunque no tengo hambre, necesito alimentarme y, por la forma en la que me observa mi hermana, sé que no me dejará saltarme la comida. Miro el reloj y me apresuro, ya casi es hora del programa de radio. Andy lo nota.

—Aún faltan veinte minutos para que comience, tranquila.

Mi hermana toma un sorbo de su zumo.

—Me alegro de que ese programa de radio te guste tanto, pero ¿no has considerado encontrar otras cosas que también te guste hacer?

Andy le dedica una mirada de reproche y ella se la devuelve.

—¿Qué? No quiero que se enfoque en una sola cosa cuando hay tantas con las que sé que disfrutaría... ¿Has pensado en volver a pintar?

Aprieto la cuchara en la mano. Acabo de perder el apetito por completo.

—No.

Kamila me dirige una mirada triste.

—No es mi intención incomodarte, K, solo quiero lo mejor para ti. Pintar de nuevo puede ser muy positivo para tu progreso.

La pintura solía ser mi pasión. Uno de mis grandes sueños era abrir mi galería y exponer todos mis cuadros, el resultado de todo lo que se me ocurría cuando solo éramos el pincel y yo. El olor a pintura llegó a ser el aroma de mi hogar, mi zona segura. Pero, después de lo que pasó, se transformó en un recordatorio de todo lo que jamás seré.

—No volveré a pintar, ya te lo he dicho. —Me pongo de pie y finjo una sonrisa—. Es hora del programa. Estaré en mi cuarto.

Una vez fuera del comedor, cuando sé que ya no me ven, me quedo de pie en el pasillo, con la espalda apoyada en la pared. Puedo escucharlos susurrar sobre lo que acaba de pasar. Andy comienza:

—Bastante sutil, Kamila. Te he dicho que no me gusta que hables de esas cosas con ella mientras comemos, le quitas el apetito.

—Lo hago por su bien, amor, y lo sabes. Necesita encontrar otras cosas que le gusten y que pueda hacer. Si enfoca la poca energía que tiene en una sola cosa, y por lo que sea eso le falla, ¿qué crees que pasará? Tendrá una recaída espantosa.

—¿Y cómo se supone que puede fallarle un programa de radio?

—Por Dios, Andy, pueden pasar tantas cosas... Ese locutor es un chico joven, en último año de bachillerato. Me imagino que pronto se irá a la universidad y tendrá que dejar el programa. ¿Cómo crees que lo llevará K?

Siento una opresión en el pecho. Tiene razón. Kang no va a estar siempre en la radio; por lo menos, no en la radio local.

—¿Cómo sabes tanto sobre ese locutor?

—Mi hermana pequeña, que no está en sus mejores momentos, encuentra una sola cosa que le gusta, ¿y crees que yo no voy a informarme sobre ello lo máximo posible?

—Eres increíble.

—Gracias.

—No era un cumplido —dice Andy—. Déjala tranquila,

déjala disfrutar de su programa. Cuando se acabe, ya lidiaremos con eso.

Me voy a mi habitación con las palabras de mi hermana en la cabeza: «Me imagino que pronto se irá a la universidad y tendrá que dejar el programa».

Torciendo los labios, agarro el teléfono. La noche anterior no me había atrevido a revisar el Instagram del programa, sin embargo, después de escuchar a mi hermana, me lleno de valor y lo abro.

No sé por qué me late el corazón con tanta desesperación en el pecho. Veo que tiene muchas fotos de la estación de radio: en algunas se ve el micrófono, en otras el aviso rojo. En el aire, los auriculares... También veo regalos de los seguidores del programa: dibujos y objetos de decoración para todo el equipo del programa, hasta comida les han enviado. Pero no hay fotos de él.

Estoy a punto de rendirme, pero sigo mirando las publicaciones, deslizando el dedo por la pantalla, hasta que veo una foto de grupo de todo el equipo. Están disfrazados para celebrar Halloween. En el pie de foto están escritos los nombres de todos según aparecen de izquierda a derecha, así que sigo las instrucciones para encontrar a Kang. Es un poco más alto que los demás, y lleva puesta una máscara de payaso siniestro que le cubre toda la cara.

Mi corazón late más rápido de lo normal, y me asusto un poco. Me sorprende lo aliviada que me siento de no poder ponerle rostro al chico que escucho todos los días, así puedo mantener mi interés bajo control, porque sé que, una vez que lo vea, voy a querer hablar con él. Y solo conseguiré que mi curiosidad vaya aumentando. Con los auriculares puestos, me siento en el suelo al lado de la cama y miro la fotografía sobre la mesilla de noche: estamos mi madre y yo, sonriendo abiertamente en una feria de hace unos años, con las atracciones mecánicas detrás de nosotras. Ninguna de las dos era perfecta, pero el momento sí lo era.

Recuerdo lo difícil que fue convencerla para comprar la foto después de que el fotógrafo nos dijera el precio. Ella nunca había sido una mujer de gastar mucho, siempre estaba ahorrando; era precavida y cautelosa. Sus esfuerzos dieron frutos cuando llegó la hora de pagar la universidad de Kamila; mamá tenía más que suficiente, e incluso comenzó su propio negocio de postres. Hacía los mejores pasteles del mundo.

Como si Kang me leyera la mente, el tema de esta noche es la pérdida de un ser querido.

«Es muy difícil lidiar con la pérdida de alguien a quien amamos. Cada uno lo vive de una manera, para unos es más difícil que para otros. Por desgracia, así es la vida. Tarde o temprano nos enfrentaremos a una pérdida de ese tipo, y solo podemos respirar y seguir adelante en honor a esa persona». Mis días sin llorar llegan a su final cuando las lágrimas se me acumulan en los ojos. Tomo la foto de mi madre y yo y paso el pulgar por su brillante sonrisa.

«No quiero que piensen que estoy invalidando lo que sienten cuando digo que sigan adelante. Somos seres humanos, está bien sentir el dolor, la tristeza... Está bien llorar. Permítanse experimentar todas sus emociones para poder superarlo y continuar, cada uno a su paso; nunca hay un tiempo perfecto para superar la muerte de alguien que hemos amado. Así que quiero que se tomen el tiempo necesario y lleven a esa persona en su corazón el resto de sus vidas; después de todo, esa es la mejor forma de honrar a quienes hemos querido aun después de la muerte».

Kang parece entenderlo todo tan bien, ¿acaso ha pasado por algo así? Las lágrimas ruedan con libertad por mis mejillas mientras él continúa hablando:

«La siguiente canción es muy especial para mí, así que escúchenla conmigo en honor a aquellos que ya no están con nosotros».

¿Por qué?
Quisiera preguntarte, traerte de vuelta, mirarte a los ojos y
*   preguntar: ¿por qué?*
No entiendo, tal vez por eso no puedo dejarte ir.
Dime, respóndeme, ¿por qué? ¿Por qué así?
A todo pulmón, lo diré una y otra vez. Una y otra vez.
¿Por qué? ¿Por qué si te amo tanto?
¿Por qué, si yo te di tanto?
Es que con mi amor no es suficiente para respirar.
Respiraré por ti, si es necesario.
Soñaré por ti en las noches de desvelo, enfrentando a cual-
*   quier adversario.*

Me quito los auriculares de golpe porque no puedo soportarlo, no puedo escuchar más, duele demasiado. Me lanzo sobre
la cama y me tapo de pies a cabeza para llorar desconsoladamente sobre mi almohada. Es la primera noche que no escucho el
programa completo de Kang; por primera vez no quiero oírlo.

4
Escríbeme

—Vamos, estaremos contigo en todo momento —dice Kamila, acariciándome la espalda—. Trataremos de llegar al parque esta vez. A esta hora no hay mucha gente.

Quiero intentarlo, de verdad, quiero intentarlo. Controlo mi respiración, que ya se ha acelerado.

—¿Y si tengo un ataque de pánico? Tengo miedo.

Kamila me dedica una mirada reconfortante.

—Estaré contigo en todo momento, soy médica, ¿recuerdas? Nadie está más capacitado que yo, no dejaré que te pase nada.

«Pero puedo morir... Me pueden atropellar o alguien puede hacerme daño. ¿Y si dejo de respirar y mi hermana no puede hacer nada? ¿Y si se detiene mi corazón en medio de la calle? ¿A cuántos minutos queda el hospital más cercano?». Mi trastorno de ansiedad me bombardea la mente con mensajes fatalistas. El miedo me domina y siento que mi agorafobia se intensifica y me incita a volver a casa, donde estoy segura y a salvo.

Mi hermana me toma de la mano.

—Eres una chica joven, tu corazón y tus pulmones están perfectamente. No vas a morir. No escuches a tus pensamientos, solo camina conmigo.

Trago saliva y siento el corazón martilleando en mis costillas. Puedo hacer esto, de verdad que puedo hacerlo. Andy me sonríe con calidez y me toma de la mano.

—Estaremos contigo en todo momento.

Salimos de casa y caminamos por la acera. La luz de sol me ciega por un instante; demasiados días sin exponerme a la luz solar.

Kamila habla para distraerme:

—¿Recuerdas a Drew, la perrita del vecino? Ha tenido unos cachorros preciosos.

Me esfuerzo por sonreír ligeramente.

—¿De verdad?

Ella asiente mientras caminamos. Puedo ver el parque a la distancia.

—Sí, me ha dicho que puedes ir a verlos cuando quieras.

Trago saliva y siento una opresión en el pecho.

—Iré pronto.

Empiezo a pensar en toda la gente que no entiende lo que me pasa, que dicen que los trastornos psicológicos son pura mentira y formas de llamar la atención. He escuchado de todo:

«¡Uy, sí! ¡Qué difícil es salir de casa!».

«Estás loca».

«Todos tenemos una vida difícil, no seas dramática».

«Pero ¡sal y ya está! ¡Solo tienes que cruzar la puerta! No pasa nada».

«Lo que ocurre es que quieres llamar la atención».

«La depresión es una excusa».

«¿Trastorno de ansiedad? Por Dios, ya no saben qué inventar».

«¿Ahora... qué?».

«Supéralo y sigue adelante».

Siempre me he preguntado por qué a algunas personas les cuesta tanto entender que nuestra mente también puede enfermar como nuestro cuerpo. Cuando alguien tiene un dolor fuerte de estómago, nadie le dice: «Distráete, piensa en otra cosa y se te pasará». Y si alguien se corta gravemente, de inmediato le indican: «Tienes que ir al hospital a que te curen». Pero cuando estás deprimido, lo que puede ser una herida mucho más profunda y compleja que cualquier daño físico, escuchas un millón de dudas sobre lo que explicas que te pasa. Y son esas mismas personas que dudan de tu honestidad las que luego se muestran tan sorprendidas cuando alguien se suicida, alegando que nunca lo vieron venir, que no saben cómo algo así ha podido pasar, que habrían ayudado si lo hubieran sabido. Doble moral.

Si quieren ayudar a crear conciencia sobre la salud mental, solo tienen que escuchar cuando alguien necesita ser escuchado y dejar de ignorar el dolor de los demás como si fuera a desaparecer solo porque fingen no verlo. Sé que hay mucha gente que no quiere ser ayudada y que no da señales de que algo va mal; no obstante, hay personas que sí lo hacen, que sí piden ayuda, y que son ignoradas y forzadas a luchar para validar lo que les pasa.

«Hay gente que está peor que tú en el mundo y andan por ahí tranquilos».

¿Se supone que eso debe hacerme sentir mejor? ¿El hecho de que haya personas que están en situaciones peores debe hacer que lo que siento, lo que soy y lo que he vivido desaparezca?

«Si lloras, eres débil».

«Si pides ayuda, eres un necesitado».

«Si te haces daño a ti mismo, estás loco».

La depresión no es una decisión, nadie decide estar triste, ¿quién en su sano juicio desearía vivir cada día de una forma tan dolorosa y asfixiante?

Me gustaría poder corregir esas afirmaciones cuando alguien me las dice: «Si lloras, estás expresando tus sentimientos». Nadie se queja cuando alguien sonríe, ¿por qué sí cuando alguien llora? La felicidad no es la única emoción en el mundo, nadie tiene que validarla; entonces, ¿por qué hay que validar la tristeza?

«Si pides ayuda, eres valiente». Se necesita valor para poner tus miedos a un lado y pedir lo que necesitas con tanta urgencia.

«Si te haces daño a ti mismo, estás desesperado». No es la solución, sin embargo, si alguien ha llegado a ese punto, espero que encuentre la ayuda que necesita para salir adelante y no repetirlo, por favor. Me duele pensar en la cantidad de dolor que tiene que haber en el corazón de alguien para hacer eso.

Tengo la suerte de que mi hermana es psiquiatra y entiende lo que estoy pasando; no me quiero imaginar lo que otras personas llegan a pasar cuando nadie las escucha o no las creen.

En el parque, Andy tiende una manta de pícnic sobre el césped y nos sentamos sobre ella.

—Estoy muy orgulloso de ti.

Dejo de sostener mi pecho para bajar la mano y tocar la hierba, tan fresca y suave. Me gusta la sensación del sol sobre mi piel, el aire es fresco.

Kamila me frota la espalda.

—Lo has hecho muy bien hoy.

Hemos ido poco a poco, cada día tratando de llegar algo más lejos; al principio, apenas cruzaba la puerta, ahora ya he llegado al parque. Tal vez la medicación esté haciendo efecto o quizá mis avances se deban al arduo trabajo de mi hermana, ayudándome con paciencia. El caso es que me sienta bien estar aquí, sentada sobre la hierba, sintiendo el sol en la piel...

A lo lejos, veo el lago. A mi madre le encantaba. En sus últimos días veníamos mucho aquí, a pesar de que no podía caminar; la traíamos en su silla de ruedas para que viera el atardecer.

Recuerdo su sonrisa triste al decirme: «La vista es hermosa. Es extraño cómo valoramos las pequeñas cosas cuando nuestro tiempo es limitado». Yo le devolví la sonrisa, mientras ella me acariciaba el rostro. «Tenemos que vivir como si fuéramos a morir mañana; tendríamos una vida mucho más plena si no creyéramos que tenemos todo el tiempo del mundo».

Siento que le fallo cada día que vivo encerrada en casa.

«Lo siento, mamá, no soy tan fuerte como tú para sonreír a pesar de todo».

Cuando volvemos a casa, me quito los zapatos y corro a mi habitación. El programa de Kang debe de estar a punto de terminar, así que me pongo los auriculares tan rápido como puedo. Su voz me hace sonreír; está leyendo los mensajes. Liliana de nuevo.

No sé si es porque hoy he salido después de tanto tiempo y me siento bien conmigo misma, pero no dudo en abrir la aplicación del teléfono para escribir un mensaje para el programa. Cuando lo envío, tengo el corazón en la boca. Tal vez él no lo leerá, debe de recibir muchos. Sin embargo, como si la vida quisiera sonreírme hoy, Kang lo lee:

«Bueno, voy a leer el último mensaje de hoy. Dice: "Querido Kang, tu voz es el consuelo para muchas personas que lo están pasando mal como yo; alegras mi día y calmas mis noches, puedo asegurarte que siempre seguiré tu voz. Con amor, K"».

Silencio. Kang no dice nada durante unos segundos y trago saliva. «¿Lo he asustado?», pienso.

Se aclara la garganta y por fin habla:

«Eres muy amable, K. Muchas gracias por tu mensaje. Siempre trataré de estar aquí para ti».

Eso me hace sonreír. Es la primera vez que interactuamos y, aunque no es ni remotamente como hacerlo cara a cara, me gusta y me hace sentir bien. Muy bien.

5

Háblame

—*I'm losing you. I'm losing you* —canto mientras me preparo un bocadillo de jamón y queso.

Estoy de buen humor últimamente. Quizá la medicación por fin me está funcionando o tal vez se deba a que he podido ir al parque con mi hermana y que no he tenido ataques de pánico. Bueno, supongo que es una combinación de todo. Dejo el bocadillo sobre la mesa y estoy tan distraída que cojo la bolsa de basura para sacarla. Me dirijo a la puerta, la abro y me detengo en seco. ¿Qué estoy haciendo? No puedo salir sola.

Aprieto el asa de la bolsa en la mano mientras observo el exterior como una amenaza; aquí estoy a salvo, no puedo salir, si tengo un ataque de pánico afuera nadie va a ayudarme y se van a burlar de mí. Cierro la puerta y vuelvo a dejar la bolsa de basura en el cubo. Mi buen humor desaparece; supongo que no soy una persona normal después de todo.

«Seguiremos con la lectura de los mensajes de hoy, hemos tenido días muy activos con todos los que estamos recibiendo», dice Kang.

Tengo que admitir que he estado enviando mensajes al programa desde aquel día. A veces los lee, a veces pasan desapercibidos entre el montón; ya he ganado fama de ser una seguidora fiel, como Liliana. Claro, Kang ni siquiera sabe que soy una chica, solo firmo mis mensajes con K.

«Liliana hoy nos manda muchos abrazos, y queremos darle las gracias por las rosquillas que nos ha enviado a mí y a todo el equipo del programa. Reitero que no se sientan obligados a mandarnos nada, escucharnos es el mayor regalo, pero apreciamos sus detalles. —Hace una pausa—. Hoy también tenemos un mensaje de K que queremos compartir. —Me siento derecha en la cama—. Es una cita de Benjamin Disraeli y dice: "Nada revela tan fiablemente el carácter de una persona como su voz". ¿Será eso cierto? Si es cierto, ¿ustedes deben conocer mi carácter mejor que nadie? Creo que eso fue lo que nuestro o nuestra K quería dar a entender; lo que me lleva a preguntar, K, ¿eres un chico o una chica? No sabemos cómo dirigirnos a ti. Todos en el equipo sentimos curiosidad. Además, por las citas que compartes con nosotros, pareces una gran amante o un gran amante de los libros, como yo; tenemos eso en común».

«¿De verdad?», pienso.

Quiero escribirle y decirle que soy una chica, aunque a la vez no quiero que lo sepa. Prefiero que siga pensando en K como una persona lejana que nunca conocerá; porque no lo hará.

«Bueno, antes de irnos con la última canción del programa, quiero hacerles saber que estaré ausente una semana por asuntos personales».

—¡¿Qué?! —exclamo en voz alta.

«*Sigue mi voz* quedará en manos de Erick, mi compañero locutor del programa *Rimando con Erick* de las seis de la tarde. No me echen mucho de menos».

—No. No. —Sacudo la cabeza.

«Yo sé que los echaré de menos. Disfrutemos ahora de la buena música y que pasen una feliz semana. Se despide su amigo y compañero, Kang».

«No...».

Antes de que pueda pensar lo que estoy haciendo, escribo un mensaje al programa: «Por favor, Kang, no te vayas. K».

Cuando lo envío, me doy cuenta de lo que acabo de hacer y me cubro la boca con la mano. ¿Qué estoy pensando? Él tiene una vida y cosas que hacer. Pero ¿qué haré durante una semana? Kamila tenía razón, no debí centrar toda mi energía en una sola cosa; ahora que Kang no estará, me siento perdida. Casi pego un brinco cuando el teléfono me vibra en las manos, anunciando un mensaje. Me quedo en shock cuando veo que es una respuesta del programa: «No te preocupes, K. Kang volverá pronto. Una semana pasa rápido».

No puedo creer que me hayan respondido. ¿Quién lo ha hecho? ¿Kang? No, han hablado de Kang en tercera persona, no fue él. Tal vez alguien del equipo. Inquieta, escribo una respuesta.

K

Lo sé, disculpen. Envié ese mensaje sin pensar. Espero que le vaya bien a Kang esta semana.

Programa

Muchas gracias por tus buenos deseos, mantente en sintonía.

Dejo salir un largo suspiro. Soy un desastre. ¿Qué me pasa? Necesito volver a mi realidad. Nunca debí intentar interactuar con Kang, ¿qué trataba de conseguir? Nunca podré conocerlo, de todas formas, así que no sé por qué estoy haciendo estas cosas. Me estoy dejando llevar y eso es peligroso; a la larga, solo me haré más daño.

Salgo de la habitación y camino con la cabeza baja hasta la cocina. Abro la nevera, tomo una botella de agua y estoy a punto de volver a mi cueva cuando escucho unos pequeños ladridos, ¿o son quejidos? Me acerco a la puerta principal y pegó la oreja en ella.

¿Son miniladridos?

Abro la puerta, un poco nerviosa, y el frío de la noche se cuela en casa. Dos cachorros de golden retriever están jugando en la acera. Son monísimos. ¡Dios!, ¿de dónde han salido?

«¿Recuerdas a Drew, la perrita del vecino? Tuvo unos cachorros preciosos». Las palabras de Kamila resuenan en mi cabeza. Claro, son los perritos de la vecina, pero ¿qué hacen fuera tan tarde? Mi corazón da un vuelco cuando uno de ellos se cae de la acera a la calzada y un coche pasa tan cerca de él que está a punto de atropellarlo.

—Oh, no...

Mi instinto hace que me mueva hacia delante, sin embargo, en el momento en el que doy un paso fuera de casa, recuerdo que estoy sola. No puedo salir sola, nadie podría ayudarme si me pasara algo. Pero nadie va a ayudar a esos perritos tampoco. Aprieto las manos a los costados, sintiéndome inútil por no poder ayudarlos. El otro cachorro también se cae a la calzada al intentar seguir a su hermano. Miro alrededor, buscando a alguien a quien pedir ayuda, pero no hay nadie. Mi respiración es un desastre, y cada vez que pasa un coche, miro hacia otro lado.

«Puedes hacerlo, Klara, aunque puedas tener un ataque de pánico. Esos perritos necesitan tu ayuda», me digo.

Y entonces corro. Rápida y desesperadamente.

Los perritos están en medio de la calzada ahora, y se acerca un coche. Superando mi miedo, me coloco delante de los cachorros y levanto las manos.

—¡No! ¡Espere!

El vehículo se detiene a escasos centímetros de mí.

—¡Quítate! ¡¿Estás loca?!

Agarro a los dos perritos y salgo de la calzada, deteniéndome en la acera, con el corazón en la boca. Siento ojos sobre mí y, cuando levanto la mirada, veo a Kamila y a Andy, que vienen con bolsas en las manos de la tienda de la esquina, observándome en shock.

¿Qué acaba de pasar?

6

Extráñame

Erick es un idiota.

No es nada personal, ni tampoco tiene que ver con el hecho de que eche de menos el programa de Kang; la personalidad de Erick es irritante. Es de ese tipo de persona que hace comentarios machistas y desagradables sin darse cuenta y piensa que es gracioso. Solo lo escuché el primer día que Kang se fue, por darle una oportunidad; pero no, Erick no le llega ni a la suela de los zapatos; no sé cómo puede ser locutor haciendo esos comentarios tan inapropiados.

Llevo tres días sin poder escuchar mi programa favorito y, aunque estoy desmotivada, no es tan malo como pensaba. Creo que los pequeños cachorros que están lamiendo mis manos en este momento tienen mucho que ver con eso. La vecina me deja cuidar de los cachorros de Drew, su perra, cuando está en el trabajo, mientras arreglan la cerca de su casa; no quiere que vuelvan a escaparse y puedan resultar heridos.

Soy una niñera de perritos; nunca pensé que cuidar cachorros pudiera ser tan terapéutico. Me siento en el sofá y ellos enseguida escalan y se suben a mi regazo o se sientan a mi lado. Y yo les acaricio las orejas y la cabeza.

—Son maravillosos, ¿lo saben? Por supuesto que lo saben —les digo, sonriendo—. Ustedes me quieren sin importarles que yo sea un desastre o que tenga un aspecto horroroso. Creo que no hay amor más sincero que ese.

Estoy de buen humor de nuevo. No sé si es por los perritos o porque ahora soy capaz de salir sola a la puerta de casa después de lo que pude hacer por los cachorros. Un aire de normalidad es refrescante y sienta de maravilla; solo me falta una cosa para que todo vaya bien de verdad: Kang. No puedo creer que eche de menos tanto a alguien a quien solo conozco porque lo escucho una hora al día. Supongo que escuchar su voz se ha convertido en una costumbre para mí.

En la hora del almuerzo, Kamila no puede evitar hablar sobre lo que más temo.

—¿Has considerado volver a clase?

Sigo comiendo, porque ya lo veía venir. Mi hermana al ver mi leve mejoría ya quiere lanzarme al mundo exterior. Y no la culpo, solo desea que vuelva a retomar mi vida.

—No creo que esté lista.

Andy pone su mano sobre mi hombro.

—Está bien.

Kamila se limpia la boca con una servilleta y continúa:

—Has mejorado mucho, creo que te haría bien volver a la escuela. ¿No te apetece ver a tus amigas?

«Amigas»... La palabra trae un sabor amargo a mi boca.

—Si te refieres a las chicas que no estuvieron a mi lado cuando mi madre enfermó y murió y que tampoco me han ayudado nunca después de eso, creo que no, que no me apetece verlas en lo absoluto.

Kamila suspira.

—No seas tan dura con ellas; son jóvenes, aún están desarrollando el concepto de amistad.

—No me vengas con eso. —Meneo la cabeza—. No uses tu psicología para defenderlas.

—No las estoy defendiendo, Klara —responde con calma—. Bueno, podrás encontrar nuevas amigas si vuelves a la escuela.

Bufo.

—¿Tú crees? —pregunto con sarcasmo, y me señalo a mí misma—. ¿Con el desastre de ser humano que soy?

—Klara...

Me pongo de pie.

—Seamos honestas, ¿quién querría ser amigo de alguien como yo?

Andy también se levanta.

—Klara, no...

Me voy a mi habitación, cierro la puerta detrás de mí y apoyo la espalda en ella, apretando los labios para no llorar.

Duele. Porque sí quiero hacer amigos. Quiero ser normal. Hacer todas las cosas que hacen las chicas mi edad. Lo quiero más que nada en este mundo. Pero no puedo, y cada vez que alguien me lo recuerda, me duele demasiado.

Me quedo mirando la foto de mi madre... ¡Qué sonrisa tan deslumbrante tenía! Aún recuerdo como si fuera ayer aquella noche lluviosa en la que llegó a casa y nos pidió a mi hermana y a mí que nos sentáramos en el sofá, porque tenía algo que contarnos. Me imaginé miles de cosas, pero nunca lo que ella nos dijo:

—Vengo del consultorio del médico. Hace unas semanas me noté un bulto en el pecho izquierdo... Me han hecho varias pruebas, incluso una biopsia. —Frío... Todo mi cuerpo se puso frío al escucharla—. Es cáncer.

Esa sola palabra me dejó congelada. Oyes hablar de esa enfermedad, pero nunca esperas que te toque a ti o a alguien que amas; es como un peligro abstracto que pensamos que no se acercará a nosotros. Mi abuela murió de cáncer, pero hacía tanto tiempo de eso que nunca pensé que pudiera pasarle a mi madre.

Lágrimas, explicaciones, consultas médicas... Todo vino de golpe, inesperado y, mientras pasaba, yo no me lo podía creer. Era como si lo estuviera viendo todo desde la distancia, como si no fuera parte de la escena. Cada mañana, cuando despertaba, deseaba que todo fuera un sueño.

Luego vino la discusión sobre los tratamientos, la quimioterapia, la mastectomía. Observé cómo la vida abandonaba el cuerpo de mi madre en un proceso lento y doloroso; la vi perder su lindo cabello negro, adelgazar muchísimo... Llegó a estar tan delgada que me daba miedo abrazarla muy fuerte. Estuve con ella sentada horas en el suelo del baño mientras vomitaba después de las quimioterapias. Sufrió tanto...

¿Por qué ella? Es una pregunta egoísta, pero ver a mi madre pasarlo tan mal, verla arrastrarse hasta la muerte, es lo más doloroso que me ha pasado; es algo que marcó mi vida para siempre.

Mi madre siempre trató de mantenerse fuerte, de luchar, pero nunca olvidaré la noche que llegamos a casa después de que el médico le dijera que el cáncer se había extendido a los pulmones y que no había nada que hacer... No le quedaba mucho tiempo. Recuerdo claramente cómo se sentó en la cama con mi ayuda y me señaló un lugar a su lado. Me abrazó, pegándome junto a ella.

—Todo irá bien, Klara.

Las lágrimas me inundaron los ojos, y quise ser fuerte por ella, no necesitaba mi debilidad en esos momentos.

—Lo siento, mamá.

Besó mi cabeza.

—¿Lo sientes? Esto no es culpa tuya, mi niña.

—Quisiera... —La voz se me rompió—. Quisiera poder quitarte todo este dolor, yo... —Lágrimas sin control rodaban por mis mejillas—. No sé qué hacer por ti, haría lo que fuera por ti.

—Lo sé. —Su voz sonaba tan triste... La escuché sollozar y se me rompió el corazón—. Estoy soportando mucho dolor, hija.

Apreté los labios, llorando.

—Lo sé.

—Me parece bien dejar este mundo, ya no quiero sufrir más, quiero que se acabe todo este dolor. Ya no puedo más... —Tomó mi rostro entre sus manos—. Quiero que sepas que me voy tranquila y que quiero que sigas adelante y le hagas caso a tu hermana, ¿sí? —Solo pude asentir—. Te quiero, Klara, te quiero muchísimo. Tú y tu hermana son el mejor regalo que me ha dado la vida.

—Yo también te quiero mucho, mamá.

Unas semanas después, mi madre murió. Cuando entré a su habitación con el desayuno, me encontré con una escena que ha quedado grabada en mi memoria para siempre. Estaba agarrándose el pecho, desesperada; no respiraba. Lo tiré todo al suelo y corrí hacia ella para ayudarla mientras llamaba a gritos a mi hermana para que viniera. No había nada que hacer. Mi madre había muerto. Su cuerpo, delgado y débil, se fue enfriando entre mis brazos mientras yo lloraba.

—Mami, por favor, te quiero mucho. No te vayas, por favor.

Kamila había intentado separarme de ella, sollozando.

—Klara...

—¡No! —le grité, apretando a mi madre, besando su cabeza—. No la voy a dejar sola, no puedo, me necesita.

Cuando la miré y vi su pálido rostro, me di cuenta de que no volvería a verla sonreír ni a escuchar su voz, y un dolor arrasador me quemó por dentro.

Se había ido.

A la fuerza, Kamila y Andy me separaron de ella. Grité y lloré hasta que me quedé sin aire, hasta que no pude más..., y me desmayé.

7

Mensajéame

Kang ha vuelto y, con él, mis ánimos de escuchar la radio de nuevo. Decido que mi día hoy sea diferente: en vez de estar encerrada en mi habitación, salgo al patio trasero, donde los cachorros juegan libremente, mientras me preparo para el programa de esta noche.

«Buenas noches, mi gente, les habla de nuevo Kang, su amigo y compañero de su programa nocturno *Sigue mi voz*. Los eché mucho de menos la pasada semana».

«Yo a ti más», pienso.

«Pero ya estoy aquí para entretenerlos con algunas canciones y algunos temas importantes, como de costumbre. Creo que es muy apropiado hablar hoy de las personas a las que extrañamos constantemente, ya sea porque son nuestra pareja, nuestra amiga o amigo, o porque es alguien que ya no está con nosotros. Sin embargo, antes de comenzar, quiero darle la bienvenida a alguien que ha venido a vernos. Ustedes ya lo conocen; es nada más y nada menos que Erick, quien les ha estado acompañando durante mi ausencia».

Eso me hace fruncir el ceño.

«Hola a todos, soy Erick Lamb y estaré acompañando a Kang esta noche». Kang se ríe un poco. «Sé que muchos se preguntarán qué está pasando. He decidido tener invitados en mi programa de ahora en adelante, así podemos escuchar diferentes opiniones sobre nuestros temas diarios».

«¿Por qué? Eres perfecto tú solo», pienso.

Erick se aclara la garganta antes de hablar de nuevo:

«No se preocupen, no les robaré tiempo con Kang, solo opinaré de vez en cuando».

Comienzan a hablar de lo que se siente al echar de menos a alguien, pero cuando estoy concentrada, disfrutando de la voz de Kang, Erick interviene y lo estropea todo.

Envío un mensaje, rogando que Kang lo pueda leer: «No necesitas a Erick. Eres perfecto tú solo. K». Sin embargo, dudo de que lo haya visto porque no lo menciona cuando lee los mensajes. No obstante, para mi desgracia, Erick sí lo ve y no duda en leerlo en voz alta:

«Guau, al parecer K no está muy contenta con mi visita».

«¿K? ¿Contenta? —pregunta Kang—. ¿Cómo sabes que es una chica?».

«Está claro como el agua. He escuchado tu programa y todos los mensajes que te ha enviado, y tras leer este último, en el que te dice que eres perfecto, me parece obvio que es una chica. Y creo que la audiencia está de acuerdo conmigo».

La vergüenza no me cabe en el cuerpo. Había escrito ese mensaje para Kang. Imaginé que, si llegaba a verlo, en ningún momento se le ocurriría leerlo luego en voz alta; sé que no lo haría, porque es él. Erick es otra historia, le gusta el drama y crear situaciones incómodas.

Kang permanece en silencio durante unos segundos.

«Bueno, K, ¿podemos confirmar que eres una chica? A ver si el sexto sentido de Erick de verdad funciona», dice finalmente.

La risa de Erick me molesta en los oídos.

«Sí, querida K, si lo admites, no volveré a invadir el programa de tu querido Kang, lo prometo».

Me muerdo el labio inferior. De verdad, no quiero volver a escuchar la voz de Erick, y confirmar que soy una chica tampoco me parece tan importante.

«Tenemos un mensaje de K —comenta Erick—. Vamos

con la siguiente canción y al volver lo leemos para ustedes; sé que están tan intrigados como nosotros».

Fear...
In your world of love, and sadness,
let me fear you.
Let me heal you.

La canción continúa. Muy pocas veces ponen temas en inglés, pero Kang siempre escoge canciones muy bonitas. Sin embargo, no puedo concentrarme en ella. No debí enviarle ese mensaje. Meneo la cabeza. Estaré bien, admitir que soy una chica no cambiará nada.

Se acaba la canción y es Erick quien lo lee:

«Bien, estamos de vuelta, y sé que ya no pueden con el suspense. El mensaje de nuestra querida K dice: "Sí, soy una chica. Por favor, Kang, vuelve a estar en tu programa tú solo". —Erick suelta una risita—. K no parece ser muy fan mía... ¡Qué pena! Pero, bueno, vamos a seguir con nuestro tema de hoy».

Kang vuelve a hablar de la sensación de extrañar a alguien:

«No nos gusta admitir en voz alta lo mucho que podemos llegar a echar de menos a alguien, a veces sentimos que es una muestra de debilidad».

«Bueno, haré la pregunta que todos ustedes tienen en mente en estos momentos —dice Erick—. Kang, ¿has extrañado a alguien?».

«Por supuesto».

«¿A un amigo? ¿A un familiar? ¿O acaso a alguna chica que te gusta?».

Mi corazón se detiene; no quiero saber si Kang tiene novia o está interesado en alguien, pero soy incapaz de quitarme los auriculares.

Silencio.

Erick se ríe y continúa:

«Desearía que pudieran ver la expresión que tiene Kang ahora; yo de verdad creo que es una chica».

Auch.

Kang por fin habla:

«No creo que a la gente le interese eso, Erick... Es hora de despedirnos por esta noche con una canción. Es una de mis favoritas. Es en inglés, pero me encanta su ritmo y su letra. Disfrútenla y feliz noche».

La canción comienza y la escucho mientras vuelvo a mi habitación. Me acuesto en la cama y cierro los ojos, quedándome dormida sin querer. La vibración del teléfono sobre el pecho me despierta. Tengo el sueño ligero desde los días que cuidé a mi madre mientras estuvo enferma; tenía que mantenerme alerta. Un programa de música relajante está sonando en mis oídos; me quito los auriculares y miro la pantalla del teléfono, la luz del aparato me ciega por un segundo. Es un mensaje de texto.

¿Por qué Kamila me escribe a estas horas? Ella y Andy son las únicas personas que me escriben. Triste, ¿no? Sin embargo, es un mensaje de un número desconocido.

Desconocido
Hola.

Yo
¿Quién es?

Desconocido
Kang.

Y así fue como dejé de respirar en medio de la oscuridad de mi cuarto.

8

Respóndeme

Me quedo mirando la pantalla del teléfono durante mucho tiempo. No puedo moverme, no puedo hacer nada. ¿He leído bien? Debo de estar soñando o algo así. Me limpio los ojos con las manos varias veces, pero el mensaje sigue estando ahí.

«¿Kang? ¿Kang me ha enviado un mensaje? ¿Cómo? ¿Por qué?», las preguntas retumban en mi cabeza.

Esa ligera barrera entre platónico y realidad está siendo cruzada y me aterra. ¿Debería responderle o no?

Yo
¿Kang? ¿Del programa Sigue mi voz?

Kang
El mismo. Lamento escribirte de esta forma, no quiero asustarte.

Yo
¿Cómo tienes mi número?

Kang
Lo tomé del teléfono del programa.

> **Yo**
> ¿Por qué?

> **Kang**
> No lo sé, K.

¿Qué clase de respuesta es esa? Mi corazón está al borde del colapso. Estoy hablando con Kang, el chico que es dueño de la voz que se ha convertido en mi refugio durante tanto tiempo.

> **Yo**
> Esa no es una buena respuesta.

> **Kang**
> Lo sé, supongo que siento curiosidad sobre ti.

> **Yo**
> ¿Sientes curiosidad por una seguidora de tu programa?

> **Kang**
> Sí...

> **Yo**
> ¿Esto es algo que haces con todas las chicas que siguen tu programa?

45

Kang
No, solo contigo.

Siento un extraño cosquilleo en el estómago ¿De verdad que esto me está pasando?

Yo
¿Por qué?

Kang
Ya te lo he dicho, curiosidad.

Yo
¿Cómo sé que de verdad eres Kang?

Kang
Pregúntame lo que quieras.

Me muerdo una uña mientras pienso qué le puedo preguntar.

Yo
No. Mañana en el programa di «queso» en algún momento; entonces te creeré.

Kang
De acuerdo. ¿No puedo hablar contigo hoy?

Yo
No. Hasta mañana, chico que dice ser Kang.

Kang
:) Hasta mañana, K.

Pongo el teléfono en la cama y me abrazo a la almohada con fuerza, enterrando la cara en ella para ahogar un chillido. ¿De verdad eso me acaba de pasar? Esta sensación es nueva para mí. Antes de que pasara lo de mi madre era muy joven para pensar en chicos; Kang es el primero en el que me he interesado y ni siquiera lo he visto. Salgo de mi habitación con una sonrisa en la cara y me encuentro de frente con Kamila.

—Oh, había olvidado lo guapa que estás cuando sonríes. Me lamo los labios sin dejar de sonreír.

—Esta... es una bonita noche.

Kamila levanta una ceja.

—Por la hora que es, imagino que lo que pasa es que te ha puesto de buen humor el programa de ese chico, ¿no?

Asiento.

—Sí, digamos que sí.

Kamila parece dudar sobre lo que va a decir, así que puedo imaginar que no me va a gustar.

—Hoy fui a la escuela, la directora es una persona muy amable. —Mi buen humor se va por el desagüe—. Estuvo de acuerdo con que vayas dos o tres días a la semana mientras te adaptas, hasta que puedas volver a ir todos los días.

—No.

Kamila deja salir un largo suspiro.

—Klara, tienes que intentarlo. Ir a la escuela te dará mu-

47

chas cosas en que pensar, algo que hacer. No pasarás tanto tiempo aquí sola en casa lidiando con pensamientos negativos; la distracción te puede hacer mucho bien.

—Sé que ya puedo salir de la casa sola, pero ir a la escuela es algo completamente diferente. Hay mucha gente allí. ¿Y si tengo un ataque de pánico delante de todos? Me moriría de vergüenza. No puedo, no quiero.

—No voy a obligarte a hacer nada que no quieras hacer, y lo sabes. Solo piénsalo, Klara, eres una jovencita muy inteligente, con mucho talento y toda una vida por delante.

Andy aparece al final del pasillo.

—Aquí están mis chicas favoritas.

Le dedico una sonrisa de boca cerrada, Kamila le da un beso corto.

—Pensé que no volvías hasta más tarde.

Andy se pasa la mano por detrás del cuello.

—Tuve un día pesado. —Sus ojos van de mi hermana a mí—. ¿Por qué están tan serias?

—Kamila quiere que vuelva a la escuela —respondo.

Andy se gira hacia mi hermana.

—Te dije que dejaras de presionarla. Ella cruza los brazos sobre su pecho—. ¿Desde cuándo ustedes dos formaron un equipo en mi contra?

Me encojo de hombros

—Desde que Andy es el que me compra la Coca-Cola y las palomitas que tú no me quieres comprar porque no son saludables.

Kamila le lanza una mirada asesina a su marido.

—¡Andy!

Él levanta las manos.

—Sabes que no puedo decirle que no.

Kamila se ríe.

—Bien, solo piénsalo, ¿vale, K? —Toma de la mano a Andy—. Vamos, te haré un masaje.

Él me dirige un saludo militar como despedida.

—Buenas noches, equipo K1.

Esa noche soñé con estaciones de radio, la escuela y la silueta de un chico al que no le podía ver el rostro.

«Bienvenidos a su programa de hoy, mi gente. Les habla Kang, su fiel amigo y compañero durante esta hora de *Sigue mi voz*. Espero que estén bien abrigados esta noche, tendremos temperaturas muy bajas; ya podemos despedirnos del otoño y darle la bienvenida al invierno. —Suena bastante emocionado al respecto—. Muchas personas prefieren el verano, pero a mí me encanta el frío; ver caer la nieve es una de las cosas que me resultan más relajantes. Me pregunto si ustedes estarán de acuerdo conmigo o si son personas de verano».

A mí también me gusta el frío.

«En fin, el tema de hoy es la educación, cómo ha cambiado en la pasada década. Definitivamente, en estos tiempos no podemos hablar de este tema sin mencionar el impacto de internet y la tecnología».

Tiene razón. Escucho atentamente su explicación, sentada al lado de la ventana, mirando el oscuro cielo. Los meteorólogos dicen que va a nevar dentro de poco, así que pronto podré comprobar si es verdad lo que Kang ha dicho, que ver caer la nieve es relajante.

El programa está a punto de acabar y Kang no ha dicho la palabra «queso». ¿Acaso quien me escribió fue otra persona haciéndose pasar por él? La idea me entristece y me alivia a la vez. Es mejor así, es mejor que no sea Kang, porque cuanto más pudiera hablar con él, más querría conocerlo y saber más de él, y más me gustaría, y, bueno..., eso es algo que no puedo permitirme. Por lo menos, si no es él, aunque estaré triste, alejaré esa tentación.

«Bueno, esto ha sido todo por hoy, espero que hayan disfrutado con nuestras canciones y con el tema de hoy. Gracias por sus mensajes de apoyo, aunque no nos dé tiempo a leerlos todos durante el programa, les aseguro que yo siempre acabo leyéndolos, sin dejarme ni uno, cuando se acaba *Sigue mi voz*. Se despide su compañero y amigo Kang, que tengan una maravillosa noche».

Me siento decepcionada... Estoy a punto de quitarme los auriculares cuando escucho la voz de Kang de nuevo:

«Oh, una tontería sobre mí: me encanta el queso. Feliz noche, mi gente».

Por segunda vez en menos de dos días, Kang me deja sin aliento.

9

Discúlpame

—Klara.

El sonido el agua que me cae sobre las manos mientras lavo los platos ahoga la insistente voz llamándome. Mi cuerpo está presente, pero mi mente está lejos de aquí. A pesar de que ya han pasado dos horas desde que terminó el programa de Kang, no puedo dejar de repetirme sus últimas palabras y su mención al queso, lo que confirma que sí fue él el que me envió esos mensajes anoche. De verdad fue él...

Una mano pasa frente a mí.

—Klara.

Alguien me sacude por los hombros devolviéndome a la realidad.

—¿Qué pasa?

Kamila está a mi lado, evaluándome como siempre.

—¿En qué piensas? Estás en la luna.

—Oh... —Lavo una taza con el estropajo—. En nada.

Ella levanta una ceja.

—¿Segura? Es la cuarta vez que enjabonas esa taza, estoy segura de que ya está más que limpia.

Termino de lavar la taza, cierro el grifo y me seco las manos con un trapo.

—¿Querías hablar conmigo?

Ella asiente.

—Vamos. —La sigo hasta que nos sentamos en el sofá grande de la sala.

No es muy difícil deducir sobre qué quiere hablar, así que no me sorprende cuando empieza.

—Quiero que empieces la escuela la semana que viene. Sé que parece pronto, pero lo he consultado con tu psiquiatra y está de acuerdo en que puedes dar ese paso. El psicólogo quiere verte antes de que vayas tu primer día.

—¿Quiere «prepararme»?

—Quiere darte algunos consejos por si tienes dificultades al principio.

—¿Dificultades? ¿Te refieres a un ataque de llanto o a uno de pánico?

Ella tuerce los labios; esa posibilidad obviamente le duele.

—Puedo ir contigo el primer día, si eso puede hacer que te sientas mejor.

—Claro, nadie se burlará de una adolescente que lleva a su hermana como guardaespaldas.

Para mi sorpresa, Kamila sonríe.

—Tu sarcasmo está volviendo, eso es bueno.

Miro hacia la ventana de detrás del sofá. El miedo me oprime el pecho cuando me imagino rodeada de docenas de adolescentes, los visualizo examinándome, las expresiones de desprecio en sus rostros, los susurros de las chicas que solían decir que eran mis amigas... Ellas lo saben todo sobre la enfermedad de mi madre y sobre lo que me pasó a mí, y puedo verlas contándoselo a todos.

—Puedo intentarlo, con una sola condición.

Kamila abre los ojos sorprendida, es obvio que no esperaba una respuesta positiva tan fácilmente.

—Claro, lo que quieras.

—Quiero ir a una escuela diferente, no quiero volver a la misma. Puedo intentar hacer el bachillerato en un lugar nuevo; es todo lo que pido.

No solo quiero evitar encontrarme con las que solían ser mis amigas, sino que no me apetece revivir los recuerdos que tengo de esa escuela. He estudiado allí desde primaria, mi madre fue allí a mis primeras presentaciones y exposiciones. En ese colegio gané mi primer premio escolar por mis pinturas... No sé cómo explicarlo, pero volver a ese lugar significa enfrentarme a un recuerdo permanente de todo lo que he perdido.

Kamila parece pensarlo por un segundo.

—Está bien, trataré de encontrar otro centro. Me tomará tiempo, no creo que puedas empezar la semana que viene por todo el tema del papeleo, pero intentaré que sea lo antes posible.

Le dedico una sonrisa de boca cerrada y tomo su mano.

—Gracias, de verdad aprecio todo lo que haces por mí.

Ella me aprieta la mano suavemente.

—Es un placer, K.

El sonido de la puerta principal nos interrumpe, Andy aparece por el pasillo de entrada, aflojándose la corbata.

—¿Qué tenemos aquí? ¿Reunión de chicas?

Kamila me suelta la mano.

—Klara acaba de aceptar volver a la escuela.

Andy no oculta su sorpresa.

—¿De verdad? Eso es genial.

Se sienta con nosotras, y nos quedamos conversando un rato sobre un caso que está llevando su firma. Andy es abogado y tiene su propio gabinete junto con unos amigos de toda la vida que se graduaron con él.

Cuando vuelvo a mi habitación, nerviosa, reviso mi teléfono: cero mensajes. Lanzo el móvil a la cama. ¿Qué esperaba? Yo fui la que le exigí que me confirmara su identidad, y ahora que lo ha hecho, ¿espera que sea quien le escriba? No voy a hacerlo.

Me siento en la cama, estiro las piernas, pongo el portátil sobre mi regazo y entro en la página donde veo mis dramas coreanos para escoger uno y le doy al play. Aunque trato de concentrarme en la película, ojeo el teléfono de vez en cuando.

Que Kang no vuelva a escribirme es lo mejor que puede pasar; será una señal para que vuelva a mis cabales y pare de alimentar estas ilusiones imposibles con él. Me escribió porque no me conoce, no sabe lo insignificante que soy. Por simple curiosidad, como él mismo lo dijo.

De cualquier forma, ya es tarde, son casi las once. Ya no va a enviarme ningún mensaje hoy... ¿Por qué eso me entristece tanto? «Eres una idiota, Klara. No te hagas ilusiones con él, no esperes nada de él. Síguelo teniendo en un plano platónico, esa es la única forma en la que te mantendrás a salvo». Eso haré. Todo estará bien.

Mi teléfono suena anunciando un mensaje nuevo y todos mis pensamientos anteriores se van por el desagüe, porque sé que solo puede ser de Kang. Nadie más me escribe, con la excepción de Kamila y Andy, y ellos están en casa, así que vendrían a mi habitación si tuvieran que decirme algo.

Dejo en pausa el drama coreano y abro el mensaje.

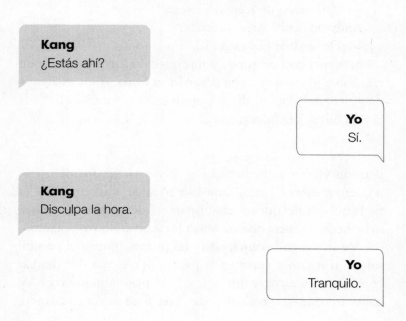

Kang
¿Estás ahí?

Yo
Sí.

Kang
Disculpa la hora.

Yo
Tranquilo.

Kang
Me cansé de esperar tu mensaje.

Yo
¿Se supone que debía enviarte uno?

Kang
Creí que lo harías después de confirmar mi identidad.

Yo
Oh, lo siento...

Kang
¿Te estoy molestando, K? Si es así, dímelo. Lo entenderé.

Dudo un instante. Si le digo que sí, dejará de escribirme y volveré a tener a Kang en ese plano platónico donde he querido mantenerlo; si le digo que no, seguiremos hablando y estoy segura de que mi interés por él crecerá.

¿Qué debo hacer?

10

Conóceme

Mi dedo sube y baja por la pantalla, moviendo la conversación con Kang arriba y abajo mientras tomo una decisión. Debo quedarme en mi zona segura, no es buena idea seguir hablando con él si nunca podré llegar a conocerlo. Con tristeza, empiezo a escribir que sí me está molestando.

«Tenemos que vivir como si fuéramos a morir mañana; tendríamos una vida mucho más plena si no creyéramos que tenemos todo el tiempo del mundo».

La dulce voz de mi madre suena en mi mente. Nadie mejor que yo sabe que no tenemos todo el tiempo del mundo. Antes de que pueda acobardarme, le respondo:

> **Yo**
> No, no me molestas.

> **Kang**
> Que bien :) ¿Cuál es tu nombre?

> **Yo**
> Solo llámame K.

Kang
Reservada, ¿eh?

Yo
Supongo.

Kang
Bueno, ¿qué haces despierta, K?

Yo
Estaba viendo un drama coreano.

Kang
Por qué no me sorprende.

Yo
¿Qué quieres decir?

Kang
Se han vuelto muy populares.

Yo
¿Has visto alguno?

Kang
Sí.

> **Yo**
> ¿De verdad? Eso no me lo esperaba.

> **Kang**
> Mi hermana me obligó a ver algunos con ella.

> **Yo**
> Me cae bien tu hermana entonces.

> **Kang**
> ¿Y yo?

> **Yo**
> Vas por buen camino.

> **Kang**
> :) Por tus mensajes al programa pensé que ya te caía más que bien.

Eso me hace recordar todos los mensajes que le he enviado durante el programa, revelando mi admiración por él. Eso lo hice pensando que nunca hablaría con él.

> **Yo**
> Solo me gusta mucho tu programa.

Kang
¿Mi programa o yo?

Eso no me lo esperaba, es muy directo. No sé qué decir, me muerdo el labio inferior.

Kang parece sentir mi incomodidad a pesar de la distancia, así que escribe:

Kang
Solo bromeo, K.

Necesito cambiar de tema y cuido cada una de mis respuestas; además, las reviso una y otra vez porque no quiero escribir algo mal o con errores ortográficos. Tal vez estoy exagerando, pero, a ver, ¡estoy hablando con el chico al que he estado escuchando por la radio cada noche durante el pasado año! Creo que me puedo permitir ser meticulosa.

Yo
¿Y tú qué haces despierto?

Kang
Pensando tonterías, no tengo sueño.

Yo
He pasado por eso, pensar mucho me quita el sueño.

Kang
¿Y qué haces para poder dormir?

Yo
Me tomo una manzanilla.

Kang
Lo intentaré... mientras me preparo una, dime,
¿qué K-drama estás viendo?

Yo
Uno romántico.

Kang
¡Qué específica!

Yo
¿Eso fue sarcasmo?

Kang
Sí.

Yo
Guau, no sabía que pudieras ser sarcástico.

Kang

Hay muchas cosas que no sabes de mí.

Yo

¿Como cuáles?

Kang

Como la gran curiosidad que tengo sobre ti.

Eso hace que mi corazón lata más rápido. ¿Por qué me tiene que decir esas cosas?

Yo

Pierdes tu tiempo. No soy nada especial.

Kang

No puedo creer eso de la chica que ha citado a Edgar Allan Poe seis veces en mi programa.

¿Las ha contado? Ni siquiera recuerdo cuántas veces he enviado frases de diferentes poemas y libros que me gustan.

Yo

¿Solo porque he citado a un poeta popular?

Kang
No, también me has enviado citas sacadas
de muchos de mis libros favoritos.

Yo
¿Así que he despertado tu curiosidad
a través de la literatura?

Kang
Digamos que sí.

Yo
Eso es muy cliché.

Kang
¿Y no puedo ser cliché?

Yo
Puedes ser lo que quieras.

Esa es la gran diferencia entre él y yo: él tiene un futuro brillante por delante y puede hacer lo que quiera, yo estoy limitada.

Kang
Te debo una, K.

> **Yo**
> ¿Por qué?

> **Kang**
> La manzanilla ha funcionado.

> **Yo**
> Oh, me alegro.

> **Kang**
> Por fin, podré dormir bien 😊
> ¿Hablamos mañana?

> **Yo**
> Está bien, buenas noches, Kang.

Siento algo raro en el estómago cuando escribo su nombre.

> **Kang**
> Buenas noches.

Bajo mi teléfono, pero llega otro mensaje.

Kang
Y tú también puedes ser lo que quieras, K.
Hasta mañana.

El consultorio de mi psicólogo es la habitación más colorida que he visto en mi vida. Hay pinturas de arcoíris, paisajes multicolores y las paredes están divididas por la mitad, pintadas en diferentes tonos. No sé si es algo terapéutico, pero conmigo funciona. Además, me gustan los cuadros que tiene colgados, son muy profesionales y con una técnica única. El doctor Brant o, como le gusta que lo llamen, doctor B, es un hombre alto, de cabello blanco casi calvo, con gafas redondas y sonrisa tranquilizadora casi permanente.

—Klara.

Me saluda, haciendo una reverencia chistosa. Oh, y tiene un loco sentido del humor.

A lo largo de los pasados dos años, he desfilado por un montón de psicólogos, pero el doctor B es mi favorito, y se ha convertido en mi psicólogo de cabecera desde hace seis meses. Hace que me sienta como si fuéramos amigos y no una paciente y un psicólogo. Le devuelvo la reverencia.

—Doctor B.

Nos sentamos con su escritorio de por medio, frente a frente.

—Tienes buen aspecto, Klara. Me alegro.

—Sí, y he venido sola a la consulta.

Estoy orgullosa de eso, y no me importa admitirlo. Él, que sabe por lo que he pasado, parece sorprendido.

—Oh, estupendo. —Me da su pulgar arriba—. Y, por lo que veo, también estás comiendo mejor; eso es muy importante cuando tomas medicación.

Asiento.

—Lo sé.

—¿Has estado haciendo tus ejercicios de respiración?

—Sí, señor.

—¿Has llenado tu agenda de actividades?

También asiento.

—Sí, y no he tenido ataques de pánico, y eso que he hecho cosas fuera de mi zona segura.

—Esa es una muy buena noticia, Klara. Pero de todas formas debes seguir haciendo tus ejercicios de respiración por si experimentas algún ataque de pánico, y quiero recordarte que, si eso ocurre, no quiere decir que todo tu progreso quede anulado. Puede que experimentes algún ataque de pánico más antes de despedirte para siempre de ellos o tal vez no tengas ninguno más nunca; eso solo el tiempo nos lo dirá.

—Lo sé.

—También sabes por qué estás aquí. Vas a volver a la escuela. ¿Cómo te sientes?

—Muy muy asustada.

—¿Qué te da miedo?

—Todo: estar con tanta gente, tener un ataque de pánico delante de todo el mundo, que me miren, que me critiquen, que se burlen...

Él pone ambos codos sobre el escritorio y se inclina hacia delante.

—¿Y qué pasa si te miran? ¿Te morirás?

—No.

—¿Y qué pasa si te critican o se burlan?

—Nada.

—Exacto. Sí vas a sentirte incómoda, incluso puede que te sientas mal, pero la realidad es que las miradas y las palabras no pueden hacerte daño físico, Klara. Y ese es tu mayor temor, el daño físico, el ataque de pánico, el miedo a la muerte. Creo que tu miedo radica en que se enfoquen en burlarse o mirarte y no en ayudarte... ¿Tienes miedo de que, por ejemplo, dejes de respirar y nadie te ayude?

—Sí.

—¿Por qué dejarías de respirar, Klara? ¿Tienes alguna enfermedad pulmonar?

—No.

—¿Neumonía? ¿Una gripe, quizá?

—No.

—Entonces, ¿por qué una chica de diecisiete años, con un par de pulmones sanos, dejaría de respirar de pronto?

Suspiro.

—No lo sé, solo son pensamientos que me llegan.

—¿Y qué te he dicho sobre esos pensamientos?

—Que debo contrarrestarlos, pensar una respuesta para cada pensamiento negativo.

—Exactamente, el primer día va a ser difícil, Klara, no voy a mentirte, pero se hará más llevadero con el paso del tiempo, y luego ni te acordarás del miedo.

—¿Usted de verdad lo cree? ¿Cree que puedo tener una vida normal?

—Por supuesto. ¿Acaso pensaste que esto duraría para siempre? Pasaste por algo muy difícil, estás sobrellevándolo y pronto sanarás; nada es eterno.

La esperanza expande mi pecho; sin embargo, aún estoy un poco preocupada.

—¿Y si tengo un ataque de pánico en medio de una clase?

—Si no puedes evitarlo, solo debes esperar que pase. Sabes que es algo que puede suceder.

Después de un rato repasando consejos para el primer día, me despido de él. Honestamente, me siento más tranquila sobre cómo llevaré mi vuelta a las clases.

Espero que todo salga bien. Necesito que todo salga bien.

Asistir a clase es el primer paso para volver a tomar las riendas de mi vida, y reemprender el camino a la normalidad.

11

Piénsame

«Bienvenidos a su programa favorito *Sigue mi voz*, les habla su compañero y amigo Kang».

Estoy dando de comer a los perritos de mi vecina, así que tengo el teléfono en el bolsillo y voy con los auriculares puestos.

«Es una noche fría, espero que estén abrigados en sus casas. Me encanta este comienzo de invierno. Tengo un chocolate caliente aquí a mi lado y me está sentando de maravilla».

Eso me hace sonreír, me gusta mucho el chocolate caliente.

«El tema de esta noche lo han elegido ustedes, nuestros queridos oyentes, durante el día de hoy votando en nuestro Twitter».

Donky, uno de los perritos, me lame la mano haciéndome cosquillas.

«De varias opciones, el ganador fue el tema de los amores imposibles. Me sorprendió que ganara esa opción, pero me parece muy interesante».

Amores imposibles, ¿eh? Acaricio el cuello de Donky.

—Nuestro amor no es imposible, Donky. —El perrito saca la lengua y sigue lamiéndome—. Nuestro amor es puro y verdadero. Tú y Sappy —también acaricio al otro cachorro— son mis príncipes azules.

Sappy suelta un pequeño ladrido. Son tan adorables...

«Al parecer, algunos de nuestros queridos oyentes saben lo que es vivir un amor imposible, ya sea porque se enamoraron de alguien famoso o de alguien fuera de su alcance o que ya estaba comprometido. O simplemente porque vivían circunstancias que hacían imposible estar con la persona a la que querían. Esto me recuerda a Shakespeare y su muy conocida obra de *Romeo y Julieta*, creo que no hay amor más imposible en la literatura que ese».

Romeo y Julieta.

Kang y Klara.

Pero ¿qué estoy pensando? Sacudo la cabeza para hacer desaparecer esas ideas locas de mi mente.

«Creo que el único consejo que puedo darles es que dejen ese amor ir. Si las circunstancias no permiten que estés con esa persona, ¿por qué aferrarte a algo que no podrás lograr de ninguna forma? Creo que, aferrándote a lo imposible, solo pierdes el tiempo y la oportunidad de encontrar a alguien con quien sí puedas estar... Puedes estar dejando pasar lo posible delante de tus ojos».

Es la primera vez que lo escucho ser tan realista respecto a un tema, aunque suena un poco negativo. «¿Has tenido un amor imposible, Kang?». Pero él dijo el otro día en su programa que nunca se ha enamorado.

«Debo admitir que no he sido del todo honesto con ustedes, mis queridos oyentes. —Eso llama mi atención, me siento en una silla—. El otro día les dije que nunca me he enamorado, pero eso no es verdad, mi primer amor fue un amor imposible. —No sé por qué me incomoda escuchar eso—. Ella estaba enamorada de otra persona, así que, sí, sé lo que se siente, y por experiencia les digo que es mejor dejar ir a ese amor, y seguir adelante».

Suena como si él no hubiera dejado atrás todavía su amor imposible.

Y me duele. No debería, no tendría por qué. Kang es solo el locutor de radio que me gusta escuchar y con el que he intercambiado unos cuantos mensajes. No debería afectarme lo que sienta por otra chica. Pero me afecta.

Kang presenta la siguiente canción, mientras yo sigo evaluando sus palabras una y otra vez. Necesito olvidarlo, no es de mi incumbencia, no debe importarme. Una parte de mí está un poco triste porque no me ha enviado mensajes hoy, pero tampoco tiene la obligación de hacerlo. Además, si quiero hablar con él, puedo escribirle yo. Pero no lo haré, aún no soy tan valiente.

Estoy poniéndoles agua a los perritos cuando termina la canción y Kang vuelve a hablar:

«Seguimos con nuestro tema de hoy. Me gustaría compartir una frase con ustedes al respecto. Dice: "La peor forma de extrañar a alguien es estar sentado a su lado y saber que nunca lo podrás tener». Esta frase es del increíble Gabriel García Márquez. ¿Qué les parece? Creo que los amores imposibles más dolorosos son aquellos en los que compartimos nuestro día a día con esa persona sin poder realmente estar con ella. ¿Ustedes han vivido algo parecido? Compartan sus experiencias con nosotros a través de nuestra línea de mensajes de texto».

Kang comienza a leer mensajes de los oyentes y llega uno de Liliana.

«Liliana nos ha dejado su mensaje hoy. Dice: "Querido Kang, tú eres mi amor imposible"».

Casi se me cae al suelo la mandíbula. ¡¡En serio?!

Kang se ríe abiertamente.

«No creo que sea el amor imposible de nadie, Liliana, pero me siento halagado».

¿Y si Liliana también despierta su curiosidad y Kang decide hablar con ella? Estoy segura de que ella, a diferencia de mí, no dudará ni un segundo en iniciar una conversación con él. «No me importa, no me importa», me repito.

Cuando el programa termina, me quito los auriculares de mala gana. Si no fuera por Donky y Sappy, estaría de mal humor. Pero estos adorables cachorros son una fuente de energía y bienestar. La vecina viene a por ellos, los acaricio antes de verla marcharse con los dos. Se fue mi fuente de buenas vibraciones por hoy. Cierro la puerta, y el teléfono vibra en mi mano. Emocionada, abro el mensaje rápidamente.

Kamila
Andy y yo estamos cenando juntos, volveremos dentro de unas horas.

Me desinflo. Kang no va a escribirme. Me dirijo al baño, me meto en la ducha y disfruto del agua caliente cayendo sobre mí. Sin embargo, cuando paso mi mano por la cabeza, noto una opresión en el pecho. Trato de tomar una respiración profunda, pero no lo consigo. Siento como tuviera algo en la garganta que me impide respirar.

El miedo circula por mis venas, el corazón se me acelera, un hormigueo recorre mis extremidades.

«No puedo respirar. Estoy sola. Nadie puede ayudarme».

El hormigueo se expande por mi cara cuando no puedo respirar... Sofocada, cierro el grifo, me pongo una toalla alrededor del cuerpo y doy un paso fuera de la ducha.

«Me voy a morir».

«No».

«No».

Tomo mi teléfono, pero las manos me tiemblan tanto que apenas puedo ver la pantalla y me resulta muy difícil llamar a Kamila. Antes de que mi hermana pueda decir algo, digo con tono desesperado:

—No... puedo respirar.

—¿K?

La voz de Kang al otro lado de la línea me sorprende tanto que, si no fuera por mi ataque de pánico, habría reaccionado de forma totalmente diferente.

—Yo...

Después de haberlo escuchado durante tanto tiempo en la radio, su voz me ayuda a calmarme.

—¿K? ¿Estás bien?

—No... yo... —Las lágrimas inundan mis ojos—. Tengo miedo... No puedo respirar.

—¿Por qué? ¿Estás enferma? ¿Qué pasa?

—Yo... —Mi respiración se acorta—. Estoy... un ataque de pánico. —Hablo de manera incoherente—. Tal vez no sepas lo que es... Yo... —Me duele el pecho.

—Sí sé lo que es. —Su voz se torna aún más suave—. Va a pasar, puedo quedarme contigo mientras tanto.

—Tengo mucho miedo... —Mi voz se rompe, ni siquiera sé por qué le estoy diciendo todo esto a Kang, pero es la única persona con la que cuento en este momento. Su voz en mi oído sigue siendo tan tranquilizadora.

—Estoy aquí contigo, K. Ya verás cómo pronto estarás mejor...

Lágrimas gruesas ruedan por mis mejillas.

—No puedo respirar.

—Si puedes, K... Esto que sientes ahora va a pasar y vas a sentirte bien.

—¡No! No es cierto... Noto que mi corazón va a fallar... Siento mucho dolor en el pecho.

—Eso no va a ocurrir, trata de respirar conmigo, piensa en otra cosa mientras se pasa este ataque de pánico... ¿Has disfrutado de la nieve estos días? Yo sí... ¿Has visto cómo los copos de nieve caen suavemente, cómo danzan en el aire hasta que caen al suelo?

Hay algo en su voz, en sus palabras que me resulta muy reconfortante... Mi pecho sube y baja rápidamente mientras lo escucho. Él sigue hablando:

—Quiero que pienses en eso, K. Cierra los ojos. Quiero que recuerdes cómo caen los copos de nieve suavemente hasta el suelo... ¿Lo estás visualizando?

Cierro los ojos.

—Sí.

—Quiero que veas en tu mente cómo caen al suelo. Cada vez que veas caer un copo, toma una respiración profunda... Recuerda que te lo estás imaginando y que los copos pueden caer al ritmo que tú necesites.

Le obedezco. No sé cuánto tiempo pasa, pero el ataque de pánico, poco a poco, va llegando a su final y mi respiración va regulándose.

—Kang.

—Es la primera vez que dices mi nombre, tienes una voz muy bonita, K.

Mi corazón aún late un poco acelerado, pero por lo menos ya puedo respirar.

—Yo... no sé qué decir...

—No tienes que decir nada, ¿estás mejor?

—Sí, gracias... por... Debes de pensar que soy...

—Para, me alegro de haber podido ayudar.

—De verdad, gracias. Debí de marcar tu número equivocadamente, pero me has ayudado... Gracias.

Lo escucho suspirar.

—Me alegro de que te hayas equivocado, entonces.

—¿Por qué?

—Porque he podido escuchar tu voz. Creo que es justo después de que tú hayas escuchado la mía tantas veces.

—Mi voz no es nada especial.

—No estoy de acuerdo con eso. Todo sobre ti me parece especial, K.

Estoy hablando con Kang. Tomo consciencia de ello ahora que empiezo a salir de la niebla del ataque de pánico.

—Debería colgar.

—Está bien, descansa, y si te sientes mal otra vez, puedes equivocarte de nuevo.

Otra vez, ese cosquilleo en mi estómago.

—Está bien. Buenas noches, Kang.

—Buenas noches, K —susurra, y siento que mi corazón se acelera—. Ah..., y, K...

—¿Sí?

—Es mi turno de seguir tu voz.

Y después de decir eso, cuelga.

12

Recuérdame

Derrota.

Eso es lo que siento, lo que invade cada partícula de mi cuerpo. Pensé que estaba mejorando, pensé que podía tener una vida normal... He sido tan ilusa, tan idiota. Todo lo que había avanzado y que me ha costado tantos meses conseguir se ha derrumbado en unos segundos. Estoy sentada en mi cama, con la espalda apoyada en la pared, mis rodillas contra mi pecho mientras las abrazo como si de esa forma pudiera mantener juntas mis piezas rotas.

Después de colgar a Kang, esperé sin moverme a que Kamila y Andy llegaran. Temía que cualquier cosa que hiciera pudiera causar otro ataque de pánico. Sí, hablar con Kang me tranquilizó, pero no me curó... Mis miedos siguen ahí, palpitando como un volcán, esperando erupcionar.

La voz en mi cabeza se ha vuelto mala y cruel.

«¿Lo llamaste en medio de un ataque de pánico? ¿Tienes idea de lo que debe de pensar de ti ahora? ¡Que estás loca!».

Y el peor pensamiento de todos es: «Ahora él te tiene lástima... ¿No escuchaste la lástima en su voz mientras trataba de calmarte? Eres una vergüenza, Klara».

Kamila me dejó sola después de darme una larga charla sobre que esto no era una recaída, y que mi progreso no se ha desvanecido por ello.

Pero ¿por qué siento que sí? Me paso las manos por la cara, antes de acostarme, envolverme en las sábanas y tratar de dormir.

Lo que más temo y odio de la depresión es el estado de «desactivación», como me gusta llamarlo. Ese estado en el que no puedes sentir. Las cosas pasan a tu alrededor, y tú estás ahí, existiendo sin ningún motivo, razón o motivación. Es como si la vida dejara tu cuerpo, y solo quedara el cascarón vacío. No vives, no piensas, no hablas, solo existes.

—¡Buenos días! —Andy entra a mi habitación—. Te he traído el desayuno.

Me sorprende. Los pasados tres días ha sido Kamila la que me ha atendido. Supongo que ya no puede perderse más guardias en el hospital. No me gusta que cuidarme afecte a sus trabajos, pero sé que Andy no se va a ir a pesar de que les he dicho a ambos que puedo quedarme sola.

Mi teléfono está en mi mesilla de noche, ni siquiera lo he mirado, tampoco he escuchado el programa de Kang. Andy se sienta a mi lado en la cama, yo sigo en la que se ha convertido en mi posición favorita: espalda contra la pared, brazos alrededor de las rodillas y mentón apoyado en ellas.

—La vecina ha preguntado por ti. Quiere saber cuándo pueden volver a visitarte los perritos.

No digo nada.

—Klara, mírame.

Giro la cabeza ligeramente hacia él. Las pequeñas arrugas de su cara se vuelven más pronunciadas cuando me sonríe amable.

—Sabes que no me voy a ir. —Su mano se posa sobre la mía—. Klara, no soy un experto como tu hermana y tal vez no pueda superar lo que ya te ha dicho ella, pero te hablaré desde el corazón: no has retrocedido ni un paso. Sufriste un ataque de pánico, pero eso solo fueron unos segundos. ¿Dónde dejas las horas de bienestar? ¿Lo bien que te lo has pasado con los cachorros? ¿O cuando fuiste al parque? ¿Lo mucho que disfrutas con el programa de ese chico? —Su mano aprieta la mía—. No dejes que unos segundos lo definan todo. Dime qué necesitas y lo haré por ti, sin preguntas.

Mis ojos se llenan de lágrimas. Me viene a la mente cómo mi madre me cuidaba cuando me ponía enferma de pequeña. Me preparaba una sopa de verduras y me la daba a cucharadas.

—Abre una boca bien grande para mamá. —Su sonrisa era tan contagiosa...—. Vamos.

—Mamá, ya no soy un bebé. Tengo once años —le reproché, poniendo los ojos en blanco.

Ella me acarició la mejilla.

—Siempre serás mi bebé, ahora abre la boca.

La abrí de mala gana, y ella me metió la cuchara con la sopa. Estaba deliciosa. Sus ojos encontraron los míos. En ese momento no supe valorar la paz y la seguridad que me transmitía con solo una mirada.

Lágrimas gruesas resbalan por mis mejillas.

—Sopa.

Andy se sorprende al escuchar mi voz. Es la primera vez que hablo en tres días.

—¿Quieres sopa?

Asiento. Tengo la voz ronca por las lágrimas.

—Sopa de verduras.

Me acaricia la mejilla.

—Una sopa de verduras, entonces. —Se inclina sobre mí y me besa en la frente—. Estarás bien, Klara.

Cuando vuelve con la sopa y me la ofrece, no muevo las manos. Andy parece leerme la mente y toma la cuchara.

—A ver, abre bien la boca.

Me da la sopa. Tal vez sea la cosa más infantil del mundo, pero es lo que necesito ahora. No sé por qué, pero necesito la conexión emocional para volver al mundo de la vida, para salir de la desactivación. Él me acaricia la cara de la misma forma que solía hacerlo mi madre.

—Te pondrás bien, Klara, te lo prometo.

La seguridad con la que lo dice me hace sentir mejor. Estoy tan agradecida de tener a Andy en mi vida... él es definitivamente un padre para mí. No cualquiera aguanta todo lo que él ha pasado con mi madre, con mi hermana y conmigo. Tiene un hermoso corazón. Tal vez la vida arranca personas de nuestro lado y trata de compensarlo al poner a otras en su lugar.

—He estado escuchando el programa de ese chico... Kang, ¿no? —dice mientras me sigue dando la sopa—. Es muy bueno en lo que hace, suena maduro para ser tan joven.

No puedo creer que Andy haya escuchado el programa estos días. Hace tantas cosas por mí...

—Te ha mencionado mucho en el programa.

Casi me ahogo con la sopa.

—¿A mí?

—Sí. En más de una ocasión ha preguntado dónde podía estar K, le extrañaba que no hubieras enviado ni un solo mensaje al programa... Bueno, supongo que tú eres K, no creo que sea tanta coincidencia.

Sigo tomando la sopa en silencio.

¿Kang me ha mencionado en *Sigue mi voz*? Me cuesta creerlo. Una ligera sensación de alegría quiere manifestarse, pero el peso de mi estado no se lo permite. Cuando Andy termina de darme de comer, me levanto y estiro de mano para tomar una toalla.

—Voy a ducharme —le digo, pero, de inmediato, mi mano se congela sobre la toalla al recordar el ataque de pánico que tuve en la ducha.

Kamila ha estado conmigo mientras me he duchado estos días. Andy parece leer mi miedo.

—Esperaré fuera. No estarás sola. Estaré al otro lado de la puerta, ¿vale?

Mis labios tiemblan. Soy tan afortunada de tener a mi lado

a una persona como Andy y también a mi hermana... Son tan pacientes y tan compresivos conmigo... No se cansan de apoyarme.

—Gra... —mi voz se rompe—. Gracias, Andy.

Él solo me sonríe.

—De nada, equipo K1 siempre.

Me siento un poco mejor después de ducharme. Vuelvo a la cama, enrollada en mis sábanas, escucho la puerta de entrada y asumo que Kamila ya ha llegado de su guardia. Me levanto, caminando hacia la sala y me detengo en el pasillo para verla desde lejos. Quiero asegurarme de que está bien. Andy la está esperando en la cocina, puedo verlo de perfil, y ella aparece frente a él, no se dicen nada, solo se miran durante unos largos segundos y ella empieza a llorar, rompiéndome el corazón. Andy la abraza, acariciando la parte de atrás de su cabeza y susurrando palabras de aliento.

Este es el lado que Kamila no me muestra. Sé que ella tampoco lo ha tenido fácil. El hecho de que sea psiquiatra no la hace de piedra. A ella también le afectó mucho la muerte de nuestra madre y a veces sus pacientes pueden deprimirla. Hace unos meses, un paciente que ella llevaba años tratando se suicidó, y eso rompió una parte de ella que no estoy segura de que pueda llegar a recomponer porque siente que falló a ese chico.

No quiero ser una carga para ella, no quiero hacerle las cosas más difíciles. Ese deseo me obliga a esforzarme por mantenerme a flote y superar mi estado de desactivación. Con el corazón roto por Kamila, vuelvo a mi habitación. Al mirar por la ventana veo que está nevando y recuerdo que a Kang le gusta el invierno.

Kang...

«Va a pasar, puedo quedarme contigo mientras tanto. Estoy aquí contigo, K, ya verás cómo pronto estarás mejor».

Escucharlo por teléfono fue mil veces mejor que hacerlo por la radio. Nunca olvidaré cómo me sentí teniéndolo tan cerca.

«Pues no creo que lo vuelvas a sentir... ¿O es que piensas hablar con alguien que solo te responderá por lástima?».

Paso la mano por el vidrio de la ventana y noto el frío del exterior en mis dedos. Por un momento, quiero pensar que Kang no me tiene lástima, que sabe lo que es sufrir un ataque de pánico... Se quedó conmigo hasta que el ataque terminó.

Conecto el teléfono al cargador y lo dejo cargando mientras abro las cortinas para poder ver la nieve caer desde la cama. Cómoda en ella, tomo el móvil que apenas ha recobrado un poco de vida y observo cómo vibra en mi mano cuando le llegan todas las notificaciones y mensajes.

Muchas notificaciones de nuevos capítulos de los dramas coreanos que veo en la aplicación, llamadas perdidas de Kamila del día del ataque de pánico y...

¡Diez mensajes de Kang!

Sorprendida, mi corazón da un brinco. Abro la conversación para leer desde el primer mensaje hasta el más reciente.

Martes

Kang
Buenos días, K. Espero que estés bien.

9.04 h

¿Lista para el programa de hoy?

17.57 h

Me ha extrañado no recibir mensajes tuyos durante el programa.

20.16 h

Responder mensajes no debe de ser tu prioridad ahora. Solo espero que estés bien.

10.35 h

Creo que ya entiendo cómo te sentías cuando enviabas mensajes a *Sigue mi voz* sin obtener respuesta.

13.57 h

He decidido enviarte frases, tal como hacías tú cuando escribías al programa y me alegrabas la tarde. Tal vez tengan el mismo efecto en ti.

19.03 h

«Ocurra lo que ocurra, aun en el día más borrascoso, las horas y el tiempo pasan», de Shakespeare. Buenas noches, K.

20.46 h

Jueves

«Por muy larga que sea la tormenta, el sol siempre vuelve a brillar entre las nubes», de Khalil Gibran.

7.56 h

«De lo que tengo miedo es de tu miedo»,
de Shakespeare.

14.47 h

«¡Cuán dulcemente suena en los oídos la voz de una mujer buena! Tan raras veces se la oye, que, cuando por fin habla, arrebata todos los sentidos», de Thomas Middleton.

21.39 h

Hoy

«Es un perpetuo sueño de mi oído el eco de tu voz», de Ramón de Campoamor.

11.24 h

Sin darme cuenta, las lágrimas empiezan a rodar por mis mejillas. «¿Qué es lo que estás haciendo, Kang? ¿Qué buscas en una desconocida como yo? ¿Y por qué tu insistencia me llena y me hace querer sentir de nuevo?».

13

Levántame

Kang no se rindió.

Pensé que se cansaría de esperar mi respuesta y dejaría de enviarme mensajes, pero ha pasado otro día y sus mensajes siguen llegando.

> **Kang**
> Buenos días, K.

Me quedo mirándolo, subiendo y bajando el texto con el pulgar sobre la pantalla. Sigo sentada en la cama, con una almohada sobre mi regazo. Ayer, a pesar de lo mucho que me gustó ver sus mensajes, no pude contestarle. La voz en mi cabeza se burlaba de mí cada vez que lo consideraba.

«¿Vas a responderle? ¿De verdad? ¿Sabes que solo te contestará por lástima después del show que montaste con tu ataque de pánico? ¿Crees que alguien como él se fijaría en alguien con tantos problemas como tú?».

La última conversación con el doctor B me viene a la mente:

—Solo son pensamientos que me llegan.

—¿Y qué te he dicho sobre esos pensamientos?

—Que debo contrarrestarlos, pensar una respuesta para cada pensamiento negativo.

Tomo una respiración profunda y contesto a esos pensamientos: «Nadie envía todos esos mensajes solo por lástima. Puede que Kang solo sienta curiosidad por mí, pero desde luego no siente lástima».

La imagen de Kamila llorando en los brazos de Andy aún me atormenta. Mi hermana ya tiene suficiente. Puedo hacer un esfuerzo; sí puedo. He estado comiendo, luchando por recuperar el camino que he trazado hasta ahora. Suena el timbre de casa e imagino quién es, así que, animándome, me pongo de pie.

—Tú puedes hacer esto, Klara —me digo—. *Fighting!* —me grito, como hacen en los shows coreanos que veo para darse ánimos.

Abro la puerta y me encuentro con nuestra vecina. Lleva un cachorro en cada mano.

—Buenos días, Klarita.

Paula es una mujer de unos cuarenta años con un trabajo de oficina bastante exigente. Nunca se ha casado. Sus compañeros de vida siempre han sido los perros.

—Donky y Sappy te han echado de menos.

Le sonrío.

—Yo también a ellos.

La vecina me devuelve la sonrisa.

—Buena elección, te queda bien el morado.

—A Andy le gusta el rosa.

—Andy no sabe nada de estilo.

Me pasa los perritos y, después de despedirme, cierro la puerta y los pongo en el suelo.

Sappy y Donky revolotean a mi alrededor felices. Están moviendo sus colas tan rápido que apenas puedo verlas. Me arrodillo frente a ellos.

—Parece que es verdad que me han echado de menos, ¿eh, tontitos?

Sappy ladra y luego me lame la mano, mientras que Donky escala hasta mi regazo y empieza a darme lametones en el mentón. Inmediatamente, me siento mejor, estos cachorros son magia. Aman incondicionalmente, sin importarles mis defectos, ni mis debilidades... No sé por qué se llenan los ojos de lágrimas.

—Yo también los extrañé, yo... —Trago saliva—. Tuve una pequeña recaída, pero ya me estoy recuperando. —Donky inclina la cabeza a un lado y se queda mirándome—. Ustedes van a ayudarme, ¿verdad? —Me limpio una lágrima que se escapa—. Claro que van a ayudarme.

Donky ladra y empuja su pequeña cabeza contra mi pecho, haciéndome sonreír.

—Ojalá todo el mundo fuera como ustedes, dispuestos a dar amor sin condiciones.

Me paso todo el día jugando con los perritos. Les doy de comer, los saco al patio un momento para que hagan sus necesidades y luego me siento en el sofá con ellos. A través de las ventanas dobles de la sala, veo que comienza a llover a cántaros, y mi mente viaja al pasado, al momento que ha hecho que odie la lluvia.

Llueve...

Está lloviendo tanto.

Me parece una broma cruel, porque el día que mi madre nos dijo que tenía cáncer también llovía así. Toda mi ropa está empapada, y llevo el pelo mojado pegado a los lados de la cara. Los labios me tiemblan con el frío y las lágrimas se entremezclan con la lluvia que me envuelve.

«Lo siento mucho».

«Lamento tu pérdida».

«Tu madre era una gran mujer».

«Hacía unos pasteles deliciosos».

«Tienes que salir adelante»...

Mucha gente habla a mi alrededor, pero no puedo escuchar a nadie... Hay brazos que me guían y otros que me aprietan para reconfortarme, pero no puedo sentirlos... ¿Por qué? ¿Acaso me he muerto contigo, mamá? ¿O es que tu abrazo es lo único que podría reconfortarme ahora?

La gente vestida de negro va desapareciendo, y el tiempo pasa, pero tampoco puedo sentirlo. Un paraguas aparece sobre mi cabeza. No sé quién lo sostiene hasta que escucho la voz de Kamila.

—*Klara, tenemos que irnos.*

Mis ojos siguen fijos en la tierra que acaba de cubrir el ataúd de mi madre. Kamila aprieta mi hombro.

—*Klara, ¿me estás escuchando? Te vas a resfriar. Vamos a casa.*

«A casa...».

¿Cómo la podemos seguir llamando casa cuando mamá ya no estará allí, cuando ya no podré oler los pasteles que horneaba ni escuchar su risa, tan escandalosa que se oía a metros de distancia?

Kamila trata de moverme con ella, pero no la dejo.

—*No* —*susurro a través de mis labios temblorosos y mojados*—. *No podemos dejarla sola, Kamila, hace mucho frío.*

La voz de mi hermana está rota.

—*Klara...*

—*Mi chaqueta...* —*comienzo a quitarme la chaqueta*—. *Ella la necesita, debe de tener mucho frío...*

Kamila trata de detenerme.

—*Klara, no, para.*

La empujo, me quito la chaqueta y me arrodillo para ponerla sobre la tierra bajo la que está enterrada mi madre.

—*Ya, ya, mamá, así no tendrás frío. Yo no te voy a dejar sola, tranquila...*

Aplasto la chaqueta contra la tierra con mis manos.

—*No te dejaré sola, mamá. Siempre me has dicho que odias estar sola y que por eso tuviste dos hijas. Me contabas que, como fuiste hija única, nunca tenías con quién jugar, y que siempre has odiado la lluvia. Estoy aquí, no te dejaré sola con esta lluvia y este frío...*

Escucho a Kamila sollozar detrás de mí.

—*Te quiero mucho, mamá.* —*Se me nubla la vista por culpa de las lágrimas*—. *¿Cómo voy a dejarte aquí sola, mami? ¿Cómo...?* —*digo con voz ronca, sin dejar de llorar y apretando la chaqueta contra la tierra.*

¿Cómo puedo seguir sin ti?

Siento unos brazos fuertes agarrándome y obligándome a levantarme.

—No... —Quiero soltarme—. No...

Andy mantiene su agarre, obligándome a retroceder.

—No, Andy, no... No podemos dejarla sola bajo la lluvia.

Kamila me gira para que la mire. Tiene la cara roja y los ojos hinchados de tanto llorar.

—Klara —sostiene mi rostro—, tenemos que irnos. Recuerda lo que nos dijo mamá, que ella no estará nunca sola mientras la tengamos aquí. —Pone su mano sobre mi pecho—. Nunca estará sola, siempre estará con nosotras.

Mis labios tiemblan, y sigo tratando de librarme de su agarre.

—No quiero dejarla sola. Llueve mucho... No voy a dejarla sola...

—Mamá no va a estar sola.

—Me quedaré con ella hasta que deje de llover.

—Ve a casa a descansar —me dice Andy, y de repente su voz me recuerda que sigue ahí—. Yo le haré compañía a tu madre, ¿vale?

—¿Lo prometes? —le ruego—. ¿Prometes que no la dejarás sola mientras siga lloviendo? A ella no le gusta la lluvia.

Andy asiente.

—Te lo prometo, cariño, ahora ve a casa.

Dos lágrimas gruesas se deslizan por mis mejillas al recordar este momento. La lluvia sigue golpeando las ventanas.

«Te echo tanto de menos, mamá... Lamento no haber ido a visitar tu tumba. Me gustaría poder salir siempre que quisiera... Pero lo estoy intentando, mami. Por ti, por Kamila, por Andy, por mí... Me estoy esforzando para poder visitarte cuando quiera, para hacerte compañía en días lluviosos como este».

Me limpio las lágrimas, con cuidado de no moverme, Sappy y Donky están dormidos encima de mí.

Y entonces el teléfono vibra en el bolsillo de mi sudadera y lo saco para revisar el mensaje.

> **Kang**
> ¿Estás disfrutando de la lluvia? A mí no me gusta...
> Extraño, ¿no? Me gusta la nieve, pero no la lluvia.

No, no es extraño, quiero decirle; a mí me pasa lo mismo. Llega otro mensaje:

> **Kang**
> El programa está a punto de comenzar. ¿Estarás ahí?
> Te echo de menos, K.

Mi corazón se salta un latido. Dudo unos segundos y me levanto con cuidado para no despertar a los cachorros. Voy a buscar los auriculares a mi habitación y me los pongo. Una vez en el sofá de nuevo, con dedos ansiosos, sintonizo el programa, porque yo también he extrañado...

El sonido de su voz...

«Buenas noches, mis queridos oyentes».

Escuchar su voz de nuevo causa estragos en mí.

«Bienvenidos a su programa nocturno favorito, *Sigue mi voz*. Les habla Kang, su locutor y servidor durante esta hora».

Y ahí, por primera vez en días, con los perritos a mi lado y escuchando el programa, siento que, en efecto, no he retrocedido en el camino hacia la curación, que vuelvo a estar en el mismo punto donde estaba antes del último ataque de ansiedad. La pureza de la sonrisa que invade mis labios calienta mi corazón, anunciando que ya puedo sentir otra vez.

14

Llámame

> **Yo**
> Muy bueno tu programa de anoche, Kang.

Envío el mensaje antes de que pueda arrepentirme. Creo que Kang se merece que dé señales de vida después de mandarme tantos mensajes sin darse por vencido. El hecho de que se haya preocupado tanto por una extraña de la que ni siquiera conoce el nombre dice mucho de él.

Estoy aspirando la alfombra de la sala. Después de pasar tantos días en estado de desactivación, creo que debo ser productiva y ayudar en casa. Es lo mínimo que puedo hacer por Kamila y Andy, tal vez aún no me resulte fácil salir sola, pero sí puedo limpiar y, sorprendentemente, me gusta, porque me distrae.

El teléfono vibra en mi bolsillo, y trato de actuar con naturalidad, pero no lo consigo, ya que apago la aspiradora al instante y saco el móvil tan rápido como puedo para ver el mensaje de Kang.

> **Kang**
> Me alegro de que te haya gustado, K.

Su mensaje me roba una sonrisa. Me agrada que no mencione nada de lo que pasó y que tampoco señale que es la primera vez que le escribo en días después de sus muchos mensajes. Es como si esos días no hubieran pasado. Me muerdo las uñas mientras pienso qué decirle. ¿Cómo inicio la conversación de nuevo con él? Su respuesta no tiene ninguna pregunta, así que no sé si espera que diga algo más. Mi teléfono vibra de nuevo con otro mensaje.

Kang
¿Y qué hace la misteriosa K?

Yo
Estoy limpiando. ¿Y tú?

Kang
Componer :)

Eso me hace fruncir las cejas. ¿Componer? Una sola cosa viene a mi mente cuando escucho esa palabra.

Yo
¿Compones... canciones?

Kang
Sí, me gusta la música, y creo que soy bueno, aunque podría estar engañándome a mí mismo.

Me lo imagino cantando con esa voz tan maravillosa que tiene y se me acelera el corazón. Aunque, bueno, el hecho de que tenga una buena voz radiofónica no quiere decir que sea bueno cantando... Pero algo me dice que sí lo es. Dudo que este chico sea malo en las cosas que hace con pasión.

Yo
¿De verdad? Nunca lo habría imaginado.

Kang
Pocas personas lo saben. Considérate afortunada de saber mi oscuro secreto.

Yo
Ese no es un oscuro secreto.

Kang
Jajajaja, dices eso porque no sabes la historia completa.

Yo
¿Y me la vas a contar? :O

Kang
Depende.

Yo
¿Depende de qué?

Kang
Te la cuento si me dices tu nombre.

Me muerdo el labio inferior, dudando.

Yo
¿Por qué quieres saberlo?

Kang
¿No es obvio? Para así poder buscarte
en todas las redes sociales y stalkearte.

Me echo a reír ante su honestidad, y me siento segura porque no tengo ninguna red social. Borré todas mis cuentas cuando mi madre murió. Solo me queda esa vieja cuenta de Instagram con la que revisé la cuenta del programa de Kang, y en ella ni siquiera tengo fotos.

Yo
Pues eso no me anima mucho a decírtelo.

Kang
Solo bromeaba... O tal vez no ;)

Me rasco la cabeza, pensando de qué forma podría afectarme que Kang supiera mi nombre. Vivimos en una ciudad rural, como la llamaba mi madre —ella decía que era una población demasiado grande para considerarla un pueblo y demasiado pequeña para ser llamada ciudad, por eso decía que era una ciudad rural—, y debe de haber muchas Claras, el problema es que Klaras con K probablemente solo haya una: yo. De nuevo, mi nombre con su particular forma escrita causándome problemas.

> **Yo**
> Algún día te lo diré.

> **Kang**
> Está bien, te entiendo.

> **Yo**
> Me quedo con las ganas de saber la historia supersecreta que hay detrás de tu música.

> **Kang**
> Si me llamas, te la cuento.

Mi respiración se detiene un segundo. Este chico sigue queriendo avanzar, sigue queriendo saber más sobre mí; puedo sentirlo. «¿Qué es lo que buscas, Kang?».

Me pongo muy nerviosa solo de pensar en hablar con él por teléfono; una cosa es enviarle mensajes, que me permiten tomarme mi tiempo para responder bien y de manera controlada, y otra, escucharlo en vivo y en directo en mi oído, con los estragos que su preciosa voz hace en mí. El día que lo llamé por equivocación estaba dominada por el pánico, por eso no me sentí nerviosa por hablar con él, pero llamarlo cuando estoy bien es otra cosa. No puedo hacerlo.

> **Yo**
> Hay que negociarlo todo contigo, ¿eh?

Kang
Sí, tú no me dejas otra opción.

> **Yo**
> ¿A qué te refieres?

Kang
No me cuentas nada sobre ti. Ni siquiera me dices tu nombre. Así que no me queda más remedio que usar mis estrategias, K.

> **Yo**
> ¿Para qué?

Kang
Para llegar a ti.

La especialidad de Kang es dejarme sin aire y sin palabras. Estoy a punto de responderle cuando mi móvil vibra. Llamada entrante de Kang.

Miro el teléfono, pasándolo de una mano a la otra. ¿Contesto? ¿Puedo manejar esto? ¿Y si tartamudeo? ¿Y si él se da cuenta de que me quedo sin aire cuando me dice determinadas cosas? No quiero hacer el ridículo... «Olvídate de los "¿Y si...?". No puedes así, Klara —me dijo mi madre una de las muchas tardes que fuimos al lago—. La vida es demasiado corta para preocuparnos tanto por las diversas posibilidades o los múltiples resultados que pueden derivarse de nuestras decisiones ante las situaciones que se nos presentan».

Presiono el botón de aceptar, cierro los ojos con fuerza y me pongo el teléfono al oído.

—¿Sí?

Un segundo de silencio y luego suena esa voz que he escuchado tantas veces, esa voz que he recordado tantas veces estando sola, esa voz que he seguido sin cansarme.

—Hola, K.

Trago saliva, tratando de mantener la calma, pero noto que tengo el corazón en la garganta.

—Hola, Kang.

Escucho una ligera risa y siento que las piernas se me debilitan.

—Me gusta cómo suena mi nombre cuando tú lo dices.

Esa frase hace que mis piernas definitivamente se vuelvan de gelatina. No digo nada durante unos segundos, así que Kang habla de nuevo:

—Gracias por contestar, pensé que te asustaría, ahora ya me siento menos culpable.

—Tranquilo... —Necesito centrar la conversación en él para que él sea el que hable y no yo. Pregunto—: ¿Me vas a contar la oscura historia de tu música?

Otra vez esa risa ligera. Este chico me va a causar un infarto.

—Sí, hicimos un trato, así que pienso cumplir mi parte.

Hago una mueca.

—Nunca dije que aceptaría el trato.

—Porque no lo ibas a aceptar, K.

¿Cómo lo ha sabido?

—No ibas a llamarme. Estoy seguro.

—Por eso me has llamado tú.

Suspira.

—Sí, creo que ya te conozco un poco.

—A ver, quiero escuchar esa historia.

—Bien, de día soy Kang, el chico estudioso; por la noche, soy el locutor del programa más sintonizado del pueblo, y más tarde toco las canciones que escribo en el bar de la calle Catorce.

Eso no es lo que esperaba. ¿Kang hace todas esas cosas?

—No entiendo lo oscuro de tu secreto.

—Nadie sabe que soy yo.

—¿Nadie sabe que tocas en un bar?

—Exacto, tengo dieciocho años. Técnicamente no debería poder entrar en un bar.

Cierto, aquí tienes que tener veintiún años para entrar en un bar.

—¿Y tú cómo has conseguido actuar en uno? —pregunto con el entrecejo fruncido.

—El dueño es un fan de mi programa y un buen amigo.

—¿Y nadie te ha reconocido?

Kang se ríe un poco.

—No, porque uso una máscara.

Esto se pone cada vez mejor. Este chico lleva una doble vida. Me siento como si estuviera hablando con Superman. De día, es un tipo normal; de noche, es un cantante que oculta su cara bajo una máscara. No puedo evitar que se me escape una risita. Me cubro la boca al darme cuenta de que él me ha oído.

—Lo siento, es...

—Es gracioso, puedes reírte, K.

Aprieto los labios, aguantando la risa.

—¿Y de qué es la máscara? ¿Flash?

—Muy graciosa... Es de... —se aclara la garganta— Batman.

Me río a carcajadas al imaginármelo cantando en un bar con una máscara de Batman. Kang escucha mi risa, y se defiende.

—Era la mejor opción que tenía, necesitaba una máscara que me cubriera la cara, pero que me dejara la boca libre para poder cantar bien.

Me sigo riendo, parezco una loca. Kang gruñe.

—Bien, ríete, ¡adelante!

Cuando me calmo, mi pecho sube y baja de lo mucho que he reído. Incluso se me ha escapado alguna lágrima de risa. Con la respiración acelerada, me doy cuenta de que es la primera vez que me río de esta forma en mucho tiempo.

Había olvidado lo que se siente al reír así, cómo duele el estómago y qué terapéuticas son las lágrimas de risa que se escapan de los ojos.

—¿K?

—Yo... —«Gracias, Kang. Hacía meses que no me reía así. Muchas gracias», pienso, pero le digo—: Me ha gustado mucho conocer tu oscuro secreto.

—Te diría que vinieras a verme tocar una de estas noches, pero por cómo suena tu voz, diría que no tienes aún los veintiún años. —De repente lanza un exagerado grito ahogado—. Espero que en realidad no seas una anciana tratando de seducir a un joven como yo.

—Eso es exactamente lo que soy —bromeo—. Por eso no quiero decirte cómo me llamo. Para me no puedas encontrar mi nombre en los registros de los asilos del pueblo.

—Lo sabía.

Sonrío como una idiota.

—¿Qué tipo de música tocas?

—Esa es una parte de la historia que no has desbloqueado.

—¿Eh?

—Mi información por tu información. ¿Negociamos?

—¿En serio?

—Sí, no me cuesta nada contarte cosas de mí, pero sé que, si no te pido información a cambio, nunca me revelarás nada de ti.

Bufo.

—Hablas como si ya me conocieras.

—¿Estoy equivocado?

Me muerdo la lengua.

—Bien... ¿Qué quieres a cambio de que me cuentes más cosas de tu música?

—Tu nombre.

Y dale.

—Bien, me llamo... Klaire. —Es mi nombre en inglés, así que no estoy mintiendo.

Kang suspira.

—¿Por qué me mientes, K?

Este chico lee las mentes.

—¿Cómo sabes que estoy mintiendo?

—Después de todo lo que te has resistido a darme tu nombre, que me lo digas así de rápido sin peros me parece sospechoso.

—Pareces leer muy bien a las personas sin verlas.

—En realidad, soy muy malo en eso, pero contigo...

Mi corazón se acelera de nuevo.

—Conmigo ¿qué?

—No lo sé, K, contigo todo es tan... bien.

Quiero preguntarle a qué se refiere, pero no creo que pueda manejar bien su respuesta, y no quiero estropear esta conversación.

—Klara.

—¿Eh?

—Me llamo Klara con K. Encantada de saludarte, Kang.

15

Sorpréndeme

«Esta es una mala idea».

Lo pienso, pero no lo digo. No quiero acabar con la emoción que veo en los ojos de Kamila mientras camina a mi lado hacia el coche. Andy nos espera con las manos en el volante, sonriéndonos. Tomo una respiración profunda, cerrando los puños a mis costados.

«Todo va a ir bien, Klara», me repito una y otra vez. Necesito hacerlo, necesito enfrentarme a la vida de nuevo, por mamá, por Kamila, por Andy, por mí misma. Me resulta agradable notar el sol en mi piel, es como si despertara mis sentidos y me diera energía. He pasado demasiado tiempo dentro de casa, tanto que hasta exponerme al sol se ha convertido en algo extraordinario. Me siento en la parte de atrás y Kamila en el del copiloto. Andy me echa un vistazo por el espejo retrovisor.

—Negro, ¿eh? Creo que te dije que te queda mejor el rosa —bromea, y yo le dedico una sonrisa nerviosa.

—Me gusta el negro. Es el color de mi alma.

Kamila menea la cabeza, pero no oculta su sonrisa.

—Su oscuro sentido del humor ha vuelto, Andy.

Él arranca y yo trago saliva, apretando el cinturón que pasa sobre mi pecho. Respiro hondo y me dedico a mirar por la ventana. Veo pasar árboles, casas grandes, tiendas, personas... Me concentro en todo ello para olvidar mi respiración y mi preocupación por no dejar de notarla. A pesar de que es sábado, Kamila consiguió que la directora del nuevo centro al que empezaré a ir el lunes nos dejara ir hoy para que yo me familiarizara con el lugar sin sentirme vigilada por docenas de adolescentes. Fue una recomendación del doctor B. Dijo que sería positivo para mí un proceso de adaptación sutil y cuidadoso.

No puedo negar que estoy aterrada. Me sudan las manos y cadenas de pensamientos negativos van y vienen a cada rato, pero cuando quiero darme por vencida y volver a mi cuarto, esas cuatro paredes que se han convertido en mi lugar seguro, pienso en Kamila llorando y en las palabras de mi madre, y recuerdo que será difícil, pero que, si quiero recuperarme, también tengo que poner de mi parte. A veces, cuando sufrimos ansiedad o depresión, deseamos alguna especie de cura mágica o que las personas que nos rodean resuelvan nuestros problemas, pero la triste realidad es que, si nosotros no nos esforzamos, por mucho que nos ayuden, no podremos superar la depresión o nuestros problemas de ansiedad. Me va a costar muchísimo, pero puedo conseguirlo.

«¿Sabes qué es lo bueno de tocar fondo, de estar ahí en lo más bajo? Que la única opción que te queda es subir». Las palabras de mi madre siempre me acompañan. Era tan sabia... Una excelente mujer, una emprendedora, llena de amor y dulzura para dar. Pongo mi mano en la ventana y siento el calor del sol a través del vidrio. Cuánto la echo de menos...

Andy aparca frente a un cartel muy grande en el que se lee: Centro de bachillerato Cooper. Equipo de fútbol de los Panteras.

Sé que los Panteras son el equipo de fútbol de este centro. Jugaron varias veces contra el equipo de mi anterior escuela. Layton es una población lo suficientemente grande para tener tres escuelas. Yo asistía al Layton Main porque es el que me pertenece por zona; sin embargo, al parecer, se puede cambiar de centro en casos especiales, como el mío.

—¿Lista? —me pregunta Andy, abriéndome la puerta.

Me aferro al cinturón, cierro los ojos, lleno los pulmones de aire y lo dejo salir lentamente para relajar la tensión de los músculos. Cuando abro los ojos, me quito el cinturón, sonrío a Andy y bajo del coche.

La entrada es similar a la de mi antigua escuela: puertas de vidrio y metal. Entramos y pasamos a la oficina que está a un lado, la directora se encuentra allí esperándonos. Es una señora de melena corta blanca que le llega al cuello, con algunas arrugas decorando su rostro. Asumo que debe de estar en sus cuarenta. A su lado, hay una mujer más joven, de cabello largo negro y una gran sonrisa.

—Bienvenida, Klara. —Me ofrece la mano y se la tomo—. Me llamo Caitlin Romes, soy la consejera de bachillerato, y ella es la señora Leach, nuestra directora.

La señora Leach también me da un apretón de manos.

—Estamos encantadas de tenerte aquí. Vamos a hacer todo lo que esté en nuestra mano para que tu llegada sea lo más cómoda posible.

Ambas me dan buenas vibraciones, no parecen ser de ese tipo de personas que actúan falsamente, tratando de ocultar la lástima que sienten por mí. En estas dos mujeres puedo verlo claro en sus ojos y no me molesta. Si yo me conociera por primera vez, sabiendo mi caso, también sentiría un poco de lástima por mí.

—Sígueme, voy a enseñarte las instalaciones.

La señora Romes me guía por todo el lugar. La estructura es muy parecida a la de mi antigua escuela: largos pasillos con las puertas de las clases, la cafetería, el gimnasio, los laboratorios de química, el pasillo de las taquillas, etc. Sin embargo, es diferente de una forma muy peculiar para mí: no hay recuerdos míos aquí. No hay nada que me recuerde a algo doloroso y, Dios, me resulta refrescante. Pasamos por el aula de música y llegamos a la de arte.

Me detengo en la puerta y me quedo mirando todos los utensilios: pinceles, lienzos, pintura, los trabajos realizados por alumnos colgados en las paredes... Y, por primera vez en mucho tiempo, ver arte no me duele, me siento como si estuviera en casa. Quisiera refugiarme detrás de la pintura, volcar todo lo que siento en el lienzo, mancharme la ropa con diferentes tonos de pintura sin darme cuenta...

—Tu hermana ha mencionado que pintas —dice la señora Romes—. Mann, nuestra profesora de arte, es una reconocida pintora. Creo que te gustará.

Asiento sonriendo y me alejo de la puerta. ¿Volver a pintar? No lo había considerado. Puede que ya no me duela tanto ver cuadros y pinturas, pero de ahí a volver a pintar hay un gran trecho. «Vamos poco a poco, Klara».

El centro parece inofensivo sin alumnos y pienso que no será difícil incorporarme de nuevo a las clases, pero si lo imagino lleno de un montón de adolescentes mirándome, me da escalofríos. Todo el mundo se queda mirando a la nueva, es algo normal. Necesito prepararme para eso, me mirarán porque soy nueva, no por lo insignificante que soy.

El camino de vuelta a casa es tranquilo. Kamila y Andy hacen sus preguntas usuales de cómo estoy, de qué me ha parecido el lugar, etc. Me sorprende lo positivo que ha resultado ir al centro hoy, me siento más tranquila. Ya sé cuál será mi aula y dónde queda cada cosa, así que no seré la típica nueva que tiene que preguntarlo todo. Podré moverme a mi ritmo, sin la ayuda de nadie, y pasar desapercibida.

Ya es de noche. He estado escuchando el programa de Kang y ahora estamos hablando por teléfono. Me siento más cómoda charlando con él; aún me pongo algo nerviosa, pero después de hablar casi todos los días, me he acostumbrado a su voz.

—No entiendo cómo puedes enamorarte siempre de los

personajes secundarios —me reprocha. Le he contado que cuando veo mis dramas coreanos, muchas veces no me enamoro del personaje principal, sino del secundario, ese al que la protagonista siempre le rompe el corazón para quedarse con el protagonista.

Me siento frente a la ventana.

—Los personajes secundarios siempre son tiernos y tratan bien a la protagonista desde el principio. ¿Qué hay de malo en que no me guste el famoso chico malo que hacer sufrir a la chica, que la trata mal, etc.?

—Visto así, tiene sentido. Pero siempre lo pasarás mal, porque el secundario nunca se queda con la chica.

—No me importa. Paso de los chicos malos.

—Te gustan los chicos buenos, ¿eh?

Me lamo los labios, nerviosa.

—¿A quién no?

—A las chicas siempre les gustan los malos, como Erick.

Kang me ha contado que Erick y él son amigos desde hace mucho tiempo y que, aunque Erick es todo un rompecorazones, se llevan bien.

—No a todas las chicas.

Le escucho reír un poco y sonrío.

—¿Y yo soy un chico bueno o malo, Klara?

Como siempre, oírlo decir mi nombre causa estragos en mí; aún no me he acostumbrado a que lo sepa.

—Todavía lo estoy averiguando.

Se vuelve a reír. Quisiera escucharlo reír todo el tiempo.

—Bueno, este chico que aún no decides si es bueno o malo se va a dormir.

—Buenas noches, Kang.

—Buenas noches, Klara.

Cuelgo, me tapo la cara con las manos y empiezo a chillar como una tonta. Disfruto hablando con Kang, tal vez demasiado, y sé lo peligroso que es eso. La atracción que sentía al principio por él era completamente platónica porque no sabía nada de él, solo había escuchado su voz. Sin embargo, ahora que lo conozco más..., Kang me está gustando de verdad. Lo cual me deja en un lugar vulnerable y temo que sufriré en el futuro, porque sé que nunca podré tener una cita con él, y él al final se cansará de que nos limitemos a hablar por teléfono. Además, puede que él solo esté buscando una amistad, nada más, y que yo me esté haciendo ilusiones...

A pesar de todos mis miedos, me voy a dormir con una sonrisa en mis labios.

Ha llegado el día. Observo desde la ventana del coche cómo un montón de chicos y chicas entran en el centro. Muchos llegan en sus propios coches, otros se bajan de los vehículos de sus padres. Algunos se saludan, se ríen, revisan sus móviles. Mi corazón late desbocado, me limpio el sudor de las manos en mis tejanos. Kamila ha venido a traerme, así que voy en el asiento del copiloto.

—¿Estás segura de que no quieres que entre contigo? —me pregunta, evaluando con la mirada cada uno de mis gestos.

—Estaré bien. —Me quito el cinturón y le doy un abrazo—. Lo voy a intentar, Kami.

Ella me abraza con fuerza.

—Bien, Klara. No dudes en llamarme si algo pasa, para venir a buscarte. ¿De acuerdo? Es el primer día, el solo hecho de que hayas venido es suficiente.

—Mi meta hoy es pasar todo el día en las clases, ni más, ni menos —le digo, separándome de ella—. Haré lo posible por cumplirla.

—Bien. —Me acaricia la mejilla—. Te quiero mucho, K. —Sus ojos se enrojecen—. Ahora ve y demuestra de lo que eres capaz

—Sí, señora.

Me bajo del coche y me despido con la mano de Kamila mientras la observo alejarse. Me agarro de ambas tiras de la mochila y me doy la vuelta para enfrentarme al escenario que tengo delante de mí. Me cubro la cabeza y parte de la cara con la capucha de la sudadera. Hace más frío de lo que esperaba, así que me apresuro a entrar.

Al parecer nada es como esperaba. Al desplazarme por el pasillo principal, nadie me mira. Unos están muy absortos en sus teléfonos, otros están hablando con sus amigos... Me noto las manos sudadas, pero me siento aliviada al darme cuenta de que no llamo la atención. Sin embargo, al entrar en mi clase, ese alivio se esfuma, hay varios chicos y chicas conversando y todos se vuelven a mirarme. Trato de controlar mi respiración mientras paso por un lado de ellos para sentarme en el último asiento, en una esquina del aula. Tan pronto como me siento, todo vuelve a la normalidad.

Desde ahí, puedo ver mejor. Hay un grupo de cuatro chicas, muy guapas, hablando animadamente, dos chicos están riéndose mientras ven algo en sus teléfonos. Hay una chica morena sentada sola, concentrada en un libro, y detrás de ella, una chica rellenita con unas mejillas adorables y el cabello ondulado. Mi respiración se ha regularizado. En esta esquina me siento a salvo, como si tuviera un escudo a mi alrededor y nadie pudiera hacerme daño. Una chica pelirroja, alta y pecosa entra masticando chicle y se me queda mirando un instante, pero finalmente se va a su asiento sin decir nada. El aula se llena rápidamente y se vuelve ruidosa. Por la puerta aparece con una gran sonrisa un chico alto pelirrojo, muy parecido a la chica que ha entrado hace un momento.

—¡He llegado, princesas! —le dice al grupo de chicas guapas.

Ellas se ríen y bromean con él.

Y entonces ese chico se fija en mí y yo me enrollo como

un caracol bajo mi caparazón. A pesar de tener unos ojos negros muy bonitos, la expresión de interés que veo en ellos me asusta.

—¡Vaya, tenemos chica nueva! Nadie me lo había dicho.

—Su tono es burlón, comienza a caminar hacia mí.

«No te acerques».

El sonido de la campana me salva. El pelirrojo se da la vuelta para ir hacia su asiento y quedarse ahí de pie. Es hora de los anuncios de la mañana y de hacer el juramento a la bandera, así que me levanto. Se escucha la activación de megafonía y alguien empieza a hablar, el sonido sale de los altavoces que hay colgados en la pared de la clase.

«Buenos días, alumnas y alumnos de Cooper. —Dejo de respirar—. Por favor, pónganse de pie para hacer el juramento a la bandera».

Kang.

Es Kang.

Reconocería su voz en cualquier parte, pero no puede ser él. No puedo moverme, ni siquiera puedo poner mi mano sobre el corazón para el juramento. Todos lo dicen al unísono con Kang y luego se sientan. Menos yo, que me quedo de pie escuchándolo.

«Hoy tendremos un día fresco. Al final no nevará, así que esta tarde volverá a haber entrenamientos de fútbol y también de las animadoras. La directora quiere recordarles que hay partido el viernes, recuerden que el dinero de las entradas que vendan será para la biblioteca».

La chica pelirroja se gira para mirarme al ver que sigo de pie. No quiero llamar la atención, así que caigo sentada en mi asiento. Kang sigue con los anuncios:

«La profesora Mann presentará las pinturas de alumnos en el auditorio esta semana, así que no olviden darse una vuelta por allí cuando tengan tiempo libre. Feliz inicio de semana, alumnas y alumnos de Cooper, y... ¡arriba los Panteras!».

—¡Arriba! —gritan todos en la clase con el puño en el aire.

No me lo puedo creer, Kang está aquí, es su voz, no tengo duda. Ni siquiera sé cómo me siento, es una mezcla de pánico, emoción y miedo, mucho miedo. ¿Y si me lo encuentro en el pasillo? ¿O en alguna clase? El profesor entra en el aula y trato de respirar con calma. He de centrar mi atención en él y no en el chico que acabo de escuchar, mi *crush*, el chico que me gusta y al que pensaba que nunca conocería en persona, porque no tengo el valor suficiente para quedar con él... Pero parece que ahora no tengo otra opción; tarde o temprano nos vamos a ver.

16

Encuéntrame

«¿La vida siempre ha sido de esta forma?».

Es una pregunta que me hago constantemente al observar la vida aquí, en Cooper. Veo tantas cosas que antes ni siquiera se cruzaban por mi mente... Es como si pudiera notar cada pequeña cosa por mínima que sea. Lo que he vivido me ha vuelto... ¿observadora? Siento como si hubiera adquirido la habilidad sobrenatural —aunque no lo sea— de verlo todo con mucha más claridad, con un propósito. Ah, ya me he vuelto loca.

Durante la primera clase, aprendo muchas cosas de mis compañeros: la chica pelirroja no es tan mala como parece, ayuda a los demás cuando no entienden algo y tiene una sonrisa muy bonita. El grupo de chicas guapas también parecen agradables. La chica rellenita tiene mucha seguridad en sí misma, sus gestos derrochan confianza. Eso me hace sonreír, me gustaría ser como ella.

Los dos chicos que antes se reían juntos mirando sus móviles no dejan de gastarse bromas y compartir miradas divertidas... ¿Es mi imaginación o hay química entre ellos? La chica del libro es callada y observa con cierta adoración al pelirrojo que casi se me acerca antes de los anuncios... ¿Le gusta ese idiota? No, no debería juzgarlo sin conocerlo, pero tengo el presentimiento de que no es un buen chico. Los últimos que llegaron fue un grupo de tres chicos: un moreno bajito, un rubio con la chaqueta del equipo de fútbol y uno alto de cabello teñido de... ¿morado oscuro? Con ellos, entraron dos chicas con gafas y cabello recogido en una cola alta. Intento descifrar a este grupo, pero no lo entiendo. Parecen buenos estudiantes, pero también bastante arrogantes. A medida que se desenvuelve la clase entiendo su dinámica un poco más: los últimos que entraron son los *nerds* de la clase, pero lo que me sorprende es que son los populares. En mi otra escuela, eran los guapos.

¿Los empollones son los populares?

«Vaya cambio», susurro en mi mente, y siento curiosidad por saber más cosas, y como no tengo con quien hablar, utilizo mis técnicas de observación. Es increíble lo mucho que puedes observar cuando no tienes a nadie con quien hablar. Al terminar la primera clase, me quedo en mi asiento mientras todos salen del aula. Agradezco que la profesora no me haya hecho presentarme delante de todos, no hubiera podido hacerlo. Supongo que la consejera ha hablado con todos los profesores.

«He sobrevivido a la primera clase», pienso positivamente, animándome. Una sonrisa danza en mis labios ante mi pequeña victoria. Y Kang no está en esta clase, gracias a Dios. Durante esta, me dediqué a escucharlos a todos y no reconocí su voz en ningún momento. Alivio.

—Capucha.

Me tenso. Es ese chico pelirrojo. Estaba tan absorta celebrando mi pequeña victoria que no me he dado cuenta de que nos hemos quedado solos en la clase. Levanto la mirada y veo que viene hacia mí.

No.

Mi respiración se acelera y cierro los puños.

—¿Tienes nombre? —Se sienta en el asiento de delante—. ¿O prefieres que te llame Capucha?

Trago saliva y noto que tengo la garganta seca. Es la primera vez que hablo cara a cara con alguien de mi edad en mucho tiempo. No encuentro mi voz. Él ladea la cabeza, observándome. Quiero desaparecer dentro de la capucha de mi sudadera.

—¿Eres muda?

Quiero irme, no puedo soportar su mirada inquisitiva. La única razón por la que no he puesto un pie fuera de la clase es porque sé que Kang anda por ahí en alguna parte; las posibilidades de encontrármelo son muy altas, aunque ni siquiera sé cómo es, quizá estoy preocupándome de más. Los ojos negros del chico bajan a mi cuaderno y se queda mirando los dibujos que he estado haciendo durante la clase.

—Me gustan. —Los tapo con las manos—. ¿De verdad no vas a hablarme?

Sacudo la cabeza. Él sonríe y se pone de pie.

—Bien, como quieras, Capucha. —Levanta las manos como rindiéndose, pero hay algo en sus ojos que dice que no se rendirá.

Cuando se va, dejo salir una bocanada de aire que no sabía que estaba aguantando.

¿Por qué se empeña en meterse conmigo? Tal vez siente curiosidad o quizá necesita una nueva víctima a la que molestar.

Después de la segunda clase, tengo que salir porque es hora del almuerzo. Ir a la cafetería me horroriza, demasiada gente en un solo lugar, y Kang tiene que comer también, así que sé que estará allí. A partir de mañana traeré comida de casa para poder comer en el aula, pero hoy tengo que aventurarme a la cafetería.

«Tú puedes, Klara. Si pudiste lidiar con el chico pelirrojo, puedes con esto».

Con las manos en los bolsillos de la sudadera y la cabeza baja, me dirijo a la cafetería. Ni siquiera he llegado a la puerta, y ya siento los latidos del corazón en la garganta.

Me sirvo la comida del bufet y, bandeja en mano, me voy rápidamente hacia una mesa desolada que está en la esquina. Sé por qué nadie se sienta aquí. Está al lado de la basura, lo cual no es muy agradable mientras comes, pero no me importa. Me quedo mirando la comida de la cafetería y noto que las lágrimas inundan mis ojos: estoy viviendo una vida normal, comiendo en la cafetería después de clase como una persona normal, y no encerrada en mi cuarto. No son lágrimas de tristeza, sino de alegría por poder estar haciendo algo que pensé que nunca más podría hacer. Parpadeo, soplando para detener las lágrimas; no quiero llorar delante de todo el mundo.

—La comida de la cafetería es mala, pero nunca había visto a nadie llorar por eso.

Alzo la mirada para ver a la chica rellenita de mi clase frente a mi mesa con la bandeja en mano. Mueve su cabeza para echar su cabello ondulado detrás de los hombros y se sienta delante de mí.

—Me llamo Perla —me informa sacando la cuchara y el tenedor de plástico de su envoltorio.

Así de cerca, me doy cuenta de lo adorables que son las facciones de su rostro. Quiero hablar, pero no sé por qué se me hace tan difícil.

—No voy a matarte, deja de parecer aterrorizada. Vamos, come. —Comienza a comer y yo tardo unos segundos en hacer lo mismo. Comemos en silencio. Perla no me presiona, no vuelve a hablarme, como si estuviera dándome mi tiempo, y se lo agradezco.

—Me llamo Klara, con K.

Lo digo cuando termino de comer, y escuchar mi propia voz es refrescante después de toda una mañana en silencio. Perla me sonríe y aparecen sendos hoyuelos en sus mejillas.

—Mucho gusto, Klara con K.

Le devuelvo la sonrisa.

—Si no quieres llamar la atención, creo que deberías quitarte la capucha —me recomienda y luego toma un sorbo de su soda.

—Estoy bien así, nadie se ha fijado en mí.

Ella alza una ceja.

—¿Eso es lo que tú crees?

Asiento, y ella sacude la cabeza.

—Mientras más te ocultes, más curiosidad despertarás por aquí. Si no quieres convertirte en una presa, no actúes como si lo fueras.

¿Presa? ¿Estoy en bachillerato o en Animal Planet? Kamila tiene razón: mi sentido del humor está volviendo.

—No creo que nadie se haya fijado en mí —repito.

—Sí lo han hecho, Klara. Cuando estás con la mirada perdida en tu propio mundo, más de uno te echa un vistazo. «¿Quién es esa chica?», «¿Por qué se ha incorporado tan tarde al curso?», «¿Por qué se tapa con la capucha?», «¿Por qué está tan delgada?», «¿Estará enferma?»... Son algunas de las preguntas que llevo escuchando toda la mañana.

Me muerdo el labio inferior, incómoda. Perla continúa:

—No digo esto para incomodarte, solo quiero ayudar.

—¿Por qué? No me conoces.

—Porque me recuerdas a mí cuando empecé en este centro.

—No puedo creer eso, tú te ves tan... diferente a mí, tan segura de ti misma.

—No siempre fue así, Klara. —Suspira—. Supongo que a veces tenemos que pasar momentos difíciles para ganar fortaleza.

—Hablas como si los momentos difíciles fueran algo bueno.

—Los momentos difíciles le dan forma a quien eres, pero no te definen.

Me recuerda a mi madre, es agradable. Quiero darle un giro a la conversación, demasiado profunda. Hay tantas cosas que quiero preguntar, y ahora que puedo hablar con alguien...

—Este es el momento en el que me das toda la información que necesito y me dices quiénes son los buenos y quiénes son los malos, ¿no?

Ella se echa a reír.

—Ojalá fuera tan simple. No me gusta ver a las personas como blanco y negro, sino más bien como una escala de grises. Hay personas que pueden tener un corazón bondadoso, pero tomar decisiones egoístas, y otras con un corazón frío que pueden llegar a ser capaces de sacrificar mucho por alguien. El ser humano es un enigma de grises.

—Suenas como mi psiquiatra.

Lo digo antes de pensarlo. «Muy bien, Klara, ¡qué buena manera de empezar una amistad!: "Soy la loca que va al psiquiatra"».

Perla no se inmuta.

—Mi madre es la consejera de la escuela, creo que se me ha pegado algo de sus interminables charlas.

Su madre es la consejera... Todo hace clic en mi cabeza.

—Ella te ha enviado para que hablaras conmigo, ¿verdad?

No puedo evitar disimular la decepción que siento, creí que se había acercado a mí porque le apetecía ser mi amiga, no porque su madre le dijo que lo hiciera.

Perla me mira algo avergonzada.

—Eh, bueno, yo...

Me pongo de pie, tomo mi bandeja y la vacío en la basura antes de salir de la cafetería.

Es que soy tan ilusa... Hacer una amiga jamás podía ser tan fácil para mí, ya me estaba creyendo el cuento de que la normalidad no sería tan difícil de lograr.

Estoy caminando por el largo pasillo principal donde están las taquillas. Está bastante lleno a esta hora del día.

—¡Kang!

Nunca me he detenido tan abruptamente en mi vida. Mis pies se quedan pegados al suelo y me quedo mirando al chico que está delante de mí y que acaba de llamar a Kang. Es alto y rubio y lleva una chaqueta de cuero. Está mirando a alguien detrás de mí.

—Mierda, Kang, te he estado buscando por todas partes —dice el rubio moviendo la cabeza.

Siento que no puedo respirar.

La voz de Kang detrás de mí hace que se me acelere el corazón.

—Estaba almorzando.

Es él, esa voz..., que reconocería entre un millón, suena mucho más profunda y ronca en vivo y en directo, sin la radio o la megafonía de por medio.

—Vamos.

El rubio lo espera.

Siento que todo pasa a cámara lenta: el chico que viene detrás de mí, dueño de la voz de Kang, pasa por mi lado y se para cuando levanto la mirada. Solo alcanzo a ver su espalda y su pelo negro desordenado, a juego con la camisa negra que lleva puesta.

Alto... Es muy alto.

Kang se encuentra con el rubio y luego ambos se alejan caminando entre la multitud del pasillo. La gente pasa a mi alrededor y yo no me muevo ni un centímetro, ni siquiera me he dado cuenta de que me estoy aferrando el pecho con una mano como si mi vida dependiera de ello. Acabo de ver a Kang. Kang acaba de pasar por mi lado... ¡No lo puedo creer! Después de tanto tiempo siguiendo su voz, he estado a un paso de él.

—Guau, te deslumbró por completo.

La voz de Perla susurra a mi lado y me giro para mirarla. Tiene una ceja levantada. Me aclaro la garganta y sigo mi camino hacia clase, con el corazón aún amenazando con salirse de mi pecho.

—Klara. —Perla me sigue, y entramos en el aula. Somos las primeras. Aún faltan unos minutos para nuestra siguiente clase—. Klara, escucha. Sí, mi madre me pidió que hablara contigo, pero en ningún momento fue una orden, fue una sugerencia, y yo decidí hacerlo porque de verdad me recuerdas mucho a mí misma.

Tuerzo los labios, asimilando sus palabras, y tomo asiento. Perla se sienta a mi lado.

—De verdad, Klara, mi interés por conocerte es genuino.

Perla me da muy buena vibra... Tal vez esté complaciendo a su madre, pero no quiero cerrarme a la única persona que me ha hablado hasta ahora, aparte del pelirrojo.

—Pierdes el tiempo conmigo. Soy muy aburrida —le digo, y ella me sonríe al ver que quiero que sigamos hablando.

—Nah, no lo creo. —Me mira con picardía—. Además, tengo mucha información sobre el chico que te acaba de deslumbrar en el pasillo.

Exclamo emocionada.

—¿De verdad?

—Sí, ¿qué quieres saber?

Abro la boca y la cierro de nuevo, sin saber muy bien qué preguntar.

—No pensé que te llamaría la atención un chico como Erick.

Frunzo el ceño.

—¿Erick?

—Sí, el rubio alto que te ha dejado paralizada en el pasillo se llama Erick.

Y entonces caigo en cuenta. Yo estaba frente al chico rubio y Perla cree que él es el que me ha dejado tan impactada. No ha caído en que el que en realidad me gusta es el chico que Erick estaba esperando, el que ha pasado por mi lado; es decir, Kang.

Espera...

¿Ese Erick, el amigo de Kang, no será el mismo Erick del programa de radio que odio?

Trato de recordar su rostro, pero me he quedado tan sorprendida con la aparición repentina de Kang que no me fijé en él.

—No me interesa Erick.

Perla parece confundida.

—Entonces, ¿por qué estabas paralizada en medio del pasillo?

—Eh..., el otro chico, el que alcanzó a Erick.

El color abandona el rostro de Perla.

—¿Kang?

Algo está mal, pero ¿el qué? Por primera vez desde que hemos hablado, el semblante de Perla se endurece.

—Olvídate de él, Klara.

—¿Qué pasa? ¿Por qué?

—No tienes por qué hacerme caso. Si quieres, puedes ir a hacer cola en su club de fans, pero no te hagas muchas ilusiones con él.

—¿Club de fans?

Ella suspira.

—¿De verdad crees que un chico atractivo como él, que tiene su propio programa de radio, no es uno de los chicos más deseados de bachillerato?

Tiene sentido.

—¿Y por eso no debo interesarme por él? ¿Porque es popular entre las chicas? Hay algo que no me estás diciendo.

Ella me dedica una sonrisa triste.

—Otro día te cuento esa historia, Klara —dice, y se va a su sitio.

Mi primer día de escuela no ha sido tan malo, y el hecho de que haya podido asistir a todas las clases me llena de orgullo. Sin embargo, un momento en el día sigue repitiéndose en mi mente una y otra vez. La voz de Kang detrás de mí, su espalda, la camisa negra a juego con su cabello oscuro.

«Te encontré, Kang. Pero no puedo dejar que tú me encuentres; ni hoy, ni nunca».

17

Aléjame

—¿Cómo te ha ido?

Esperaba esa pregunta. Kamila ha hecho un buen trabajo tratando de controlarse y no indagar sobre mi primer día de clase hasta ahora. Estamos cenando y logra llegar hasta el postre sin interrogarme. Andy le lanza una mirada de desaprobación, pero ella lo ignora abiertamente.

—¿Te han gustado las clases?

Entierro la cuchara en el pedazo de pastel de chocolate que Kamila ha preparado hoy y le sonrío.

—Supongo que sí, ha sido... —Mi mente viaja a cada momento: las chicas de mi clase, el pelirrojo, Perla y Kang... Me aclaro la garganta—. Me ha ido bien, creo.

Andy me sonríe.

—Me alegro mucho, cariño.

Kamila se le une, agarrando la mano de Andy y la mía.

—Estamos muy orgullosos de ti, Klara.

—Solo ha sido un día. —Me encojo de hombros—. Es muy pronto para cantar victoria.

Kamila me aprieta la mano.

—Te equivocas. Esta es una gran victoria. Cada pequeño logro lo es. Eres una luchadora, Klara, así que no subestimes una batalla por pequeña que sea, porque ganando cada una de ellas es como vencerás en la guerra.

—Eres *tan* psiquiatra.

Ella se ríe y veo que se le iluminan los ojos.

—Y tú eres tan *tú*. Cuánto he echado de menos ese sentido del humor tuyo.

Hacemos bromas, comentamos y peleamos por el último pedazo de pastel de chocolate. Esta cena es tan... normal, tan genial. Kamila tiene razón, cada avance, por pequeño que sea, me acerca un poco más a esta sensación de que sí puedo lograrlo, de que volveré a estar bien, de que venceré mis miedos. Mi móvil vibra al lado del plato anunciándome un nuevo mensaje. Kamila levanta una ceja.

—Alguien ya ha hecho amigos el primer día de clase.

Abro el mensaje y mi corazón se acelera como de costumbre al ver el nombre de Kang en la pantalla. Leo el mensaje.

> **Kang**
> Has estado extrañamente callada hoy.
> ¿Ya te has cansado de este locutor intenso?

Sonrío.

Oh, Kang, si supieras que he estado a solo unos cuantos pasos de ti hoy. Mi mente viaja a ese momento, cuando me quedé sin aire al escuchar su nombre, lo cerca que pasó a mi lado cuando fue hacia Erick. La camisa negra a juego con su pelo, sus tejanos, lo alto que es, pero lo que más recuerdo es su voz. Sin la radio ni la megafonía de la escuela de por medio, su voz me pareció mucho más profunda y cautivadora.

—¿Klara?

La voz de Kamila me trae a la realidad. Me doy cuenta de que Andy y ella están observándome con una expresión divertida.

—¿Qué?

Él toma un sorbo de su zumo.

—Nada, es que hacía mucho tiempo que no veíamos esa expresión en tu cara. Te queda muy bien.

117

—¿Qué expresión?

Kamila disimula una sonrisa.

—Estabas en las nubes, sonriendo abiertamente, incluso suspiraste.

Me sonrojo un poco.

—Ah, es que... me he acordado de la escena de una película que vi... muy bonita.

Andy asiente.

—Claro, claro.

Sin querer ser obvia o mostrar otra sonrisa involuntaria mientras le respondo a Kang, me levanto, anunciando que vuelvo a mi habitación. Dentro, cierro la puerta y me siento en la cama para responderle.

> **Yo**
> Siempre tan exagerado. ¿Cómo ha estado tu día, Kang?

> **Kang**
> Aburrido. ¿Qué tal el tuyo?

«Ha sido uno de los mejores días de mi vida, porque he podido ir a clase y porque te he visto. No tienes ni idea de lo cerca que hemos estado». Quiero decirle eso, pero opto por una respuesta menos loca:

> **Yo**
> Ha estado bien, muy entretenido.

Kang
¿Te puedo llamar?

Últimamente, hablamos mucho por teléfono, y siempre es Kang quien me llama. Creo que de alguna manera los mensajes de texto ya no son suficiente. Marco su número y descuelga a la tercera llamada.

—Señorita K.

—Señorito Kang.

Lo escucho reír y me encanta, su risa es contagiosa. Kang es adictivo, me atrae todo de él, pero sobre todo me encanta lo cómoda que me siento hablando con él. Surge de una forma tan natural que me cuesta comprender.

—¿Terminaste de ver tu drama coreano de hoy?

—No, hoy estuve todo el día... —me detengo un segundo— por ahí.

—¿Por ahí? ¿Eres tan misteriosa con todo el mundo o solo conmigo?

Meneo la cabeza.

—No soy misteriosa.

—¿No? No me dices nada sobre ti. No sé a qué instituto vas, no puedo verte en tus redes sociales...

—Eh..., es solo... —No sé qué decir—. Es que no tengo cuenta en ninguna red social.

Le escucho suspirar.

—¿Me tienes miedo, Klara?

—Claro que no.

—Entonces, ¿por qué siento que pones un muro entre nosotros?

«Es la única manera de mantenerme a salvo, Kang».

—No estoy haciendo tal cosa.

Unos segundos de silencio pasan. Solo escucho su respiración al otro lado de la línea, hasta que finalmente habla:

—Quiero verte, Klara.

Me llevo la mano libre al pecho.

—No soy nada especial, Kang.

—¿Y si me dejas a mí decidir eso? —Noto una ligera molestia en su voz—. Klara, yo...

—¿Por qué no me cuentas qué has hecho hoy? —le interrumpo antes de que diga algo más. Sé que, cuando comienza a indagar sobre mí, no para.

—No tengo mucho que contar y ya debo irme, el programa empieza pronto. ¿Estarás ahí escuchando?

—Siempre.

—Muy bien, hablamos después de *Sigue mi voz*, Klara.

—De acuerdo.

Cuelgo y de inmediato busco mis auriculares.

«Buenas noches, gracias por sintonizarnos y estar ahí esta noche conmigo. Sin más que decir, les doy la bienvenida a su programa nocturno preferido *Sigue mi voz*. Les habla Kang, su acompañante y amigo durante esta hora».

Me dejo caer hacia atrás en la cama y me quedo mirando al techo mientras lo escucho.

«Hemos tenido un día soleado maravilloso, pero no se emocionen, estamos en invierno y los meteorólogos anuncian tormentas de nieve muy intensas. A pesar de que me gusta la nieve, una tormenta no es algo que me emocione. Recuerden tener lo necesario en casa: agua potable, latas y mantas por si falla la electricidad».

Siempre preocupándose por los demás. La cara de alerta de Perla viene a mi mente.

¿Por qué me advirtió contra Kang? No parece ser una mala persona. Hace mucho tiempo que escucho su programa y ahora hablamos por teléfono y no parece mal tipo. Nunca me ha dado malas vibraciones... ¿Estoy siendo muy ingenua? No lo creo. Kang no me ha dado motivo alguno para pensar mal de él, no puedo guiarme por la opinión de los demás, aunque sea

Perla. Eso no quiere decir que no la interrogaré hasta que me aclare qué me ha querido decir hoy.

Cuando termina el programa, me quito los auriculares y me quedo mirando al vacío, con la mente en otro lado. Me pregunto si mañana me volveré a encontrar a Kang en el instituto. Solo pensarlo me produce una mezcla de emoción y miedo.

Me paro frente al espejo. Estoy pálida y demasiado delgada. A pesar de que he estado comiendo más últimamente, aún estoy lejos de alcanzar mi peso ideal. Por lo menos, mis huesos ya no se ven tan pronunciados. Mis ojos café tienen un brillo nuevo que me gusta. Me paso la mano por el pelo y miro hacia un lado del espejo, al pequeño estante donde están colgadas mis pelucas. Al ver la rosa, recuerdo las palabras de Andy: «Te queda bien el rosado», me dijo acariciándome la cabeza.

Al lado de la rosa está la morada, que parece ser la favorita de mi vecina.

«Buena elección, te queda bien el morado».

Vuelvo a mirar mi reflejo. Estoy usando mi peluca de pelo negro y corto, y vuelvo a recordar a Andy.

«Negro, ¿eh? Creo que te dije que te queda mejor el rosa».

Personalmente, me gusta más la negra, me recuerda a mi pelo antes de perderlo por completo por la quimioterapia. Con cuidado, me quito la peluca y me acaricio el pelo. Está creciendo muy rápido, lo cual me emociona. Echo de menos mi melena rizada rozándome los hombros.

Cáncer...

Cuando mi madre murió, pensé que la pesadilla de esa enfermedad se había ido de mi vida, que ya me había quitado demasiadas cosas. Estaba equivocada, el cáncer ni siquiera me dejó superar el dolor por la pérdida de mi madre. Una tarde de verano me sentí una pelota dura al tacto en uno de mis pechos, y mi paranoia después del cáncer de mi madre empeoró cuando Kamila me palpó y vi la preocupación en sus ojos.

Exámenes, estudios, horas de espera... volver al hospital

me aterrorizaba. «Necesitamos hacer una biopsia», dijo el doctor, y su tono de voz fue lo suficientemente claro. Sabía que era cáncer, pero eso no lo hizo más llevadero cuando la biopsia dio positiva. Tenía cáncer de pecho.

Quimioterapia, terapia de hormonas y una operación para extirparme ambos senos. El otro estaba sano, pero un examen de ADN reveló que soy portadora de una mutación del gen BRCA1, lo que me hace propensa a desarrollar cáncer de pecho y ovarios. Mi madre probablemente lo tenía, pero, afortunadamente, Kamila no. Existe un cincuenta por ciento de probabilidades de heredarlo, y me alegra que por lo menos mi hermana esté a salvo.

No fue fácil tomar la decisión de extirpar el otro seno, pero tenía que hacerlo. Mi salud mental ya estaba increíblemente deteriorada, vivir con el miedo constante de que podría pasar por esa pesadilla de nuevo no era una opción para mí.

Me quito la camiseta por encima de la cabeza y el sujetador deportivo para ver mis pechos. Nunca fui de senos grandes, pero la mastectomía me afectó de igual forma. Sentí que perdí mi feminidad, mi validación como mujer. Me reconstruyeron ambos senos, pero no es lo mismo; en especial, por las cicatrices. Paso mi dedo por ellas, donde la piel es más sensible al tacto.

Afortunadamente, después de una lucha de meses, me declararon libre de cáncer, pero tengo que ir a revisión cada tres meses. Porque esta enfermedad inquieta puede volver, en especial en mi caso, por la mutación en el gen BRCA1 que tengo.

Eso incrementó mi depresión y mi ansiedad mucho más. El miedo a la muerte se intensificó, pero ya no quiero vivir así, quiero vivir sin miedo y salir adelante.

Me observo en el espejo y sonrío con tristeza.

«¿Cómo puedo atreverme a dejar que me veas, Kang? Yo no soy suficiente para un chico como tú. Soy un cuerpo lleno de cicatrices, dolor e imperfecciones. Por eso, Kang, nunca me verás».

18

Ignórame

«Esto no va a funcionar».

¿Cómo pienso esconderme de Kang en el instituto durante todo lo que queda de año?

Es imposible, y el hecho de haber creído que podría hacerlo me hace dudar de mi inteligencia. Sin embargo, hay personas que pasan completamente desapercibidas durante el bachillerato. Y yo necesito ser ese tipo de persona.

¿Lo estoy logrando? No lo creo. En especial, porque lo de pasar desapercibida no es algo que vaya con la personalidad de Perla, que es ruidosa, amigable con todo el mundo y tiene una risa que se escucha en todo el instituto. Y como ella es mi única amiga, pues, cuando la gente habla con ella, me mira a mí.

Otra razón por la que dudo de mi capacidad de alcanzar mis objetivos de no llamar la atención es el pelirrojo de mi clase: Diego. Perla me dijo su nombre después de advertirme sobre él. Creo que Perla tiene algo contra los chicos de este instituto, y no sé si quiero saber por qué.

Diego aprovecha cualquier ocasión para tratar de hablar conmigo. Lo he ignorado abiertamente porque no necesito llamar la atención, y créanme, con su tono de voz y su risa, él atrae mucha atención donde quiera que vaya. Por último, un factor importante en mi contra es la cantidad de estudiantes que hay aquí: muy pocos. En mi antiguo instituto había muchos porque era público; este, al ser privado, es más exclusivo, así que las clases son más pequeñas y las probabilidades de encontrarte con alguien en cualquier momento resultan más altas.

Y como si el destino quisiera empeorar las cosas, una tormenta de nieve comienza a azotar la ciudad antes de lo esperado. Iban a suspender las clases, pero como pronosticaron que la tormenta no llegaría hasta la noche, el jefe del distrito escolar decidió mantener las clases con normalidad.

Algunos padres fueron inteligentes y decidieron que sus hijos no acudieran al instituto hoy, pero yo estaba tan emocionada con ir a mis primeros días de clase que convencí a Kamila de que estaría bien. Otros padres se las ingeniaron para llegar a tiempo a buscar a sus hijos antes de que la tormenta empeorara. Pero el hospital donde trabaja Kamila queda al otro lado de la ciudad, al igual que la oficina de Andy, así que soy una de las estudiantes que está atrapada en el instituto. Pero, por supuesto, algunos de mi clase también están aquí conmigo, incluyendo a Diego. Qué maravilla.

Kamila tiene razón, mi sentido del humor está volviendo.

Estamos en el pasillo sentados en el suelo y apoyados contra la pared. Las ráfagas de viento son fuertes y no podemos estar cerca de las ventanas de las aulas o de las puertas.

—Le dije a mi madre que no viniéramos hoy —gruñe Perla a mi lado.

Suspiro.

—Pues yo convencí a mi hermana para que me dejara venir.

—Ey, Capucha —me llama Diego. Está apoyado en la pared de enfrente.

Perla le lanza una mirada asesina.

—Déjala tranquila, Diego.

Él le saca la lengua.

—No estoy llamándote a ti.

Las cuatro chicas guapas de mi clase están en su mundo, jugando cartas en un pequeño círculo, a unos pasos de Diego.

La pelirroja, que ahora sé que se llama Emma, está enviando mensajes desde su teléfono acostada en el suelo, usando su mochila de almohada. Del grupo de los populares inteligentes, solo hay una de las chicas de gafas, Malia, y el chico de cabello morado, Jayden. Los chicos bromistas, Ben y Adrián, están mirando algo en un teléfono. Se ven tan bien juntos...

«Deja de imaginarte cosas, Klara».

Ruidos de voces y pasos captan mi atención y miro hacia el final del pasillo. La señora Romes, la consejera y madre de Perla, viene a la cabeza, guiando a un grupo de estudiantes detrás de ella. Son de otra sección, pero se sientan a unos cuantos pasos de nosotros. Solo nos separa la puerta de un aula, y ocupan la mitad de la larga pared del pasillo.

—¿Todo bien? —pregunta la señora Romes mirando a su hija.

—Sí, todo bien aburrido. ¿Cuándo podremos irnos a casa?

Todos en el pasillo escuchamos atentos. La madre de Perla suspira.

—Hasta que no levanten la alerta de fuertes vientos, granizo y nieve, no podemos salir; es muy peligroso. Les hemos dicho a sus padres que no se arriesguen y no cojan el coche para venir hasta aquí en estas condiciones. Los mantendremos a salvo, no se preocupen. La directora y yo, junto con el personal de la cafetería, estamos preparando algo de comer y tenemos agua suficiente.

La seriedad de su cara despierta mi adormecido miedo. ¿Cómo es que he estado tan tranquila hasta ahora? Mi respiración se acelera, pero trato de calmarme, echando un vistazo a mi alrededor. Todos estamos aquí y nadie está entrando en pánico. Estaremos bien, ¿verdad? Mi atención vuelve a la entrada del pasillo al ver más estudiantes sentarse. Arrugo el ceño.

—¿Qué hacen las otras secciones aquí?

Perla observa la entrada.

—Este es el pasillo considerado de refugio en situaciones de emergencia.

—¿Eso quiere decir que vendrán todos los que hayan quedado de las otras secciones?

Ella asiente.

«Por favor, que los padres de Kang hayan sido inteligentes hoy y no lo hayan dejado venir a clase».

Cada vez que veo llegar a un nuevo grupo de estudiantes, los observo detenidamente, cubierta con la capucha y con el corazón en la garganta. De alguna forma, la posibilidad de compartir el pasillo con Kang me aterra más que la furia de la tormenta que hay fuera. Es que de verdad me he vuelto loca. Después de un rato, dejan de llegar estudiantes y apoyo la cabeza contra la pared, aliviada.

«Gracias, destino». Me he relajado demasiado pronto.

Como siempre me ocurre con él, lo escucho antes de verlo. Su risa hace eco por todo el pasillo y le oigo saludar a varios estudiantes sentados contra la pared. Esa voz que persigue mis sueños, que acelera mi corazón y hace que mi cerebro pierda el control suena en la entrada del pasillo y me muero por mirar.

—¡Ey, Kang! —escucho a un chico llamarlo—. Dijiste lo de las tormentas en tu programa anoche, pensé que no vendrías.

Kang se ríe un poco.

—La única vez que confío en los meteorólogos, y me defraudan.

Siento que alguien me está mirando y al levantar la cabeza veo que Diego me está observando con curiosidad. Oh, no, lo que menos necesito es que el pelirrojo sepa cuál es mi debilidad.

—Vamos a buscar un lugar para sentarnos. —La voz de Erick suena demasiado cerca.

Aparto la mirada de Diego y clavo mis ojos en el suelo frente a mí. Dos pares de zapatos pasan por delante y me encojo dentro de mi capucha para ocultar mi cara. Erick y Kang se sientan al final del pasillo, en la pared de enfrente, quedando en diagonal a mí; solo tengo que levantar la mirada y girarme un poco para verlos. Están demasiado cerca.

«No pierdes nada con verlo, Klara».

Con cautela, echo un vistazo de reojo, pero Erick está bloqueando a Kang mientras, muy emocionado, le cuenta algo. Estoy a punto de rendirme cuando Kang se inclina hacia delante, saliendo del bloqueo del cuerpo de Erick, y veo su rostro.

Me quedo sin aire.

Es atractivo, mucho más de lo que esperaba, no de una manera convencional, sino de una forma diferente, única. Su cabello negro roza su frente y hace juego con sus ojos de un color negro profundo. La piel de su cara parece suave. Tiene las mejillas ligeramente enrojecidas por el efecto del frío. Sin embargo, lo que más me llama la atención es su sonrisa y los dos hoyuelos que se le forman en las mejillas cuando se ríe; es adorable. Me quedo absorta, mirándolo atontada, hasta que esos ojos negros se encuentran con los míos. De inmediato, giro la cara hacia el lado opuesto, ocultándome con mi capucha. Pero ¿en qué estaba pensando? ¿Ha llegado a verme? No, no; quiero pensar que he sido lo suficientemente rápida.

Perla se inclina sobre mí con una ceja levantada.

—Kla...

Le tapo la boca.

—Chisss, ni se te ocurra decir mi nombre.

La suelto y ella me lanza una mirada de «Pero ¡qué mierda...!».

—Es una larga historia, luego te la cuento —le susurro.

Uso sus palabras contra ella, ella quiere protestar, pero no lo hace porque, de repente, se va la luz y pequeños chillidos resuenan por todo el pasillo. La señora Leach se escucha a los lejos.

—Tranquilos, pronto funcionará el generador de emergencia, iré a por linternas.

Me pego más a Perla. Entre el miedo por la tormenta y los nervios de tener a Kang tan cerca, mi pobre corazón está al borde del infarto. Por lo menos la falta de luz me sirve para ocultarme mejor. Pero el destino hoy no está a mi favor. En medio del silencio y de la oscuridad, mi móvil suena avisándome de que tengo un mensaje nuevo. No le doy importancia hasta que escucho a Kang.

—¿Has oído eso? —le comenta a Erick. Es fácil escuchar las conversaciones de los demás en este ambiente oscuro y cerrado—. Acabo de enviar un mensaje y un teléfono ha sonado en el momento exacto en el que lo envié.

Mierda. Kang me ha mandado un mensaje.

Erick bufa.

—Deja de imaginar cosas.

—Enviaré otro para ver.

Mierda, mierda, me apresuro a sacar mi teléfono del bolsillo, pero no soy lo suficientemente rápida y vuelve a sonar.

—¿Ves? —le dice Kang a Erick.

Puedo sentir sus ojos indagando en la oscuridad del pasillo. Con el teléfono escondido detrás de mí, presiono el botón de un lado hasta dejarlo en modo vibración. Erick bufa de nuevo.

—Es una coincidencia, hay docenas de móviles en este pasillo.

Kang envía otro mensaje, pero esta vez no suena, solo vibra, y maldigo a la tormenta, a la luz, al silencio porque la vibración también se escucha claramente. Debí apagarlo. Kang se pone de pie.

—Eh, vamos, siéntate, es pura coincidencia. —Erick suspira—. Oye, ¡Kang!

Kang se pone el teléfono al oído y el mío comienza a vibrar en mi bolsillo. Es una llamada. Está tratando de ubicar dónde suena el móvil que está vibrando y si saco mi teléfono verá la luz. Comienza a avanzar hacia mí y entro en pánico. ¿Qué hago? Sin pensarlo, me levanto y corro en dirección opuesta a él, hacia la entrada del pasillo.

—¡Ey!

Al oír a Kang detrás de mí, corro aún más rápido.

—¡Para! ¡Ey!

—Oye, no corras, es... —oigo que me dice la señora Leach cuando paso cerca de ella antes de salir al pasillo principal.

«Por favor, no me sigas, Kang, por favor».

A un lado del pasillo está la salida y al otro los avisos de los baños. No puedo salir a la tormenta, además, estoy segura de que esa puerta está cerrada, así que corro hacia los baños. Escucho los pasos detrás de mí.

—¡Ey! ¡Que pares! —La voz de Kang suena demasiado cerca, sé que no falta mucho para que me alcance.

Me agarro de la esquina de la puerta del baño de chicas y me deslizo por el suelo para entrar. La puerta hace un vaivén detrás de mí porque no es de las que tiene seguro. Pego mi espalda a la pared, ocultándome. Mi pecho sube y baja. Kang no entrará al baño de chicas, ¿verdad?

—Eres tú. —La voz de Kang al otro lado de la puerta hace estragos en mí—. No me voy a mover de aquí hasta que salgas, Klara.

Me deslizo por la pared y me quedo sentada en el suelo. Giro mi cara para mirar hacia la puerta, la brisa la mueve ligeramente, y alcanzo a ver a Kang sentado contra la pared afuera. Tiene los ojos perdidos en el horizonte y una sonrisa adorna sus labios.

—No puedo creer que te haya encontrado. —Su sonrisa crece—. No sabes cuántas veces he imaginado verte, poder observar tus gestos, tus expresiones, ponerle rostro a tu nombre, Klara con K, la chica en la que no he dejado de pensar desde la primera vez que hablé con ella.

La brisa se esfuma y la puerta se cierra por completo, no sin antes dejarme ver la expresión emocionada de Kang, el chico cuya voz he seguido durante tanto tiempo y que ahora está a solo unos pasos de mí. Pero me da miedo su reacción cuando... me vea.

19

Enfréntame

«No sé qué hacer».

Camino de un lado al otro en el baño, tratando de no entrar en pánico, aunque no estoy segura de estar lográndolo. Kang está ahí afuera, esperándome, y este baño ni siquiera tiene una ventana para escapar como en las películas. No puedo dejar que me vea de ninguna forma. Por lo que me acaba de decir, tiene unas expectativas muy altas conmigo y no quiero decepcionarlo, quiero que siga pensando que soy una chica con la que vale la pena hablar, que siga interesado en mí, no que vea la realidad de lo que soy y se decepcione.

«Piensa, Klara, piensa».

En esas estoy cuando escucho la voz de la señora Romes fuera del baño.

—No puedes estar aquí, Kang, por seguridad, tienes que volver al pasillo.

—Bien, pero la chica que está dentro del baño también tiene que volver, ¿no? —replica él—. Sáquela, yo espero aquí.

—Antes, en el pasillo, me ha parecido que ella estaba huyendo de ti. Me puedes decir qué pasa.

—Ella no huía de mí.

—Eso no es lo que parecía. Klara es nueva y aún la estamos ayudando a adaptarse. Así que ¿por qué no vuelves al pasillo tú solo por ahora?

—No.

—Kang, no te lo estoy pidiendo, te lo estoy ordenando.

—Bien.

Escucho lo que asumo que son los pasos de Kang alejándose y luego la voz de la señora Romes.

—Klara, puedes salir, ya se ha ido.

Saco la cabeza y me aseguro de que está sola antes de salir del baño.

—Gracias.

—No me des las gracias, tú también tienes que volver al pasillo.

—Pero él va a saber que soy yo.

—No entiendo lo que pasa, pero necesito que vuelvas al pasillo, tu seguridad es mi prioridad ahora.

El viento aúlla afuera mientras la nieve cae con fuerza y en cantidades increíbles.

Con el corazón en la boca, y la capucha de mi sudadera tan baja como puedo para esconder mi cara, vuelvo al pasillo escudándome detrás de la señora Romes. Aún no ha vuelto la luz y agradezco la oscuridad. Sé que, si me siento junto a Perla, Kang me localizará. Sabe dónde estaba sentada antes de que saliera corriendo. Así que tomo asiento mucho antes de llegar donde está Perla. La señora Romes no dice nada y sigue adelante.

Tomando una respiración profunda, relajo mis hombros que están tan tensos que me duelen. Sé que estoy siendo una cobarde, pero no puedo dejar que me vea, de verdad que no puedo, por lo menos no hoy. Necesito mucha valentía para eso. Mi teléfono vibra en el bolsillo y me alegra haberme sentado tan lejos de Kang. Lo saco y le quito la vibración solo por si acaso, sé que es un mensaje suyo.

Kang
¿Por qué huyes de mí?

Trago saliva y respondo:

> **Yo**
> No estoy huyendo, es complicado.

Me llega otro mensaje y creo que es la respuesta de Kang, pero es un mensaje de Perla.

> **Perla**
> ¿Qué te ha pasado? ¿Por qué has salido corriendo?

Levanto la mirada y, a causa de la oscuridad, tengo que esforzarme para ver dónde está sentada Perla. Sigue en el mismo sitio. Le respondo que luego le explicaré y leo el nuevo mensaje de Kang:

> **Kang**
> ¿No quieres verme, Klara?

> **Yo**
> No es eso...

> **Kang**
> Entonces, ¿qué es? Tengo la sensación de que soy el único aquí que se muere por que nos veamos.

> **Yo**
> De verdad, no es eso. Sí quiero verte.

> **Kang**
> Estoy aquí a tu alcance, Klara.

> **Yo**
> Es inesperado, Kang, eso es todo.

> **Kang**
> Nunca has tenido la intención de conocerme personalmente, ¿verdad?

Tiene razón, pero no es por lo que él tal vez piense. Me quedo mirando la pantalla sin saber qué responder. Kang me envía otro mensaje antes de que pueda escribirle algo.

> **Kang**
> Me ha quedado claro. No te preocupes.
> No volveré a molestarte.

Noto una opresión en el pecho. Sus palabras suenan como una despedida y no quiero eso, pero tampoco sé si seré capaz de dejar que me vea. A pesar de que he llevado la vuelta a las clases muy bien, no me siento preparada aún para que Kang y yo nos conozcamos.

Escucho pasos y veo a Kang y a Erick caminando por el

pasillo en dirección a la salida. Pasan delante de mí y Kang ni siquiera me mira cuando habla:

—Vamos a sentarnos en otro lado, en esta área no somos bienvenidos.

Sus frías palabras me queman, suena enojado, y puedo entenderlo... Estaba tan emocionado hace un rato. Me vienen a la mente sus palabras:

«No puedo creer que te haya encontrado. No sabes cuántas veces he imaginado verte, poder observar tus gestos, tus expresiones, ponerle rostro a tu nombre, Klara con K, la chica en la que no he dejado de pensar desde la primera vez que hablé con ella».

Le he decepcionado al no reaccionar de la manera que él esperaba. Le he hecho creer que el interés que siente por mí no es correspondido.

Y lo es, Kang, pero no sé cómo puedo demostrártelo sin dejar que me veas.

Sé que, si Kang supiera mis circunstancias, entendería mi reacción... Pero no se las he contado, así que entiendo que se sienta rechazado.

Veo que él y Erick casi han llegado al principio del pasillo y se detienen, probablemente buscando dónde sentarse. «Tienes que ser valiente, Klara. Si él te ve, se dará cuenta de que no vales la pena y se alejará, y así podrás lidiar con el dolor que eso te causará. Eso será mejor que estar a medias como ahora».

Me pongo de pie y camino hacia el final del pasillo, en sentido contrario a donde está Kang. Doblo la esquina y me quedo en el corredor que lleva al auditorio. Con la espalda contra la pared, tomo mi teléfono y, antes de que me pueda arrepentir, le envío un mensaje a Kang.

> **Yo**
> Ven al pasillo del auditorio.

Estoy temblando. Me meto el teléfono en el bolsillo y trato de calmar mi respiración. No sé si estoy haciendo lo correcto, pero no puedo dejar que Kang piense que no me importa en absoluto. Es mejor que me vea y se decepcione, que comprenda que, si no quiero verlo, no es porque él no me interese, sino porque sé que yo jamás seré suficiente para un chico como él. Noto los latidos de mi corazón en mi garganta, en mis oídos, en mis dedos, en todo mi cuerpo. Las manos me sudan y estoy comenzando a pensar que esto ha sido una mala idea.

Kang aparece y dejo de respirar. Sus ojos negros se encuentran con los míos mientras camina hacia mí con las manos en los bolsillos delanteros de los pantalones. Su expresión es neutra. Se detiene frente a mí, indagando mi rostro abiertamente. Quiero decir algo, quiero hablar, pero nada sale de mi boca. Kang está delante de mí, y de pronto recuerdo todas esas veces que lo he escuchado por la radio. Su habitual saludo —«Buenas noches, mi gente, les habla de nuevo Kang, su amigo y compañero de su programa nocturno *Sigue mi voz*»—, su risa, sus mensajes, su voz...: todo lo que me ha traído hasta este momento.

—Hola —murmuro tan bajo que por un momento dudo que me haya escuchado.

Kang me sonríe y los hoyuelos aparecen en sus mejillas.

—Hola, Klara.

20

Sonríeme

Mi pobre corazón late desesperado en mi pecho como si acaba de correr un maratón y no lo culpo, más bien le agradezco que no me falle en este momento. Necesito romper el silencio porque sus ojos no dejan de mirarme. Me está evaluando de pies a cabeza, está poniéndole cara a la chica con la que ha hablado durante todo este tiempo.

Quisiera decir que su expresión me revela algo de lo que piensa sobre mí, pero no. Mantiene, eso sí, esa deslumbrante sonrisa mientras me mira. Sin poder aguantar más la intensidad de sus ojos, bajo la mirada y me enfoco en su camisa negra con letras en blanco que dice PANTERAS, CLASE DEL 2018. Accidentalmente, veo sus brazos, son más definidos de lo que me parecieron la primera vez que lo vi, aunque, bueno, eso fue a una distancia considerable. A primera vista me pareció delgado, pero ahora, de cerca, noto que tiene un porte atlético muy obvio de alguien que hace deporte con intensidad.

—Klara —dice mi nombre con lentitud, como si lo estuviera probando—, finalmente, nos conocemos.

Trago saliva, pero mantengo mis ojos en su camisa.

—Eh..., sí.

«Tonta, tonta, ¿es que no puedes decir más de dos palabras? Bueno, por lo menos respondiste».

Lo observo sacar las manos de los tejanos y ofrecerme una.

—Mucho gusto, Klara.

Me quedo mirando su mano como una idiota. Si le doy la

mano, se va a dar cuenta de lo sudada que está. Disimuladamente, me la limpio dentro del bolsillo frontal de la sudadera antes de tomar la suya y siento cosquillas en el estómago. Él aprieta mi mano ligeramente.

—Un honor, misteriosa K.

Suelto su mano tan rápido como puedo. No sé qué decir o qué hacer, tenerlo frente a mí es algo que me sobrepasa. Kang habla con tranquilidad:

—Ey, solo soy yo.

Levanto la mirada para encontrar la calma en sus ojos.

—Soy yo, Kang, el chico con el que has hablado un montón las pasadas semanas, no soy un desconocido, no hay razón para que tengas miedo.

—No tengo miedo.

Él suelta una risita.

—¿De verdad? Porque pareces aterrorizada. Te prometo que no soy un asesino en serie.

—Eso es algo que un asesino en serie diría. —Mis labios tiemblan un poco mientras hablo. Dios, estoy tan nerviosa...

Kang aprieta los labios disimulando una sonrisa. ¡Qué labios tan bonitos tiene! Levanta una mano.

—Prometo que no voy a asesinarte ni a enterrar tu cuerpo en las montañas de nieve que ahora deben de rodear el instituto.

—Guau, eso me hace sentir mucho más segura.

—Me alegro. —Hace una pausa—. Así que —se mueve a un lado para apoyar un hombro contra la pared— ¿has estado aquí mismo en este instituto todo este tiempo?

—Eh, no exactamente, empecé hace unos días.

Espero que me haga miles de preguntas sobre por qué he empezado el curso tan tarde o por qué me he cambiado de centro, pero no me las hace. Como si supiera que esas preguntas me pueden incomodar mucho. Despega el hombro de la pared y se quita la mochila que tiene puesta.

—Supongo que tengo que darte la bienvenida entonces.

Lo miro extrañada y lo veo sentarse en el suelo y poner la mochila entre sus piernas. Da una palmada a su lado.

—¿Te sientas conmigo? —Cuando no me muevo, suspira—. Creo que ya te he dejado claro que no soy un asesino.

Inquieta, me siento a su lado, pero mantengo una distancia prudente entre nosotros. Lo miro de reojo mientras él abre su mochila y saca un montón de dulces y *snacks* para ponerlos frente a nosotros.

—Tienes para escoger.

De alguna forma, el no estar frente a frente me relaja un poco. Frunzo el ceño.

—¿Esta es tu manera de darme la bienvenida?

—Por supuesto, no he visto a nadie quejarse por que le den comida.

—¿Por qué tienes tantas cosas en tu mochila? Hay de todo. —Señalo, viendo todas las clases de chocolates, patatas fritas y demás.

—Eh..., son regalos.

Alzo una ceja.

—¿Regalos?

—Sí, me mandan muchas cosas al programa, y también me dejan cosas en la taquilla o me las dan personalmente.

—Oh, ¿tienes algo así como un club de fans?

—Nah, yo no lo llamaría de esa forma. —Se ruboriza un poco y siento que me voy a desmayar. ¡Es tan adorable!—. Es solo que tengo muchos oyentes.

«Lo entiendo perfectamente, a mí me encanta tu programa y tu voz».

—Guau, veo que eres muy popular aquí.

No sé por qué quiero hacerlo sonrojar de nuevo, es extraño verlo sonrojarse con tanta facilidad.

—Entonces, ¿te decides por algo? —Me hace un gesto con las manos, ofreciéndome todos los dulces y *snacks*.

Me muerdo el labio inferior mientras evalúo todas las posibilidades, analizando demasiado, como siempre: si como chocolate, se me puede quedar pegado en los dientes; si como Doritos o Ruffles, me apestará el aliento; si opto por una piruleta de fresa, me resultará incómodo estar lamiéndola mientras hablo con él... ¡Ah, odio mi cerebro!

Kang pasa una mano frente a mi cara.

—¿Klara? ¿No hay nada que te guste? Pensé que te gustaba el chocolate.

Claro que me gusta. Él me ofrece un Hershey's de chocolate blanco.

—¿No son tus favoritos?

Lo tomo con cuidado, supongo que puedo limpiarme los dientes con la lengua para asegurarme de no hacer el ridículo.

—Sí, gracias.

Él toma un Snickers, y yo le lanzo una mirada de desaprobación.

—¿Qué? Ya tuvimos esta conversación, el chocolate blanco no le llega a la suela de los zapatos al chocolate negro.

Hablo con más tranquilidad.

—El chocolate blanco es la versión elegante y exclusiva del chocolate.

—Así que tú eres elegante y exclusiva, y yo soy alguien del montón.

Me encojo de hombros, sonriendo.

—Tú lo has dicho.

Cuando lo miro, casi me atraganto con el pedazo de chocolate que tengo en la boca. Kang me está observando tan detenidamente que se me olvida masticar.

—¿Qué?

—Has sonreído.

Mastico y trago.

—¿Y eso es una sorpresa?

Él menea la cabeza.

—No, solo... es que no te había visto sonreír. Es... —Arrugo las cejas—. Nada, supongo que me había acostumbrado a la expresión aterrorizada. Estás empezando a confiar demasiado en este asesino en serie.

De algún modo, el estar sentados juntos, hablando y comiendo chocolate, me ha relajado.

—El chocolate blanco es la manera de llegar a mí. —Le sonrío de nuevo y él aparta la mirada y se aclara la garganta.

—Bueno... —dice buscando de nuevo en su mochila—, ¿quieres algo de beber?

—¿No me digas que también tienes bebidas ahí? ¿Qué clase de mochila es esa?

—Solo tengo una lata de Coca-Cola y otra de Sprite, así que menos opciones que con la comida.

—¿Vienes al instituto a comer o a estudiar?

—Ya te he dicho que todo esto me lo regalan. Además, ¿quién ha dicho que no se pueden hacer las dos cosas?

—Pues no tienes aspecto de estar todo el día comiendo —bromeo.

Kang se gira hacia mí, con un brillo en los ojos.

—¿Y qué aspecto tengo entonces?

—Hummm... —«Piensa, Klara, no estropees el buen ambiente»—. Te ves... muy... —«Bien, excelente, atractivo, tonificado»—, eh..., saludable.

Una sonrisa pícara que no he visto antes se forma en sus labios.

—¿Saludable?

Asiento.

—Eso es nuevo.

—Ya sabes, me gusta innovar.

«Cállate, Klara, cállate».

—Puedo sobrevivir con saludable —asiente, y levanta una mano para tocar el borde de mi capucha, la acción es tan repentina que no me da tiempo de apartarme. Kang baja la capucha revelando mi falso cabello negro. Sus dedos rozan ligeramente mi mejilla cuando baja su mano, dando por terminado el contacto entre nosotros—. No tienes por qué ocultarte, Klara, eres muy bonita.

No me doy cuenta de que he dejado de respirar hasta que mis pulmones arden y protestan. Noto que la cara me arde. Debo de estar rojísima. ¿Está... coqueteando conmigo? No, Klara, te lo estás imaginando, se acaban de conocer. De cerca, puedo verlo bien. Lo suave que parece su cabello y cómo acaricia su frente ligeramente; lo profundo que es el negro de sus ojos; lo grueso que es su labio inferior comparado con el superior, y esos hoyuelos... ¡Dios, esos hoyuelos en sus mejillas cuando se ríe! Por un momento, me vuelvo muy consciente de su presencia y el hecho de que me haya dicho que soy bonita no ayuda, así que miro hacia otro lado mientras susurro:

—Gracias.

El silencio reina entre nosotros. Puedo sentir sus ojos sobre mí, así que mantengo mi vista en el otro lado, en las puertas de metal y vidrio que están al final de este pasillo. Puedo ver que la nieve ya casi llega a la mitad de la puerta. Está nevando tanto que todo se ve blanco afuera. Aun en estas circunstancias, la nieve me parece tan hermosa...

—Es hermosa, ¿verdad? —dice Kang, que parece leerme la mente.

No digo nada y sigo mirando cómo cae la nieve. Kang suspira largamente detrás de mí.

—No creo que podamos salir de aquí hoy.

Una sonrisa se dibuja en mis labios.

—Atrapados y rodeados de nieve, suena como el guion de una película romántica mala. —Me giro hacia él. Tiene esa sonrisa pícara en sus labios de nuevo.

—¿Romántica?

Toso y me aclaro la garganta.

—Eh, sí, porque..., ya sabes... Bueno, solo lo he dicho porque... No porque tú y yo... Quiero decir, lo he dicho porque nadie puede salir... y somos un montón de adolescentes encerrados, y ya sabes, las hormonas... —«Cállate, Klara»—, estando aquí todos juntos, es...

Kang parece divertido.

—Te he entendido, Klara.

Los dos nos miramos un segundo antes de explotar y echarnos a reír a carcajadas. Eso no está tan mal, me siento cómoda con él, mucho más de lo que esperaba. Tal vez sea por el hecho de que hemos hablado mucho por teléfono antes.

—Ahí estás.

Erick se acerca y se detiene frente a nosotros.

Aún me sorprende que sea tal cual me lo imaginaba cuando lo escuchaba por la radio, espero que no sea tan idiota por eso; le daré el beneficio de la duda por ser amigo de Kang.

—¿Qué hay? —le pregunta Kang, pero los ojos de Erick caen sobre mí y me evalúa descaradamente.

—¿Tú eres la famosa K? —Se cruza de brazos.

—Y tú eres Erick.

—El mismo, al que sacaste del programa de Kang porque «Kang era perfecto él solo».

Cita mis palabras de aquel mensaje de texto y siento que me muero de vergüenza.

—Solo dije la verdad.

—¡Eso no te lo esperabas!, ¿eh, Erick? —Kang, divertido, parece animarme para que no me achante ante su amigo.

—Para tu información, mi programa es tan popular como el de Kang.

—¿En serio? —le digo—. Supongo que tu mochila también está llena de regalos como la de Kang, así que enséñamelos.

Erick entrecierra los ojos.

—No necesito que me regalen *snacks*.

Kang aplaude.

—Bien, Klara, no sabía que tenías un lado feroz.

—Paso de esto, estoy aburrido. —Erick se sienta frente a nosotros—. La señora Romes está dando un sermón sobre hormonas y no sé qué más, ya que es muy posible que tengamos que pasar la noche aquí.

Erick agarra el otro único Hershey's de chocolate blanco que queda e instintivamente extiendo mi mano y se lo quito.

—¡Ey! —se queja.

—Lo siento, lo siento, es mi favorito.

—También el mío.

—Yo estaba aquí primero —le refuto.

—Y yo lo cogí primero.

—Pero te lo he quitado, así que... ¡Ups!

Kang se ríe abiertamente y Erick le lanza una mirada asesina.

—Gracias por tu apoyo, amigo. ¡Qué rápido me cambias por una chica!

Kang levanta las manos.

—Te lo ha quitado limpiamente.

Erick le saca el dedo y yo me río, no puedo evitarlo. Parece un niño al que le acaban de quitar un caramelo. Bueno, literalmente es lo que le ha pasado.

Y así, entre dulces, discusiones tontas con Erick y conversaciones entretenidas con Kang, se me pasa la tarde. Jamás hubiera imaginado lo cómoda que me sentiría en esta situación, a pesar de todas mis inseguridades. Por primera vez en mucho tiempo, estoy con gente de mi edad y no me siento como una extraña fuera de lugar. Mis ojos se encuentran con los de Kang mientras él se ríe de algo que acabo de decir. Me siento... normal.

21

Abrázame

Erick no es un idiota.

O eso es lo que me ha demostrado esta tarde charlado con él y con Kang. Puede que sea muy pronto para estar completamente segura de ello, pero por ahora confiaré en mis instintos y en lo que he observado. Ni una sola vez ha hecho un comentario ligeramente machista o desagradable, tal vez en su programa solo está actuando y él es un personaje.

Sin embargo, Kang es el mismo chico que escucho por la radio: cálido, con voz tranquila y seguro de lo que dice. Cada vez que lo miro, siento que se me va a salir el corazón del pecho y aparece un cosquilleo en mi estómago que nunca había sentido.

Todas estas sensaciones son nuevas y refrescantes para mí. Antes de que comenzara todo el trayecto de la enfermedad de mi madre no había pensado en chicos. Bueno, no voy a mentir: había comentado con mis amigas qué chicos del instituto me parecían guapos, pero nunca había pasado de eso. Luego, cuando mi madre murió hace dos años, fue mi turno de enfrentarme al cáncer, así que los chicos no han sido mi prioridad durante mucho tiempo. He estado centrada en sobrevivir y en salir adelante.

«Así que, Kang, eres mi primera vez en todo. Primera vez que hablo con un chico que me gusta. Primera vez que experimento todas estas sensaciones y reacciones en mi cuerpo a causa de un chico...».

Lo observo golpear a Erick en el hombro después de que le dijo algo para molestarlo. Me quedo mirando sus labios, cómo se curvan para formar esa preciosa sonrisa que tiene.

«¿Serás el que me dé mi primer beso, Kang?».

Me sonrojo y bajo la cabeza.

«Pero ¿en qué estás pensando, Klara? No te hagas ilusiones, él te ve como una amiga más; eso es todo».

Esto es lo que me daba más miedo de ver a Kang. No solo temía su reacción cuando viera cómo soy, sino que también temía las ilusiones que yo podía hacerme respecto a él. Tenerlo a mi alcance solo hace que me guste más y que quiera más de él, cuando tal vez él solo quiera que seamos amigos. Quisiera decir que puedo controlar lo que siento, pero eso sería como decir que puedo controlar mis ataques de pánico. Oh, mi oscuro sentido del humor, bienvenido.

—Oh, por cierto —dice Erick tras beber un trago de la lata de Sprite que le ha dado Kang—, la señora Romes me mandó a buscarlos. Creo que deberíamos volver antes de que ella misma venga a por nosotros.

Kang le lanza una mirada de pocos amigos.

—¿Llevas casi una hora aquí y se te ha olvidado mencionar ese pequeño detalle?

Erick se encoge de hombros.

—Ey, tienes comida, no me culpes por la distracción.

Nos ponemos de pie. Al lado de estos dos, me siento como un pequeño elfo. Uso ambas manos para agarrar la capucha y ponérmela. Kang me lanza una mirada de desaprobación, pero no me dice nada. Erick se inclina sobre mí y yo doy un paso atrás.

—¿Te vas a sentar con nosotros en el pasillo?

Aunque quiero pasar más tiempo con ellos, prefiero no llamar la atención de los demás, y sentarme con dos de los chicos más populares del instituto en mis primeros días de clase no sería exactamente una buena manera de pasar desapercibida. Además, también está Perla. Sé que tendrá muchas preguntas que hacerme. Kang parece notar mis dudas porque le indica:

—Déjala respirar, Erick. —Luego me dice sonriendo—: Cuando quieras, puedes venir a sentarte con nosotros.

—De acuerdo.

Me despido de Erick con la mano y él es el primero en doblar la esquina para volver al pasillo.

Kang se queda parado ahí, mirándome, y me falta el aire de nuevo, pero me las ingenio para hablar:

—Hasta luego, Batman.

Le digo recordando que me contó que cantaba en un bar de la calle Catorce usando una máscara de Batman. Él se cruza de brazos y da dos pasos hacia mí.

—¿Así que recuerdas eso?

—Recuerdo todo lo que me dices.

«¡Ah! ¡Klara! No digas cosas como esa».

Kang alza una ceja y se lame el labio inferior.

—¿Y por qué recuerdas todo lo que te digo?

—Tengo buena memoria.

¡Sí! ¡Una respuesta coherente!

—Yo no tengo buena memoria. —Se acerca un poco más—. Sin embargo, recuerdo muy bien lo que me importa. —Mi corazón está al borde del colapso—. Así que recuerdo absolutamente todo de ti.

¿Cómo se respira? Sus ojos oscuros son tan profundos ahora que está tan cerca...

Retrocedo cobardemente, pero él da los mismos pasos hacia mí que yo doy hacia atrás. Me ofrece su mano.

—De nuevo, un placer conocerte, Klara con K.

Sonrío como una tonta mientras tomo su mano. Las mejillas de Kang se enrojecen, aparta la mirada y me suelta la mano para rascarse la nuca.

—Mierda, qué sonrisa tan bonita tienes.

Es mi turno de ponerme roja. Noto cómo el calor invade mis mejillas.

—Eh..., gracias.

Kang se aclara la garganta y da un paso atrás.

—¿Nos vamos?

—Ve tu primero, luego iré yo.

—¿Te da vergüenza que te vean conmigo? —Finge un chillido de sorpresa—. ¿Soy tu pequeño secreto, Klara?

Le sigo el juego.

—Algo así.

Se pone ambas manos sobre el corazón mientras sigue caminando hacia atrás.

—Me hieres, Klara, me hieres.

—Sobrevivirás.

—¿Ah, sí?

—Claro, eres Batman después de todo.

Kang se detiene y baja las manos, pero antes de desaparecer tras doblar la esquina, me dedica una sonrisa genuina y aparecen esos hoyuelos en sus mejillas que hacen que resulte tan adorable. No sé cuánto tiempo me quedo ahí de pie, observando el lugar donde él estaba hace unos segundos. Necesito asimilar todo lo que me acaba de pasar.

He conocido a Kang.

He hablado con él teniéndolo a diez centímetros de distancia.

Me ha dicho que soy muy bonita y que tengo una sonrisa preciosa. Hasta he conocido a su amigo Erick y me ha caído bien.

He estado charlando con mi *crush* ¡y no me he muerto! Me doy una palmada en el pecho.

—Buen trabajo, querida yo, lo has hecho muy bien.

Cuando regreso y vuelvo a sentarme al lado de Perla, no puedo evitar notar la confusión en su rostro y los miles de preguntas en sus ojos. No sé qué pensará, pero sí sé que me vio huir de Kang hace rato. Mis ojos se encuentran con los de Diego, que está delante de mí. Me está dedicando una sonrisa cómplice, como si lo supiera todo.

Nah, me lo estoy imaginando.

—¿Qué me he perdido? —pregunto, tratando de normalizar el ambiente entre Perla y yo.

—Una charla sobre las hormonas —responde ella—. Créeme, tienes suerte de no haber estado aquí.

—¡Ah, sí!, las hormonas. Eri... —Me detengo abruptamente antes de acabar de decir su nombre—. Sí, algo he oído por ahí.

La electricidad vuelve y el pasillo lleno de adolescentes queda iluminado. Muchos están bromeando y sus risas resuenan por todos los lados. La señora Romes aparece al principio del corredor.

—La nieve ha parado por ahora, así que los equipos de mantenimiento del ayuntamiento tratarán de limpiar los caminos. Calculamos que pasarán varias horas más hasta que sus padres puedan venir por ustedes. Esperemos que no tengamos que pasar la noche aquí.

Diego sonríe y alza la voz para que todo el mundo le oiga:

—¡Claro! Nadie quiere lidiar con las hormonas, señora Romes.

Ella le lanza una mirada fría.

—Muy gracioso, Diego. Creo que mañana no te reirás tanto cuando tengas que quedarte una hora después de las clases a ayudar a algún profesor.

Todo el mundo deja salir un «Oooh».

Kang y Erick están sentados por la zona donde está la señora Romes. Los ojos de Kang se encuentran con los míos, y me saluda con la mano disimuladamente. Aprieto los labios para no reírme y hago lo mismo. Bajo la mirada, controlando mi sonrisa, y cuando la levanto, Diego está observándome con complicidad. Ah, ¿es qué no tiene más nada que hacer?

Las siguientes horas las paso charlando con Perla. Me sorprende que no me pregunte sobre Kang. Supongo que no quiere hablar de él porque sabe que yo también tengo muchas preguntas para ella. Quiero saber por qué me advirtió sobre él.

Uno a uno, los estudiantes comienzan a irse cuando sus padres vienes a por ellos.

La señora Romes aparece frente a nosotras.

—Perla, tu padre ha venido a buscarte. Ve con él. Yo me iré más tarde, cuando todos los estudiantes se hayan ido.

Perla suspira y me sonríe.

—Bueno, esta aventura fue divertida mientras duró. Nos vemos mañana, Klara.

Le devuelvo la sonrisa.

—Hasta mañana.

Me siento un poco ansiosa mientras observo cómo el pasillo va vaciándose. Ya no queda nadie de este lado, a excepción de Diego, por supuesto, que está jugando con su teléfono. Solo quedan algunos estudiantes al principio del pasillo, entre ellos Kang, que está con otro chico que no es Erick. Este se fue hace un rato.

—Capuuucha —me susurra Diego para llamar mi atención.

Le dedico una mirada cansada, pero no le digo nada.

—Parece que solo quedamos tú y yo. Es el destino que quiere que seamos amigos, pero tú no colaboras. —Se pasa la mano por el cabello rojizo—. ¿Tienes algo en contra de los pelirrojos? —Meneo la cabeza—. Entonces, ¿es solo que no soy lo suficientemente digno de que me dirijas la palabra?

«No es eso. Es solo que eres muy ruidoso y te gusta llamar la atención, sin mencionar que también eres muy popular. Y yo quiero pasar desapercibida».

Diego suspira, fingiendo sentirse derrotado.

—¿Capucha?

Me siento mal ignorándolo de una forma tan descarada.

Yo no soy así. Por eso, en contra de mis protestas internas, le respondo:

—Estoy segura de que ya sabes mi nombre, ¿por qué me sigues llamando Capucha?

La sonrisa que se expande en su rostro es contagiosa.

—Porque me gusta ser original.

—Bien, señor Original, ¿por qué eres tan insistente?

Diego permanece sentado al otro lado del pasillo frente a mí, presionando su espalda contra la pared y con los codos apoyados en las rodillas y sus manos colgando frente a él.

—¿Por qué eres tan misteriosa?

—No respondas una pregunta con otra.

—Bien, te digo por qué soy tan insistente si tú me respondes algo primero. Tengo mucha curiosidad.

—¿Qué?

—¿Cómo es que, llevando pocos días de clases, una chica nueva, que se oculta más que mi dignidad después de rogarle a mi ex, tiene una relación que parece bastante cercana con los dos chicos más populares de este instituto?

—Es complicado.

—Esa también fue la respuesta de mi ex.

No puedo evitar sonreír. Es gracioso, no lo niego.

—No tengo por qué explicarte eso, Diego.

—Oh, sabes mi nombre. —Me guiña un ojo.

—¿Cómo no voy a saberlo? No has dejado de meterte conmigo desde el principio.

—Yo no diría que me he estado metiendo contigo, más bien, he estado luchando por una amistad.

—Oh, ¿así que estabas luchando por mi amistad? ¿Por qué tanto esfuerzo? Me parece que no eres alguien que ande falto de amigos, precisamente.

La sonrisa se esfuma de su rostro y se pasa la lengua por los labios como si estuviera pensando con mucho cuidado sus siguientes palabras.

—No es la primera vez que te veo, Capucha.

Frunzo el entrecejo.

—¿De qué estás hablando?

—Hace tiempo, te vi muchas veces en el hospital, en la sala de quimioterapia.

Frío, una corriente fría cruza mi cuerpo ante la posibilidad de que él sepa mis secretos. Trago saliva.

—No sé de qué me hablas.

Él me dedica una sonrisa amable.

—Me alegro de que hayas sobrevivido, Capucha.

—¡Diego! —La voz de la señora Romes suena a lo lejos—. Han venido a buscarte. Hora de irse.

Él se pone de pie sacudiéndose los pantalones.

—Bueno, esta belleza exótica tiene que irse.

—Diego... —No sé cómo preguntarlo—. ¿Cómo... sabes...? ¿Quién...?

La tristeza que se expande por su rostro no es una expresión que haya visto en él estos días. Diego siempre anda bromeando, alegre y molestando a los demás.

—Mi padre —me contesta la pregunta escrita en mi rostro—. Él siempre hablaba de ti, de la chica que lo hacía reír en la sala de quimio con su humor negro.

Mi mente viaja al recuerdo de Darío, un señor de unos cuarenta años que estaba luchando contra un agresivo cáncer de colon, con el que compartí varias veces mis quimios.

—¿Cómo haces para mantener ese buen humor en estas circunstancias? —me había preguntado pasando la mano por su cabeza calva—. Te admiro, Klarita.

—El cáncer me ha quitado demasiado —le respondí con una gran sonrisa—. Mi madre, mi pelo, mi energía... Creo que, si le dejo quitarme mi sentido del humor, lo habré perdido todo.

La realidad era que estaba muy deprimida, ni siquiera había podido llorar suficiente por la muerte de mi madre cuando tuve que comenzar mi propia batalla contra el cáncer, pero de alguna forma Darío se veía aún más deprimido que yo. La primera vez que lo vi, no hablaba, no interactuaba con nadie. Eso me motivó a sonreír y a ser su fuente de risas, aunque estuviera muriéndome por dentro, quería hacerlo sonreír. Él fue mi motivación para actuar como una persona fuerte durante las quimios.

Nos sentábamos juntos mientras la medicación, colgada de un perchero metálico justo a nuestro lado, entraba en nuestras venas. Darío me hizo señas para que me acercara y me susurró:

—¿Te cuento un secreto?

Yo asentí.

—Si dices que tienes náuseas y se te antoja una gelatina, te traen del sabor que quieras.

—¿De verdad?

Él asintió.

—Pide de fresa, las demás saben a medicina.

Lo pongo a prueba y la enfermera me trae la gelatina. Darío y yo chocamos los cinco, soltando una risita.

Cuando terminé mis tratamientos, fui a visitarlo porque no quería dejarlo solo en las quimios. Muy pocas veces permitían que los familiares entraran, y había pacientes que no querían que sus familiares los vieran ahí y preferían que esperaran fuera. Darío era uno de esos y pensé que se deprimiría de nuevo al estar solo, así que compré un gran pote de gelatina de fresa y fui a verlo, pero me dijeron que había fallecido.

Me devastó su muerte de muchas formas que no puedo explicar.

Le envié una carta a su familia, dando mis condolencias y contándoles lo maravilloso que había sido conocer a Darío y cómo él me había hecho ser más fuerte y tolerar mis tratamientos.

No puedo creer que Diego sea su hijo. Darío hablaba de él, pero jamás se me habría cruzado por la cabeza que era el mismo Diego.

Me ofrece su mano, yo la tomo y me pongo de pie.

—Lo siento, Diego, no sabía que...

Tira de mí hacia él y me abraza.

—En nombre de mi padre, que descansa en paz —me susurra—. Muchas gracias, Klara.

Empiezan a brotar lágrimas de mis ojos y trato de controlarlas. Hacía mucho que no pensaba en Darío, es como si el dolor reviviera con su recuerdo. Cuando nos separamos, los ojos de Diego están rojos.

—Tu carta nos hizo mucho bien a mi madre y a mí. Gracias.

No sé qué decir, no tengo palabras. Diego da un paso atrás.

—Debo irme, pero te llevaré a comer la mejor gelatina de fresa del mundo, y no puedes decir que no.

Sonrío, mi vista está borrosa por las lágrimas.

—De acuerdo.

Diego finge una sonrisa mientras se aleja.

—Lo siento, pero tendrás que ser mi amiga, quieras o no. —Se encoge de hombros—. No tienes opción.

—Será un honor serlo, Diego.

Él levanta el pulgar antes de darse media vuelta e irse. Incluso después de su muerte, Darío se las ingenia para alegrarme la vida, para hacerme más fuerte y hasta para darme un nuevo amigo.

Gracias, Darío.

22

Compréndeme

Mañana no habrá clase.

Creo que le he contagiado mi mala suerte al instituto. Apenas he ido unos días y suspenden las clases. La tormenta de nieve no tiene intención de remitir, y cuando termine, habrá mucha nieve que limpiar y servicios que recuperar. No sé cómo sentirme al respecto, es una combinación de alivio y tristeza. No tendré que ver a Kang mañana, y eso alivia mi ansiedad, pero también me entristece. Ahora que he hablado con él, quiero seguir haciéndolo. Ya es de noche y estoy sentada al lado de la ventana viendo la nieve caer, recordando mi último ataque de pánico y cómo Kang estuvo conmigo al teléfono hasta que se me pasó, distrayéndome con pensamientos de nieve cayendo. Él ha sido tan bueno conmigo, tan... comprensivo.

Una parte de mí aún no se cree lo que me ha pasado hoy. He hablado con Kang, con Erick y con Diego, chicos de mi edad, y no he muerto en el intento. Hace unas semanas, si alguien me hubiera dicho que haría lo que he hecho hoy, no me lo hubiera creído, me parecía algo imposible.

No me creía capaz de hablar con gente de mi edad. Y mucho menos con chicos.

Y mucho menos con un chico que me gusta.

Supongo que el doctor B tiene razón, cada avance, por pequeño que sea, es un avance que me impulsará hacia delante en mi camino a una vida normal. El día de hoy fue bastante normal. Yo fui normal.

Por primera vez siento que sí puedo lograrlo todo, tengo más motivación, sobre todo después de la conversación que he tenido con Diego. El hecho de haber tenido un efecto positivo en la familia de Darío, aun sin conocerlos, me ha hecho sentir mucho mejor. Respiro sobre la ventana, empañando el vidrio para trazar la letra K con mi dedo. Me recuerda la sensación de cuando me llenaba el dedo con pintura para jugar con él sobre el lienzo. Alguien se aclara la garganta y me giro. Kamila está en la puerta de mi habitación. En pijama y con una taza en cada mano.

—¿Chocolate caliente?

Le sonrío.

—¿Existe alguien que pueda decirle que no al chocolate caliente?

Ella asiente.

—Andy.

—Andy no cuenta.

Entra en la habitación y se sienta en el borde de la ventana conmigo. Me pasa la taza de chocolate caliente. Durante un rato no decimos nada. No es incómodo. Solo somos nosotras, dos hermanas disfrutando de un buen chocolate caliente frente a la ventana mientras miramos caer la nieve. Tomo varios sorbos de chocolate antes de romper el silencio.

—Sé qué quieres preguntar.

Ella alza una ceja.

—No sé de qué hablas.

—Kamila...

—¿Qué?

—No tienes que contenerte, te conozco.

Ella bebe de su taza.

—Soy una persona nueva, estoy tratando de ser menos... preguntona contigo.

—Analizar y hacer preguntas es parte de quien eres, por eso estudiaste Psiquiatría, así que tranquila, pregunta.

—No quiero ser una molestia para ti, Klara.

—Kamila, admito que tus constantes preguntas pueden ser molestas a veces, pero es algo a lo que estoy acostumbrada. Tú eres así y te quiero exactamente tal como eres, no cambiaría nada de ti.

Veo cómo sus ojos se enrojecen. Deja salir una larga bocanada de aire.

—No digas cosas como esas, me vas a hacer llorar.

Tomo su mano libre y la aprieto ligeramente.

—Bien, ya que me has dado luz verde, cuéntame cómo te ha ido el día. No tienes idea de lo preocupada que estaba cuando me han dicho que no podía ir a buscarte, que estabas atrapada en el instituto.

—Me fue muy bien, Kami. Tuve un día normal, ¿puedes creerlo? Yo aún no puedo. Hablé con chicos de mi edad, hice amigos, te juro que no me lo creo.

—Me alegro mucho, K, y por supuesto que puedo creerlo, has luchado mucho para llegar a donde estás ahora, es hora de tener algunas recompensas, como el día de hoy.

—Buenas —la voz de Andy suena desde la puerta y Kamila y yo lo miramos.

—¿Fiesta de pijamas sin mí?

—Adelante, el tíquet de entrada es una taza de chocolate caliente.

Él abre la boca para protestar, pero Kamila lo corta.

—Sin excepciones. Klara me estaba contando lo bien que le ha ido hoy, a pesar de la tormenta.

—¡Qué bien! —Me muestra su puño y yo lo choco con el mío—. Estamos muy orgullosos de ti, Klara.

—¿No es hora del programa de radio que te gusta?

Suspiro.

—Hoy no habrá programa por culpa de la tormenta.

—No estés triste —me dice Andy—. Estoy seguro de que mañana volverán a hacer el programa.

Andy se va y, cuando vuelve, trae una taza en la mano. Kamila y yo compartimos una mirada divertida mientras él se sienta en la cama, ya que no hay lugar en la ventana.

—Bien, soy parte de la fiesta de pijamas ahora.

Kamila entrecierra los ojos.

—Sabemos que eso es té.

Les sonrío y nos quedamos un rato ahí los tres disfrutando de nuestras bebidas calientes y conversando sobre mi día en el instituto.

Le echo un vistazo a mi teléfono: cero mensajes. No he sabido nada de Kang desde que Kamila fue a buscarme esta tarde y no puedo negar que eso me tiene un poco nerviosa. Nunca habíamos pasado tantas horas sin enviarnos mensajes. Vuelven mis inseguridades: ya me ha visto y no he cumplido sus expectativas, así que tal vez ya no quiere volver a hablar conmigo.

Pienso en enviarle un mensaje, pero no quiero parecer desesperada o intensa. Aunque siempre es él quien inicia nuestras conversaciones, tal vez sea hora de que yo tome la iniciativa.

Cuando ya estoy en la cama, lista para dormir, no puedo conciliar el sueño. Cada vez que cierro los ojos, veo a Kang, su sonrisa, sus ojos, sus gestos... Este chico está haciendo estragos en mi corazón.

Me rindo. Tomo mi teléfono y le envío un mensaje.

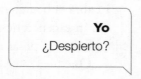

Yo
¿Despierto?

No responde, y asumo que debe de estar dormido, pero me parece raro porque apenas son las diez de la noche y Kang es un búho nocturno, como me ha dicho muchas veces. Bueno, por lo menos, lo he intentado, así que ya puedo dormirme en paz.

Mi teléfono anuncia un nuevo mensaje y me siento en mi cama para revisarlo.

> **Kang**
> Sí.

Algo no va bien. Kang jamás ha sido de mensajes secos y monosilábicos.

> **Yo**
> ¿Qué haces?

Pregunto con el corazón latiendo en mi pecho. Estoy aterrada. Tengo miedo de que, ahora que me ha visto, de verdad no quiera seguir hablando conmigo.

> **Kang**
> Nada.

Ese mensaje me confirma lo que más he temido: ya no quiere hablar conmigo. ¿Por qué querría hacerlo? Ya ha visto cómo soy: una chica con peluca y casi esquelética.

«¿De verdad pensabas que un chico como él se sentiría atraído por ti?». De nuevo esa voz cruel en mi mente.

No le respondo porque está claro que no quiere hablar conmigo, tampoco soy tonta. Pongo el teléfono debajo de la almohada y me acuesto mirando el oscuro techo. Me arde el pecho y siento el estómago un poco revuelto; esto duele, y mucho. Esta sensación de rechazo y de desilusión es mucho más desgarradora de lo que pensé que sería. Aunque he tratado de mantener mis expectativas con Kang a raya, no he podido evitar ilusionarme, sobre todo después de lo bien que nos lo hemos pasado hoy. ¡Qué idiota he sido! Mi teléfono suena bajo mi almohada, y reviso la pantalla. Una llamada entrante de Kang. Mi corazón roto despierta y late con esperanzas de nuevo.

—¿Sí?

—Hola.

Esa voz... ¿Cómo es posible que oírle decir una sola palabra sea suficiente para derretirme? No sé qué decir, lo escucho suspirar y me muerdo el labio inferior.

—¿Qué ocurre, Kang? —Tengo que preguntar, ignorar que le pasa algo no me llevará a ningún lugar productivo.

—Nada, solo... —Hace una pausa, y su voz es diferente—. Lo siento, Klara, he sido un idiota hoy.

—¿De qué estás hablando?

—Me moría por mandarte un mensaje, y no quería responderte de esa forma, solo me dejé llevar por mis emociones.

—¿Emociones?

—Estaba molesto contigo.

Eso me confunde aún más.

—¿Molesto? ¿Por qué?

—No importa, Klara, no tengo derecho a enojarme, me he comportado como un inmaduro... Imaginamos que eso no ha ocurrido y hablemos como siempre, ¿vale?

—Estoy muy confundida, Kang.

Le escucho soltar un largo suspiro.

—Lo sé, es culpa mía... ¿Qué haces? ¿Cómo has pasado la tarde?

Dudo al responder, sé que él quiere que olvide su extraño cambio de actitud, pero ¿cómo puede esperar que no sienta la necesidad de saber qué he hecho para que se molestara? Kang no parece el tipo de persona que se enfada fácilmente o sin razón, pero es que... yo no le he hecho nada. Pero Kang siempre ha sido muy comprensivo conmigo, nunca me ha presionado para que explique cosas que sé que él quiere saber... Creo que puedo devolverle ese favor, puedo ser compresiva con él.

—Bien, me he tomado un chocolate caliente con mi hermana y mi cuñado —le digo, poniéndome cómoda en la cama—. Ver la nieve caer es muy relajante, tienes razón.

—¡Te lo dije! ¿Me creerías si te dijera que yo he hecho exactamente lo mismo? —Su voz ha recuperado ese carisma que tanto me gusta—. Claro que no con mi hermana, ella no es buena compartiendo el chocolate.

—Claro que puedo creerte —digo sonriendo—. ¡Qué pena que no haya clase mañana!

Él se ríe y eso me hace sonreír.

—Nah, es culpa del clima. Me ha resultado raro no hacer el programa hoy. Llevo tanto tiempo haciéndolo todos los días...

—Sí, te entiendo. A mí también me ha resultado raro no poder escucharte en *Sigue mi voz*.

—Tengo curiosidad, Klara. ¿Desde cuándo sigues mi programa?

Me muerdo la uña del pulgar mientras decido si decirle la verdad. Que llevo un año escuchándole todas las noches porque su voz me proporciona paz, hace que me olvide de mis miedos, de mis pensamientos negativos, de mis lágrimas. Que su programa ha sido mi tubo de escape.

«Buenas noches, mi gente, les habla de nuevo Kang, su amigo y compañero de su programa nocturno *Sigue mi voz*», «Aquí su compañero de todas las noches, Kang»...

—Un año.

—¿Un año? ¿De verdad?

—Sí... —Hago una pausa—. Y creo que he de darte las gracias por... todo este año. No tienes idea de lo mucho que ayudas a la gente con tu programa.

—Eso significa mucho para mí, Klara. Empecé *Sigue mi*

voz con esa intención, ayudar a las personas, y si he afectado tu vida de manera positiva, me doy por satisfecho.

«Creo que has hecho mucho más que ayudarme. Me has hecho sentir cosas que nadie ha podido hacerme sentir, porque sentir es algo que me ha costado mucho después de todo lo que he pasado, y tú me haces sentir con tanta facilidad, Kang».

—Pues lo has hecho.

—Guau, pero un año es mucho tiempo... ¿Por qué no enviaste mensajes al programa antes?

—Porque sabía que se perderían en el montón. Y es lo que pensaba que pasaría cuando me atreví a escribirte por fin; nunca imaginé que los leerías.

—Los leí, Klara, y hasta tuve el atrevimiento de tomar tu número del teléfono del programa para escribirte... Esperaba que me llamaras acosador y que me bloquearas.

Sonrío.

—Lo consideré.

—¿En serio? Recuerdo que me hiciste decir «queso» en el programa. Erick se estuvo metiendo conmigo varios días por hacerlo.

—Necesitaba asegurarme de que fueras tú.

—¿Por qué?

—¿Cómo que por qué? No quería que fuera alguien haciéndose pasar por ti.

—Está bien. Bueno, te dejaré dormir. ¿Hablamos mañana?

—Hasta mañana, Kang.

—Hasta mañana, preciosa.

Cuelga y mi corazón se queda estancado en esa última palabra «preciosa». Kang me ha llamado «preciosa». Debo de estar alucinando. Y aunque quiero saber por qué se enfadó conmigo, eso no evita que me quede dormida con una sonrisa en los labios.

Después de todo, me siento cansada después de este largo día... normal.

23

Tócame

Cada paso que doy es lento y calculado, miro alrededor. El pasillo del instituto está lleno de adolescentes charlando en grupos y otros inmersos en sus teléfonos. No puedo evitar preguntarme si son conscientes de lo afortunados que son de estar sanos y de no tener que preocuparse por su salud cada día.

El miedo a la muerte es algo que sigue siendo el combustible de mi ansiedad, pero he llegado a un punto de paz, porque siento que, después de todo lo que he pasado, ahora estoy saboreando la vida más conscientemente, que estoy viviendo con un propósito, que admiro la belleza de cada pequeña cosa, que empatizo con los demás con más facilidad. Sobrevivir al cáncer me ha proporcionado habilidades que jamás hubiera conseguido si hubiera tenido una vida normal.

Soy Klara, la chica que perdió a su madre por culpa del cáncer y que no pudo ni siquiera llorarla todo lo que se merecía porque ella también tuvo que luchar su propia batalla contra esta enfermedad. La chica que ha sufrido depresión, ataques de pánico, agorafobia y baja autoestima. La chica que sonríe para sí misma en un pasillo lleno de gente porque mientras muchos de ellos están existiendo sin consciencia, yo estoy viviendo con todas las ganas, disfrutando de cada segundo; el solo hecho de haberme levantado hoy, de haber sentido la brisa de la mañana en mi piel es suficiente para hacerme feliz. Estoy de muy buen humor.

Al entrar en clase, me quedo paralizada en la puerta. Solo están Ben y Adrián en una esquina. Ben tiene la mano apoyada en la pared por encima del hombro de Adrián, acorralándolo. Adrián está rojo.

Oh-oh. Considero darme la vuelta, pero ellos me han visto y se separan tan rápido como pueden.

—Ho-hola... —dice Adrián rascándose la cabeza—. ¿Cómo te llamas? No recuerdo tu nombre...

Entro y busco mi asiento. Ben no me mira.

—Klara.

—Klara, yo soy Adrián y él es Ben.

Ya lo sé, los he estado *shippeando* desde el primer momento en que los vi: Benrián es real.

—Encantada, chicos.

Adrián me sonríe.

—Solo estábamos jugando, ya sabes.

—Sí, tranquilo.

Emma, la pelirroja, entra, masticando chicle como de costumbre y detrás de ella aparece Perla con unas ojeras de muerte lenta. Se sienta a mi lado, suspirando. La observo con curiosidad y ella finalmente me mira.

—Ya sé, mis ojeras están de maravilla hoy.

—En realidad, solo te iba a saludar. —La saludo con la mano sonriendo—. Hola, Perla.

Ella se ríe un poco.

—Te ha sentado bien tener un día libre, estás de buen humor.

—Siempre estoy de buen humor.

—No, me refiero a que hoy tienes un aura alegre a tu alrededor. ¿Algo que deba saber?

—Solo estoy feliz de estar aquí.

Perla alza una ceja.

—Eres muy rara, Klara, en el buen sentido.

—Gracias.

El aula se llena rápidamente, y Diego aparece con su escandalosa voz.

—¡Ya no me echen de menos, he llegado! —grita mientras se desliza por el suelo hasta quedar delante de toda la clase.

Perla pone los ojos en blanco.

Diego me guiña un ojo y yo le sonrío. Me siento mal por haberlo juzgado tan injustamente al principio. Bueno..., no soy perfecta, y quiero aprender de mis errores cada día. De todas formas, cuando llegue el momento, le pediré disculpas por haberlo ignorado tanto. Supongo que estaba muy a la defensiva al iniciar las clases. Temía que la gente se burlara de mí o explotara mis debilidades delante de todos. Diego escoge la silla que está frente a mí y Perla levanta una ceja. Sé que él no se sienta aquí usualmente. Creo que lo de pasar desapercibida es imposible. Diego gira la mitad del cuerpo en la silla para mirarme.

—Capucha.

—¿Me llamarás así todo el año? —bromeo.

Asiente.

—Te dije que sería original. ¿Qué tal tu día libre? Por tu expresión, parece que te lo has pasado muy bien.

Es refrescante escuchar a otras personas, que no sean Andy o Kamila, preguntarme por mi vida.

—Sí, he descansado bastante.

—¿Alguien me quiere decir qué me he perdido? —nos interrumpe Perla, pero no suena enfadada, sino todo lo contrario—. La última vez que los vi se llevaban fatal y ahora... ¿tú le preguntas a ella cómo le ha ido el día libre? ¿Pasó algo el día de la tormenta después de que me fuera?

«No tienes ni idea, Perla».

Diego se aclara la garganta para hablar, y por su expresión, parece que va a decir algo dramático.

—La verdad, Perla, es que después de que te fuiste Klara me declaró su fugaz amor no correspondido.

—¡Diego! —protesto.

Perla se ríe.

—Claro, claro.

Él finge sentirse herido.

—¿No me crees?

—Nope.

Sonrío viendo a estos dos discutir en broma. A pesar de que Perla me advirtió sobre Diego, por la forma en la que interactúa con él, me doy cuenta de que realmente no tiene nada contra él, tal vez solo quería protegerme en mis primeros días, y como, hasta que hablamos sobre su padre, Diego no había hecho más que meterse conmigo...

Noto que alguien nos está mirando y trato de averiguar quién es. Es la chica de gafas que siempre está leyendo. Parece... ¿triste? No aparta la mirada de... Diego. ¡Oh, entiendo!

Creo que ha nacido un nuevo *ship,* si sigo así terminaré *shippeando* a todo el instituto. Mis ojos caen sobre Diego y puedo entenderla; es muy guapo. Ese cabello rojo, las pecas y su aura carismática de verdad le favorecen. Tiene ese tipo de confianza en sí mismo que atrae. Puedo entender por qué es popular entre las chicas; bueno, eso es lo que me ha dicho Perla. Diego pausa su discusión con Perla y me mira con curiosidad.

—¿Qué?

—Nada, solo me divierto viéndolos discutir.

Comienzan los anuncios y la voz de Kang llena mis oídos, tranquilizándome. Esta vez sí que disfruto cada segundo escuchándolo; no estoy sorprendida como el primer día, cuando me sorprendí al oírlo.

A la hora del almuerzo, Perla y yo nos sentamos en una mesa desde la que puedo ver la puerta de la cafetería. Mi corazón da un brinco cuando veo entrar a Kang, con camiseta blanca y tejanos, seguido de un montón de chicos que llevan la sudadera del equipo de fútbol, entre ellos está Erick. Kang está muy guapo riéndose de algo que ha dicho Erick, quien le golpea en el hombro ligeramente. Es evidente el cambio en el ambiente del comedor desde que han entrado. Muchos los miran con cierta admiración desde sus mesas. Sin duda, son los populares del instituto, y Kang es uno de los protagonistas principales.

¿Cómo un chico como él puede estar interesado en mí? Me parece tan ilógico...

«Basta, Klara. ¿Qué hemos dicho de los pensamientos que te infravaloran? Vales tanto como cualquier otra persona». Estoy practicando con los pensamientos positivos.

Los ojos de Kang danzan por toda la cafetería y, cuando caen sobre mí, siento que no puedo respirar. Me sonríe y veo que se dispone a acercarse, pero entonces ve a Perla y se detiene. Arrugo el entrecejo, confundida, mientras lo veo darse la vuelta para sentarse con su grupo.

Vale, eso ha sido muy raro. ¿Qué habrá pasado entre estos dos para que se eviten de esta forma?

Oigo la notificación de un mensaje y miro el teléfono tras darle un mordisco a mi sándwich.

Kang
Hola, preciosa. ¿Puedo verte después del almuerzo?

Las mariposas en mi estómago me hacen sonreír como una idiota mientras le respondo:

Yo
Sí. ¿Pasillo del auditorio?

Kang
¿Acaso se está volviendo nuestro escondite predilecto?

Yo
¿Tienes otro lugar en mente?

Kang
No. Te veo pronto entonces.

Nunca he comido tan rápido en mi vida, la emoción hace que me suden las manos, y me las tengo que secar constantemente con la sudadera. De vez en cuando, miro a Kang y a veces lo pillo mirándome. Me encanta cómo nuestras miradas se comunican y que nadie tenga ni idea de que nos conocíamos y de que hablamos muy a menudo por teléfono. Es nuestro secreto.

Al salir de la cafetería, me invento la excusa de que voy a secretaría. Perla insiste en acompañarme, pero la convenzo de que puedo hacerlo sola. Nerviosa, doblo la esquina del pasillo y ahí está Kang, recostado contra la pared, con las manos dentro de los bolsillos de los tejanos. Cuando me ve, se despega de la pared y se queda frente a mí.

«Respira, Klara».

—Hola, Klara con K.

—Hola, Batman.

Él sonríe. Creo que los hoyuelos de sus mejillas me van a provocar un infarto algún día.

—¿De nuevo con eso?

Me encojo de hombros.

—Hasta que te vea con la máscara, no te dejaré en paz.

—No creo que puedas ir al bar a verme tocar.

—¿Por qué no?

Tuerce los labios.

—Principalmente, porque eres menor de edad.

—Tú también y puedes entrar.

—Conozco al dueño.

—Tengo que conocer al dueño entonces.

—Te deseo buena suerte —bromea.

—Eres odioso.

Kang se muerde el labio inferior y da un paso hacia mí.

—¿Ah, sí?

Trago saliva. Tenerlo cerca no es algo que pueda manejar muy bien. Tengo que levantar la cara ligeramente para mirarlo, tan cerca puedo ver cada parte de su rostro con claridad y hace estragos en mi estómago, ¿he mencionado lo bien que huele Kang? Bien, Klara, suenas como una pervertida.

Él estira su mano con cuidado hacia mí como si tuviera miedo de asustarme, fija sus ojos sobre los míos en todo momento y toma mi mejilla, acariciándola con su pulgar. El contacto de su mano sobre mi piel me produce escalofríos por todo el cuerpo. ¿Cómo un roce tan simple puede sentirse tan íntimo? No respiro, no me muevo, mi corazón late como loco.

—¿Cómo pude extrañarte tanto cuando solo te vi una vez?

Abro mi boca para decir algo cuando las risas de un grupo de chicas me hacen separarme de él, rompiendo todo contacto rápidamente. Ellas pasan a nuestro lado y yo tengo que recordar cómo se respira.

Kang se sonroja y se aclara la garganta.

—Eh, bueno, ya casi es hora de la próxima clase. ¿Puedo... llevarte a tu casa después de la escuela?

¿Cómo le explico eso a Kamila?

—Tengo que consultarlo con mi hermana, te escribo cuando sepa la respuesta.

—Está bien.

Nos sonreímos como idiotas en medio del pasillo antes de despedirnos con la mano. No puedo evitar la sonrisa permanente en mi rostro cuando llego a mi asiento en el salón. Diego me lanza una mirada cómplice y se inclina hacia mi asiento para susurrarme algo.

—Borra un poco la sonrisa de enamorada, Capucha.

—No sé de qué hablas.

Diego sonríe, meneando la cabeza y acomodándose en su asiento.

Escucho atenta la clase, luchando por mantener mi sonrisa a raya sobre todo después de recibir el mensaje de Kamila: me ha dado permiso para que uno de mis nuevos amigos me lleve a casa.

Estaré sola con Kang, qué nervios.

Estoy muy emocionada, sin embargo, en ese momento no tenía ni idea de lo que sucedería, nada podría haberme preparado para lo que pasó después.

24

Destrúyeme

Nunca imaginé que podía pasar de estar emocionada y feliz a sentirme completamente destruida. En los meses que he estado encerrada en casa no experimenté en ningún momento un cambio tan brusco en mi estado ánimo. Supongo que es porque en casa no existen variables, todo depende de mí, pero en el mundo exterior dependo de otras personas, y estas pueden afectar mi estado de ánimo. Lo he aprendido de la peor manera.

—¿Klara? —me pregunta una chica alta de cabello negro que bloquea mi camino cuando me estoy dirigiendo a la última clase. Es muy guapa. Tiene los labios gruesos y la nariz perfilada. Lleva un montón de maquillaje que resalta sus facciones.

—¿Sí? —le respondo amablemente, aunque me pongo un poco nerviosa, esto de socializar con un desconocido aún no lo domino.

Ella me sonríe amable.

—Necesito hablar contigo. Solo será un segundo.

Toma mi mano y yo me tenso, pero no me suelto. No quiero parecer antipática.

Me guía hasta una puerta de madera con una ventanilla de vidrio que está tan borrosa que resulta imposible ver qué hay adentro. Entramos y la chica me suelta de la mano para cerrar la puerta detrás de ella. Es un aula que no parece haber sido usada en años. Las mesas y las sillas están cubiertas de polvo y se ven telarañas por las paredes. Hay algunos espejos con grietas y otros llenos de polvo. Parece un almacén de cosas que no han sido usadas en mucho tiempo.

Me enfrento a un grupo de seis chicas. ¿Qué está pasando? Aprieto mis libros contra el pecho.

—¿Quiénes...?

—Klara —me interrumpe la chica que parece ser la líder—, te hemos traído aquí porque nos parece que necesitas que alguien te informe sobre cómo funcionan las cosas en este instituto.

—Ah...

—No te preocupes —comenta una chica—. Sabemos que eres nueva y entendemos tu falta de conocimiento.

No sé qué está pasando, pero tengo miedo. Mi corazón se acelera en mi pecho. Me lamo los labios y trato de controlar la respiración.

—Es muy simple, Klara, de verdad —me dice la líder—. No puedes llegar al instituto e intentar acaparar la atención de los chicos más populares tratando de darles lástima. Así que procura mantenerte a distancia y deja de pegarte a ellos como una lapa.

Auch.

—Yo no... —murmuro. Quiero salir de aquí—. No estoy intentando...

—Silencio. —La líder levanta la mano—. No queremos explicaciones, queremos tu palabra de que mantendrás tus esqueléticas manos lejos de nuestros chicos.

—¿Nuestros chicos?

—Kang, Erick, Diego... ¿Te suenan? —Me ofrece una sonrisa falsa—. Todas hemos luchado durante mucho tiempo para ganarnos su atención, así que no vamos a permitir que vengas tú y nos eclipses. Es cuestión de jerarquía, Klara, de tiempo invertido. ¿Sabes cuántas chicas forman parte del club de seguidoras de Kang? Más de la mitad del instituto, ya sea porque les gusta o porque simplemente admiran el trabajo que hace en su programa. No puedes llegar y pisarnos a todas para convertirte en el centro de la atención de Kang.

Quiero hablar, pero las palabras se atoran en mi garganta, el miedo, la presión de todas esas chicas mirándome con tanto desprecio, evaluando mi ropa y mi apariencia hace que se me llenen los ojos de lágrimas. Quiero salir de aquí. Me giro hacia la puerta, pero hay una chica bloqueándola que menea la cabeza sonriéndome burlona.

—«Klara Rodríguez, diecisiete años, transferida del Instituto San José». ¿Ese no es el instituto de los pobres?

Cuando me giro de nuevo, veo que la líder tiene una carpeta en sus manos. ¿Mi archivo académico?

—Solo hay información aburrida —comenta pasando las hojas, hasta que llega a las notas de la consejera y lee—: «Se aconseja un proceso de adaptación progresivo debido al diagnóstico psicológico recibido confidencialmente». Ah, vaya... Quería ver tu diagnóstico, pero al parecer no está aquí, sino en los archivos de la consejera.

Estoy temblando. La chica que está detrás de mí me quita la capucha en un movimiento rápido, dejando expuesta mi peluca negra. Luego me empuja, obligándome a adentrarme más en el aula para que puedan verme mejor los ojos juzgadores del resto de las chicas.

—Por suerte tengo amigos en todos lados, Klara, y cuando quiero investigar algo, me facilitan las cosas. —Se acerca la chica alta que parece ser la líder y me agarra el mentón obligándome a mirarla—. Pobrecita, pero ¿cómo una chica tan fea y defectuosa como tú se atreve a fijarse en Kang?

Estoy llorando, y me duelen los dedos de lo mucho que estoy apretando los libros contra mi pecho.

—¿Te has visto en un espejo, Klara? —«Sí lo he hecho»—. Ni siquiera tienes pelo de verdad. —Me gira la chica alta y me obliga a mirarme en un espejo. Mi rostro rojo y cubierto de lágrimas aparece en el reflejo—. No eres nada, no vales nada.

—Por favor, ya basta... —suplico entre sollozos.

Ella me libera y se coloca entre el espejo y yo.

—¿Ya basta? Tú eres la que decide cuándo termina esto. ¿Te alejarás de los chicos? —Como no contesto, aprieta sus labios—. ¿Lo harás? Deja de usar la lástima para conseguir la atención de los chicos. ¿No te da vergüenza? ¿Crees que de verdad le importas a Kang? Solo te tiene lástima, Klara, quiere ayudarte a adaptarte al instituto y toda esa mierda.

Otra chica de cabello castaño comenta:

—Quiere estudiar Psicología.

—Eres un objeto de estudio para él. Pregúntaselo, si no, a tu querida amiga Perla.

¿Qué? La chica alta nota la sorpresa en mi expresión.

—¡Oh! ¿No te lo ha contado? Supongo que una semana de amistad es muy poco tiempo para eso.

Otra chica interviene:

—¿Deberíamos contárselo?

—Sí, Klara, seremos buenas contigo y te lo contaremos. Creo que, de hecho, te estamos haciendo un favor, así no sigues ilusionándote.

—Perla llegó hace un año. Ella era exactamente como tú, Klara: insegura, callada, ni siquiera se notaba en los pasillos, hasta que Kang se fijó en ella. Gracias a él, ella tiene ahora una buena autoestima y tanta confianza en sí misma. Por lo que oí, Perla confundió toda esa atención y se enamoró, pero nuestro Kang no estaba enamorado, él solo quería ayudar, así que tu amiga dejó de hablarle después de que la rechazara... ¿Te suena familiar?

«No».

—Oh, Klara, tú crees que le gustas, pero solo eres otro de sus pequeños proyectos. Perla no ha sido la única. Kang ha ayudado a gente muchas veces, supongo que es algo que le gusta y es su forma de prepararse para su carrera.

No; está mintiendo, yo no soy un proyecto para Kang, algo que quiera ayudar a arreglar.

—Él nunca te verá de otro modo, Klara. La familia de Kang es coreana, muy tradicional, por si no lo sabías... Las cicatrices no son bien vistas en esa cultura. Creo que por eso Kang no ha salido con nadie, la presión de su familia para que encuentre a la chica perfecta debe de ser muy grande. Y, bueno —me mira de arriba abajo—, tú estás llena de cicatrices, ¿no?

No he parado de llorar. Solo quiero salir de aquí, pero sé que no me dejarán hacerlo hasta que terminen de hablar. Me lamo los labios y noto lo saladas que son mis lágrimas.

—Creo que ha sido suficiente —dice la líder—. Entonces, Klara, ¿tenemos un trato?

Asiento, porque solo quiero que me dejen en paz y que se vayan.

—Ah, y si le cuentas a alguien lo que ha pasado aquí hoy, publicaremos en todas las redes lo que te ha pasado..., y no creo que quieras que todos te miren con lástima el resto del año escolar.

Todas salen del aula, pero una se queda atrás y se detiene frente a mí.

—¿Tienes idea de lo que fea que eres? —Mis labios tiemblan—. Eres horrible, Klara. Con razón el pobre Kang se ha apiadado de ti. Apuesto a que te ha dicho que eres bonita para tratar de subir tu autoestima. Por lo menos, sabemos que será un buen psicólogo. —Dicho esto, se va y cierra la puerta tras de sí.

En el momento en el que me quedo sola, dejo salir un ruidoso sollozo y los libros se me caen al suelo al levantar mis manos temblorosas para cubrirme la boca. Lloro desconsoladamente, cayendo de rodillas frente al espejo.

Las crueles palabras de esas chicas se repiten en mi cabeza.

«Sabías que esto pasaría —me digo—, pero creíste que podías tener una vida normal, que nadie aquí podía ver tu fealdad. Eres solo un proyecto para Kang, y tú creyéndote que le gustabas».

Dios, cómo duele.

El mundo exterior es aterrador, por eso no quería salir, por eso no quería exponerme. Mi reflejo en el espejo es deprimente, de rodillas, con la cara enrojecida, las mejillas húmedas, la nariz congestionada.

Levanto una mano y mis dedos temblorosos trazan mi reflejo en el espejo.

—Estás bien, Klara, estás bien.

«Eres horrible. Estás llena de cicatrices».

Cierro los ojos al tiempo que bajo mi mano. No quiero salir de aquí, no quiero encontrarme con nadie ahora que sé cómo me ven realmente. Todos han sido amables conmigo porque me tienen lástima, porque me ven débil, porque la sociedad les obliga a ser amables con las personas enfermas para no parecer crueles. Nada ha sido genuino.

Me siento, apoyando la espalda contra la pared que hay a un lado del espejo y me abrazo las rodillas, dejando descansar mi mentón sobre ellas. Sigo llorando hasta que siento que me he quedado sin lágrimas. No sé cómo manejar este bajón emocional tan repentino, pierdo la noción del tiempo, ignoro la vibración de mi móvil, solo quiero quedarme aquí, a salvo; nadie me verá aquí, nadie me hará daño.

«Estaré bien aquí».

Se me han secado las lágrimas sobre las mejillas y tengo la mirada perdida en las telarañas y en el polvo del lugar. Tengo la mente nublada y la sensación de que estoy perdida en un mundo inmenso y sin escrúpulos. El sonido de algo golpeando la ventana me hace girar la cabeza: llueve. Una sonrisa falsa se forma en mis labios. ¡Cómo no va a llover! La vida quiere recordarme todo lo que he perdido, quiere ahondar en la herida abierta que me ha dejado la muerte de mi madre, quiere hundirme.

Pero ya estoy hundida.

«Puedes pararlo, Klara. Puedes detener todo este dolor, puedes dejar de sufrir. ¿No estás cansada de luchar cada día? ¿Y para qué tanta lucha? ¿Para recaer con tanta facilidad? Nunca podrás estar bien del todo, siempre pasará algo que te hará volver a este rincón de dolor. Imagina dejar de sentir, dejar de morirte de miedo cada vez que el oncólogo te hace la revisión trimestral, dejar por fin de imaginar tu muerte por cáncer... Tú no quieres irte de este mundo como lo hizo tu madre, de una forma lenta y dolorosa».

Lágrimas frescas recorren el camino de las secas de hace un rato. La lluvia se vuelve más fuerte y choca contra el vidrio de la ventana.

«Suicidio».

La palabra tabú que la gente evita como si fuera una plaga. «¿Cómo alguien puede querer terminar con su vida? No tiene sentido». Sí, no tiene sentido para una persona psicológicamente estable, pero ¿para alguien con una depresión mayor? Es una opción que siempre está en algún rincón de nuestra cabeza. No lo justifico, no lo promuevo, pero lo entiendo; aquí sentada en medio de un aula polvorienta, estoy considerándolo. No quiere decir que vaya a hacerlo, pero admito que pienso en ello.

¿Por qué?

Esa es la gran pregunta, ¿no?

¿Por qué haría algo así?

Porque vivir me duele, porque vivir cada día como si me estuviera ahogando es agotador, porque no le veo el sentido a nada. ¿Por qué estoy viva? ¿Para qué? ¿Por qué debo seguir? ¿Para qué? Si no le encuentro sentido a nada de lo que hago, es absurdo seguir; estoy cansada de que los días se sucedan uniformes, sin color, sin sensaciones... Si solo siento dolor, ¿qué sentido tiene seguir aquí?

Cansancio emocional.

Eso es lo que me ha llevado a pensar en el suicidio varias veces a lo largo de mi depresión. Cuando sientes que ya no puedes más, que quieres parar todo esto y acabar con el dolor, el suicidio no parece tan malo. Esa opción de silencio y de paz es tentadora en medio del caos depresivo. Sin embargo, si hay algo que he aprendido de Kamila, es un mecanismo para lidiar con estos pensamientos.

—*Quiero que te imagines un paisaje maravilloso con árboles verdes y frondosos, viento fresco, hierba, flores por todos los lados, cielo despejado —me dice mi hermana con su voz tranquilizadora—. Es una hermosa vista, ¿verdad?*
—*Sí —asiento con los ojos cerrados.*
—*Ahora, el cielo se ha nublado y llueve sin control, inundándolo todo, descolorando las flores... Vientos huracanados azotan los árboles, despojándolos de sus hojas. ¿Cómo se ve ahora?*
—*Muy mal.*
—*Esa tormenta es la depresión, Klara, acompañada de esos pensamientos suicidas que quieren acabar con todo. El hermoso paisaje ha desaparecido porque la tormenta no te permite verlo, te hace olvidar lo bonito que es. La depresión y los pensamientos suicidas bloquean tu visión, no puedes ver con claridad. Necesitas recordar lo bonitas que volverán a ser las vistas... ¿Por qué?*
—*Porque la tormenta pasará.*
—*Exacto. Cuando las nubes se dispersen y el sol salga de nuevo y seque la hierba y las flores, cuando a los árboles les vuelvan a crecer las hojas, el paisaje volverá a ser precioso de nuevo, incluso más bonito que antes porque habrá sobrevivido a una tormenta.*
—*Entiendo.*
—*Cuando la tormenta te abrume, recuerda esto que te acabo de decir, ¿de acuerdo? Porque tú eres un maravilloso paisaje, Klara. Admitir que estás en medio de la tormenta te ayudará a recordar que esta tiene un final, y que sobrevivirás.*

Me limpio las lágrimas con suavidad.
—Estoy en medio de la tormenta —digo con voz rota—, pero va a pasar, voy a estar bien, he sobrevivido a tantas tormentas que... —Mi voz se rompe—. Cuando salga de esta, voy a ser un paisaje jodidamente hermoso.

25

Muéstrame

> **Yo**
> Lo siento, hoy no puedo irme contigo,
> otro día será.

Enviar este mensaje me resulta difícil, pero ahora no puedo ver a Kang. No pienso evitarlo siempre, pero no quiero que me vea en este estado... Estoy hecha un lío y tengo los ojos hinchados de tanto llorar.

Me he perdido la última clase, porque he estado tratando de calmarme y haciendo ejercicios de respiración para tranquilizarme, porque mi mente parecía estar en guerra consigo misma. Pero ahora, después de llorar tanto, es como si se hubiera quedado agotada y despojada de todo malestar; es como si estuviera en un limbo, donde me puedo quedar perdida en la nada mucho tiempo, sin pensar nada en concreto, limitándome a estar ahí.

Pero necesito volver al mundo real, el timbre que anuncia el final de las clases ha sonado hace rato, así que pronto cerrarán el instituto. Solo quiero asegurarme de que no quede nadie antes de salir de aquí. La respuesta de Kang hace que mi teléfono vibre a mi lado, aún estoy sentada en el suelo con la espalda contra la pared. Le echo un vistazo a la pantalla y leo el mensaje.

Kang
¿Todo bien?

«Nada está bien, Kang, pero no puedo verte ahora... No sé qué sentiría».

No soy tan idiota como para creer ciegamente las palabras de esas chicas, pero no puedo negar que lo que dijeron tiene mucho sentido, sobre todo lo que me dijeron sobre Perla. Ella me advirtió sobre Kang. Quizá no quería que me pasara lo mismo que a ella..., que me ilusionara con él para luego sufrir una decepción al descubrir que él solo me quiere ayudar.

Yo
Todo bien.

Le respondo y me quedo mirando el móvil, pensando qué voy a hacer. Antes le he dicho a Kamila que me iría con unos amigos, y si ahora le digo que venga a buscarme cuando ya ha pasado la hora de la salida, se va a preocupar. Además, el hospital queda lejos de aquí, le tomaría un rato llegar.

¿Qué hago?

Tampoco me apetece ver a Perla ahora. Aunque nos llevamos bien, no quiero que vea mi cara roja después de haber llorado. Supongo que no quiero mostrarme tan vulnerable ante ella.

Diego.

No sé por qué no me importa que él me vea así, tal vez porque me ha visto con peor aspecto cuando recibía mis quimios junto a su padre.

«Kang, Erick, Diego... ¿Te suenan?», vuelvo a recordar la voz de esa chica tan cruel. Me ha advertido que me mantenga alejada de ellos, pero... me muerdo el labio inferior y le mando un mensaje a Diego. Lidiaré con las consecuencias luego.

> **Yo**
> ¿Ya te has ido?

Ruego que no se haya ido porque, si no, no tendré otra opción que pedirle a Kamila o a Andy que vengan a buscarme, y él siempre sale tarde del gabinete de abogados en el que trabaja. Pasan algunos minutos sin respuesta de Diego y empiezo a perder la esperanza hasta que por fin me contesta:

> **Diego**
> Nope, estoy cumpliendo mi castigo por lo que dije de las hormonas el día de la tormenta... Te has perdido la última clase. ¿Dónde estabas?

No puedo creer que me alegre de que Diego esté castigado.

> **Yo**
> ¿Dónde estás? ¿Hay muchas personas contigo?

Aunque me cueste admitirlo, me da miedo que ese grupo de chicas ande por ahí o que alguien que las conozca esté con Diego y les diga que me han visto con él.

> **Diego**
> No, estoy yo solo, ayudando a la profesora de arte a recoger las pinturas del auditorio. No está tan mal mi castigo.

Y a continuación me llega otro mensaje de él:

Diego
No me has dicho dónde estabas. Y, oye..., ¿por qué
tantas preguntas? ¿Estás bien?

Yo
Sí, estoy bien, es solo que no tengo con quién
irme a casa y pensé que tal vez podrías llevarme;
si no puedes, no te preocupes.

Diego
Claro que puedo, así aprovecho para llevarte a probar
la mejor gelatina de fresa del mundo.

Y ahí, con los ojos hinchados de tanto llorar, sonrío.

Diego
Ven al auditorio, ya casi estoy terminando.
Te espero aquí.

Le escribo «ok» y me levanto masajeándome las mejillas en
un intento inútil de disimular que he llorado tanto. Tomo una
respiración profunda y abro la puerta del aula. Saco la cabeza,
me aseguro de que el pasillo está vacío y salgo en dirección al
auditorio.

Cuando llego al final de pasillo y doblo la esquina, recuerdo que aquí es donde he compartido un rato a solas con Kang. Casi puedo visualizarlo ahí de pie sonriéndome, saludándome con la mano.

«Un honor, misteriosa K».

«No tienes por qué ocultarte, Klara, eres muy bonita».

«Hola, Klara con K».

«Mierda, qué sonrisa tan bonita tienes».

¿Qué soy para ti, Kang? No puedo dejar de hacerme esta pregunta mientras me dirijo al auditorio. Es más grande de lo que esperaba. Tiene tres bloques de asientos. Avanzo por uno de los pasillos en dirección al escenario, donde veo a Diego llevando cuadros detrás de las cortinas del fondo.

Cuando nota mi presencia, me sonríe y baja el lienzo con cuidado para apoyarlo en el suelo. Sin embargo, su sonrisa se desvanece cuando sus ojos evalúan mi rostro. Se sacude las manos y baja del escenario para acercarse a mí.

—¿Estás bien? —La preocupación en su voz es obvia. Está ligeramente sudado y tiene algún mechón de pelo rojizo pegado a la frente—. ¿Klara?

—Estoy bien. —Necesito cambiar el tema—. ¿Te falta mucho?

—No, solo he de guardar unos cuantos cuadros más. La señora Mann se acaba de ir.

—De acuerdo, te espero.

Diego duda un segundo, como si no supiera si indagar más o dejarlo así. Espero que mi expresión le diga que no quiero dar explicaciones. Ahora no puedo hablar sobre lo que me ha pasado.

—De acuerdo.

Me sonríe y se gira para subir de nuevo al escenario.

Yo lo sigo porque he visto que en una esquina del escenario todavía hay más de ocho pinturas, presentadas con adornos y decoraciones muy bonitas. No tengo ni idea de por qué mi corazón se acelera cuando me acerco a los cuadros. Me paro frente a uno de colores alegres en el que aparece el rostro de una chica: un rostro arcoíris. Por instinto, mi mano busca tocar la textura, sentir la pintura, cada pincelada. Paso un dedo por el contorno de la cara con mucha delicadeza.

Ha pasado tanto tiempo... Aún recuerdo a mi maestra de segundo de primaria diciéndome que tenía una habilidad innata para el dibujo, para el arte. En una reunión de padres y maestros se acercó a mi madre para decírselo:

—*Cada vez que hacemos actividades que requieren dibujar, Klara nos deja a todos con la boca abierta. Tiene talento. Le recomiendo que la inscriba en clases particulares de dibujo.*

Mi madre le dedicó una sonrisa amable.

—*¿De verdad? ¡Eso es magnífico!*

Esa noche, cuando llegamos a casa, se giró hacia mí, inclinándose para que pudiera verla a los ojos.

—*Klara, ¿te gusta dibujar?*

Me encogí de hombros.

—*Tu maestra me ha dicho que eres buena dibujando, pero no voy a imponerte clases particulares de algo que no te apasiona. ¿Te gustaría asistir a clases de dibujo?*

Negué con la cabeza.

—*Vale, está bien.*

—*Quiero pintar, mamá.*

—*¿Pintar?*

Asentí con mucho fervor.

—*Sí, eso me gusta mucho.*

Y así fue como empecé a asistir a mis primeras clases de arte para pintar. Ser buena dibujando era ventajoso a la hora de pintar, pero no era un requisito primordial. Aún soy muy buena dibujando, pero no es mi pasión, mi pasión es la pintura, el pincel, jugar con los colores. Lo sé, parece raro que me guste pintar y que no me apasione dibujar, pero así es, y agradezco que mi madre se tomara el tiempo de preguntarme lo que quería hacer, en vez de escuchar solo a la maestra e inscribirme en clases de dibujo. Supongo que fui afortunada por ello.

Recuerdo las lágrimas de mi madre cuando expusieron mis pinturas en mi antiguo instituto y gané el premio del condado, por lo que las expusieron en varias escuelas. Retiro mi mano del cuadro y me lo quedo mirando. Cuanto más lo observo, más noto los detalles, el humor y las emociones de la persona que lo pintó. A primera vista, el rostro parece alegre, lleno de color, pero si te fijas bien, puedes ver lágrimas de colores bajo los ojos de la chica. Eso es lo que me gusta de la pintura, que se presta a tantas interpretaciones, es tan subjetiva... Un cuadro puede hacerme sentir a mí de una forma y a otra persona de otra completamente diferente.

—¿Te gusta?

Me sobresalto un poco al escuchar la voz de Diego detrás de mí, estaba tan absorta en mis pensamientos... Me giro hacia él.

—Sí, es... Tiene mucho sentimiento.

—Mi padre me contó que te gustaba pintar. ¿Has hablado con la señora Mann para unirte al club de arte?

Sacudo la cabeza.

—No, yo... aún no puedo.

—¿Por qué no? —Como no respondo, él sigue hablando—. Por el modo en la que mirabas esa pintura, he tenido la sensación de que te apetece volver a pintar.

—Solo estaba disfrutando de ella; eso es todo.

—Bien... Pues vamos, es hora de irnos.

Apenas, salimos, el frío me golpea de forma inesperada. El coche de Diego es blanco con detalles negros. Parece nuevo, es bonito y elegante. Cuando nos subimos, noto que el olor de su colonia está impregnado en él; huele muy bien. Es la primera vez en mucho tiempo que me subo en el vehículo de alguien que no es ni Kamila ni Andy. Me pongo un poco nerviosa imaginándome una variedad de posibles accidentes, pero no me siento tan mal como podía esperar.

Diego suspira y yo me agarro de mi cinturón mientras él arranca y salimos del instituto. Pasamos por el autoservicio de una heladería y él pide dos botes grandes de gelatina con helado. No me sorprende cuando aparca en el cementerio de la ciudad. Me tenso porque no he vuelto al cementerio desde la única vez que pude visitar la tumba de mi madre antes de que me diagnosticaran el cáncer. Diego apaga el motor, se gira hacia mí y me evalúa con sus ojos negros.

—Podemos ir a otro lugar.

—No, está bien.

Diego me guía entre las tumbas hasta que nos detenemos frente a una.

DARÍO ANDRADE (1964-2017)
AMADO ESPOSO Y PADRE.
«NO DEJES QUE EL MIEDO A LA MUERTE
TE IMPIDA VIVIR TU VIDA».
POSDATA: SI NO PUEDES CERRAR LOS OJOS Y DISFRUTAR DEL
SABOR DE TU POSTRE O COMIDA FAVORITA, NO ESTÁS VIVIENDO.

Noto una opresión en el pecho al recordar la sonrisa de Darío y cómo fue cambiando su actitud a medida que fuimos conociéndonos más.

Nos sentamos a un lado de la tumba. Diego me pasa mi bote de gelatina con helado y destapa el suyo.

—Hola, papá, te he traído una visita muy especial —dice, echándome un vistazo.

Yo le sonrío.

—Hola, Darío. He venido para compartir esta gelatina de fresa contigo. Según Diego, es la mejor del mundo, pero eso lo vamos a ver ahora.

Diego y yo tomamos la primera cucharada de gelatina cerrando los ojos para saborearla mejor y disfrutar de su textura.

«Si no puedes cerrar los ojos y disfrutar del sabor de tu postre o comida favorita, no estás viviendo».

La gelatina esta deliciosa. No esperaba que la combinación de helado y gelatina pudiera ser tan buena. Cuando abro los ojos, veo que Diego está observándome. La intensidad en sus ojos es palpable. Me sonríe. Tiene los labios rojos por la gelatina.

—¿Qué? —pregunto.

—Que me alegro de que estés aquí. Pensé que me dirías que nos fuéramos al ver dónde te traía.

—¿Cómo puedo decir que no a esta maravillosa compañía —señalo la tumba de su padre— y a una deliciosa gelatina?

—¿Y yo qué?

Tuerzo mis labios.

—Tú eres un diez por ciento del porqué estoy aquí.

—¿Un diez por ciento?

—Si te sigues quejando, será nueve por ciento.

Diego se ríe. Se ve tan tierno que no puedo evitar reírme un poco con él.

—Puedo vivir con ese diez por ciento si puedo seguir escuchándote reír de esa manera.

Meneo la cabeza, aún sonriendo.

—Estás loco.

Seguimos bromeando y comiendo gelatina. Cuando terminamos, me quedo mirando la tumba de Darío.

—Creo que tengo que darle la razón a tu hijo, es una de las mejores gelatinas de fresa que he probado.

Le echo un vistazo a Diego, quien, con la mirada en la lápida, está perdido en sus pensamientos. Su tristeza es evidente. Está claro que echa mucho de menos a su padre. Agradezco que me haya traído aquí; de alguna forma, recordar a Darío, quien en su momento fue una persona que me motivó a ser más fuerte, me ha llenado de valor.

—Diego.

Me mira, volviendo a la realidad.

—¿Sí?

—Gracias.

Me sonríe con tristeza.

—De nada, Capucha.

Me pongo de pie y le ofrezco mi mano.

—Vamos.

—¿Ya nos vamos?

—No, es mi turno de presentarte a alguien muy especial para mí.

26

Duéleme

KATIA RODRÍGUEZ (1970-2016)
«RECUERDA QUE CADA DERROTA ES UN PASO MÁS HACIA
UNA GRANDIOSA VICTORIA».

La tumba de mi madre.

De pie frente a ella, se me encoge el corazón. Ella ya no está con nosotros. Ver su tumba hace que su partida sea más real, y eso duele. Tiene dos jarroncitos a los lados con flores ya secas. Kamila viene todos los domingos a cambiarlas, pero en invierno es imposible que las flores sobrevivan muchos días. No puedo creer que yo esté aquí. No haber podido venir a visitarla por culpa de mis miedos me ha hecho sentir muy mal durante todo este tiempo.

«Estoy aquí, mamá».

Diego permanece detrás de mí, sin decir una palabra. Sacudo la nieve de una roca que hay al lado de la tumba y me siento. Acaricio el nombre de mi madre.

—Ha pasado mucho tiempo, mami.

Diego se sienta al otro lado, observándome. Me aclaro la garganta, y soplo, luchando con las ganas de llorar. Creo que después de lo que ha sucedido hoy me he quedado sin lágrimas.

—Mamá, no he venido sola... —Comparto una mirada con Diego—. He traído a un amigo. Está un poco loco, pero sé que te caerá bien.

Diego finge sentirse insultado y luego sonríe.

—Encantado, señora Rodríguez. En mi defensa, diré que Klara tampoco está muy cuerda.

Nuestros ojos se encuentran y ambos sonreímos. Nos quedamos un rato ahí, conversando, contándole a mi madre todo lo que ha pasado esta semana en el instituto. El tiempo parece volar, y el cielo comienza a oscurecerse, dándole un toque melancólico al cementerio, con sus árboles sin hojas y el suelo aún cubierto ligeramente de nieve por la tormenta del otro día. Y como si la naturaleza quisiera despedirnos, comienzan a caer pequeños copos.

—Hora de irnos. —Diego se pone de pie, pero al ver que yo no me muevo, dice—: Me voy adelantando. Tómate tu tiempo.

Se aleja y se queda esperándome al lado de un árbol que está lo suficientemente lejos para que yo pueda despedirme de mi madre. La nieve cae sobre su tumba silenciosa, helada.

—Mamá —mi voz se rompe de inmediato—, lo siento mucho, siento no haber podido venir antes a visitarte... Lo he pasado... —Tomo una respiración profunda—. Ha sido... difícil, muy difícil... —Dos lágrimas gruesas bajan por mis mejillas—. Pero aquí estoy. Perdóname por dejarte solita tanto tiempo. Aunque no haya venido, siempre te llevo en mi corazón. Quiero pensar que cada vez que me he rendido, tú has estado ahí con tu sopa de verduras para animarme. —Un sollozo se me escapa de entre mis labios—. Te extraño tanto, mami... Te quiero mucho... Descansa en paz, que yo sobreviviré, me las arreglaré para vivir sin ti... Tal vez ahora no estés muy orgullosa de mí porque he pasado mucho tiempo escondida, viviendo con miedo, pero estoy esforzándome mucho, mamá, y haré que estés orgullosa de mí otra vez.

Me pongo de pie, enjugando mis lágrimas. Me doy la vuelta y camino hacia Diego, limpiando mi cara y forzando una sonrisa.

—Ya está, es hora de irnos —anuncio mientras paso por su lado, sin detenerme, pero entonces agarra mi mano y hace que me gire hacia él. Antes de que pueda decir nada, tira de mí y me abraza. El olor de su colonia es reconfortante.

—Está bien, puedes llorar —replica acariciándome la parte de atrás de mi cabeza.

Lucho para separarme, pero él me aprieta aún más contra su pecho.

—Sabes que no te juzgaré, considérame una almohada de desahogo, ni siquiera hablaré, llora, desahógate y luego nos iremos.

Dejo de luchar y las lágrimas inundan mis ojos rápidamente. Me aferro a él, agarrándolo por la cintura, y me permito llorar abiertamente. Diego no dice nada, como prometió, y deja que llore contra su pecho. Hay algo muy reconfortante en llorar en los brazos de alguien, sientes como si esa persona estuviera sosteniendo tu dolor, tus emociones. Las últimas veces que he llorado ha sido sola en mi habitación. Esta es la primera vez en mucho tiempo que lo hago abrazando a alguien. Y Diego me hace sentir tan cómoda, tan bien; es calor en medio de este frío.

No sé cuánto tiempo pasa, pero me desahogo, liberando la tristeza que siento tras recordar tan vívidamente que mi madre ya no está, tras ver su tumba después de tanto tiempo. Nos quedamos ahí, abrazados, mientras la nieve cae lentamente sobre nosotros y a nuestro alrededor.

Cuando por fin me separo de él, con mis manos aún alrededor de su cintura, tengo que levantar la mirada para mirarlo a los ojos. Diego me sonríe y limpia las lágrimas de mis mejillas con sus pulgares.

—¿Mucho mejor?

Asiento. Estamos tan cerca que puedo ver con detalle las pequeñas pecas sobre su nariz y pómulos y lo rojas que están sus mejillas por el frío. Doy un paso atrás y dejo caer las manos a los costados.

—Vámonos, ya no puedo sentir los dedos —comenta, y salimos del cementerio para ir al aparcamiento.

De camino a casa, el cielo se oscurece aún más. En el blanco de la nieve se ven reflejadas las luces de los coches que nos pasan. Diego enciende la radio y se oye una canción suave. En ese momento recuerdo el programa de Kang. Miro qué hora es. *Sigue mi voz* ya ha terminado. Es la primera vez que me pierdo el programa. Con el teléfono en la mano, compruebo que Kang no me ha enviado ningún mensaje. ¿Se habrá enfadado porque no pude irme con él? No lo creo, él siempre ha sido muy comprensivo. Su silencio me recuerda el día de la tormenta, que no me escribió y luego me llamó. Actuó de forma extraña, como si yo hubiera hecho algo que le hubiera molestado.

Le indico a Diego dónde cruzar y señalo mi casa. Él aparca delante. Me quito el cinturón y me giro con una sonrisa hacia él, que tiene una mano en el volante y la otra sobre la palanca de cambios.

—Muchas gracias, Diego, de verdad —le digo de corazón.

—Estamos para servir, Capucha.

Me dispongo a abrir la puerta, pero él habla de nuevo.

—¿Klara?

—¿Sí? —pregunto, pero no me giro hacia él.

—Lo que sea que haya pasado hoy en el instituto, no tienes que contármelo, pero no estás sola, ¿de acuerdo?

—De acuerdo, buenas noches... —y entonces recuerdo el apodo que su padre me contó que Diego tenía de pequeño—, Cangurito.

Desciendo del coche tan rápido como puedo y él baja el vidrio del copiloto para gritarme:

—¡Ey! Si me llamas así en el instituto, estás muerta, Klara. —Se pasa el dedo pulgar por el cuello para enfatizar su amenaza.

Me río y tiemblo falsamente.

—Qué miedo, el Cangurito va a atacarme.

—Klara...

—¡Buenas noches!

Entro en casa aún riéndome un poco de la expresión aterrada de Diego al escucharme llamarlo con el tierno apodo que tenía de pequeño. Me encuentro a Kamila en la cocina, vestida con una falda negra y una blusa azul oscuro que le queda muy bien. Su bata blanca está colgada del respaldo de una silla y tiene una copa de vino en la mano. Cuando entro en la cocina, veo que Andy está inclinado frente al horno revisando algo que huele divino.

—Mmm..., ¿qué huele tan bien? —pregunto.

Kamila analiza mi rostro, me conoce muy bien.

—Pollo al horno, mi especialidad —contesta Andy, que también parece notar en mi cara que algo me ha pasado. Aunque estoy sonriendo, sé que mis ojos están hinchados y probablemente un poco rojos por todo lo que he llorado hoy.

Kamila pone la copa de vino sobre la mesa.

—¿Estás bien?

—Sí, no te preocupes.

—No sé si preocuparme o creerte, porque te escuché reír cuando estabas entrando en casa, pero tus ojos...

—He ido a visitar la tumba de mamá.

Kamila no se molesta en ocultar su sorpresa.

—¿De verdad?

Asiento, ella sabe lo mucho que eso significa para mí.

—Me puse emotiva, pero estoy bien. Estoy contenta de haber podido ir al cementerio después de tanto tiempo.

Kamila me sonríe y rodea la mesa para llegar a mí y abrazarme.

—Eres mi campeona, Klara —susurra y me da un beso a un lado de la cabeza.

Andy aparece a nuestro lado.

—Ey, me siento excluido. —Se une a nosotros, abrazándonos a las dos—. Ambas son mis campeonas, mi vida entera.

Nos separamos y Kamila hace una mueca fingida de molestia.

—Ya se ha puesto sentimental. Andy, vamos a comer antes de que sus lágrimas demasiado salado el pollo.

Dejo mi mochila en el colgador que tenemos a un lado de la sala y me dispongo a ayudar a poner la mesa para la cena.

Kang no me ha escrito.

Me siento desilusionada, pero prefiero no enviarle ningún mensaje. Quiero hablar con Perla primero, escuchar la verdad de sus labios, no me creo a esas brujas. Estoy acostada mirando el techo, tratando de asimilar todo lo que ha pasado hoy. Me aterra recordar a esas chicas, no puedo quitarme de la cabeza sus crueles palabras. No sé qué voy a hacer para sobrevivir en el instituto después de sus amenazas.

Alejarme de Kang o Erick me resulta más fácil porque no están en mi clase, y puedo verlos a escondidas, pero ¿de Diego? Vamos a la misma clase; evitarlo es imposible. Y, además, ¿de verdad voy a hacer lo que ellas me dicen? ¿Voy a rendirme ante sus amenazas?

Me asustan, no puedo negarlo, creo que aún no tengo la fuerza suficiente para enfrentarme a personas así, apenas he podido salir de casa y asistir a clase después de meses.

Me vienen a la mente las palabras de la tumba de mi madre: «Recuerda que cada derrota es un paso más hacia una grandiosa victoria».

Tal vez hoy fue un día aterrador, pero lo que pasé me llevó a ir con Diego y a visitar la tumba de Darío y la de mi madre, así que esa derrota me llevó a una victoria.

«¿Has tenido razón todo este tiempo, mamá?».

Hoy ha pasado lo que más temía. He tenido que escuchar cosas horribles sobre mí y soportar miradas de asco, pero he podido soportarlo y... he sobrevivido. De alguna forma, eso me hace sentir un poco más fuerte. Pero ahora ya no quiero pensar más en lo sucedido; ahora solo quiero descansar.

27

Cuéntame

Los viernes parecen ser los días más emocionantes en el instituto.

Las buenas vibraciones y la energía están por las nubes. Todo el mundo habla del partido de fútbol de esta noche: con quién irán, quiénes irán, cómo se vestirán... Al parecer, el partido es más un evento social que deportivo. Por mi parte, me escondo bajo mi capucha mientras camino por el pasillo silenciosamente. No quiero llamar la atención ni encontrarme a ninguna de las chicas de ayer.

Aunque Diego y la visita a Darío y a mi madre me han hecho mucho bien, mi humor aún está por los suelos. Supongo que he subestimado lo mucho que me ha afectado el encuentro con esas chicas. Algo que también influye es que no sé nada de Kang desde que ayer le dije que no me iría con él. Fue la primera vez que no nos llamamos por la noche desde que empezamos a hablar.

Sacudo la cabeza, no quiero pensar en eso. Mi objetivo ahora es hablar con Perla, aunque no estoy muy segura si preguntarle es lo apropiado, apenas hace una semana que nos conocemos. Quizá le moleste que le pregunte sobre un tema que obviamente es muy sensible para ella. No me ha contado los detalles de lo que le pasó con Kang por alguna razón.

Me llevo muy bien con Perla, y no quiero que nada arruine el comienzo de una amistad. Nuestra relación no está consolidada, estamos empezando a conocernos, y sé que, si pasa algo incómodo entre nosotras, nuestra amistad terminará antes de comenzar. No quiero perder a la única chica con la que he interactuado. Pero tampoco quiero creer ciegamente las palabras de esas chicas tan horribles.

Horribles.

Me siento bien llamándolas «horribles» en mi mente.

«No hagas eso, Klara —me regaño, no debo dejar espacio para un sentimiento tan autodestructivo como el odio en mi corazón. Ya hay suficiente odio en el mundo—. Las personas solo pueden apreciarte con la capacidad en la que se aprecian a sí mismas».

No sé cuáles han sido sus batallas, sus luchas, ni por lo que han tenido que pasar para terminar así. Tal vez no tienen ninguna razón, la maldad no siempre tiene justificación. Pero odiar en respuesta a la maldad no conduce a nada, no puedo combatir la oscuridad con más oscuridad. Quizá mi visión del mundo sea ingenua, pero hay demasiadas emociones negativas en este planeta; si puedo mantenerme llena de cosas positivas para dar, tal vez, solo tal vez, pueda hacer un pequeño cambio, no en el mundo, pero sí, al menos, en las personas que hay a mi alrededor.

En la oscuridad, siempre tendré mi lucecita encendida para tratar de guiar a aquellos que lo que necesiten. Mi luz no es grande, no es destellante ni alucinante, pero es luz, y creo que todos tenemos la capacidad de ser luz y no oscuridad.

«Cuando herimos a alguien con nuestras palabras, agrandamos su oscuridad. Cuando hacemos sonreír a alguien con lindas palabras, extendemos su luz».

De alguna forma, somos un yin yang de emociones, y es imposible que no nos afecte lo que ocurre a nuestro alrededor. Suspiro, absorta en mis pensamientos. Abro mi taquilla para coger los libros para mi primera clase, y cuando la cierro, oigo su voz: Kang.

Viene por el pasillo con tres chicos; todos con la chaqueta del equipo de fútbol, excepto Kang, quien lleva una camisa azul oscuro y unos tejanos. Se está riendo. Yo dejo de respirar, había olvidado lo guapo que es. Me paso las manos por el pelo, asegurándome de que este en su lugar y me quedo al lado de mi taquilla, de cara a ellos.

¿Debería saludarlo? ¿Y si esas chicas me ven? «Sé valiente, Klara».

Estoy decidiendo qué hacer cuando nuestras miradas se cruzan. Sonrío. Kang me sonríe con los labios apretados y asiente con la cabeza a modo de saludo. Arrugo el entrecejo mientras mi sonrisa se desvanece al ver que pasa por mi lado como si nada.

Auch.

Noto una opresión en el pecho y descanso mi hombro contra la taquilla. ¿Qué ha sido eso? Ni siquiera me ha dicho «hola». Me siento como una fan más en estos momentos.

«Porque eso es lo que eres para él».

No entiendo el cambio de Kang. ¿Se ha molestado porque no fui ayer con él?

Las cosas empeoran cuando veo a la chica líder de ayer al otro lado de las taquillas lanzándome una mirada burlona. Se acerca a mí y se lame los labios antes de hablar.

—Oh, ¿estás dolida porque te ha ignorado? —Su pregunta es como sal en la herida.

La ignoro, dándome la vuelta, pero la escucho decirme desde atrás:

—Ya ha dado por terminado su proyecto contigo, Klara. Así que deja de sonreírle tan patéticamente. ¡Feliz viernes!

Dejo su risa atrás y camino hacia clase.

Paso suspirando junto a Diego, me siento detrás de él, al lado de Perla, y me quedo mirando al vacío, absorta en mis pensamientos.

Duele.

Mi mente sigue repitiendo en bucle la escena, ese segundo en el que él me ha mirado, lo forzada que se veía su sonrisa de labios apretados. No quiero creer que esas chicas tienen razón, no quiero porque es demasiado doloroso, pero parece que todo indica que me han dicho la verdad. Ya ha terminado su proyecto conmigo y ahora está haciéndome a un lado. Diego y Perla me están diciendo algo y les respondo automáticamente, sin saber exactamente de qué hablan. Cuando termina la clase y todos salen, me giro hacia Perla.

—¿Puedo hablar contigo un segundo?

Ella me sonríe.

—Claro. —Mira a Diego y le dice—: Nos vemos en un rato.

Él analiza mi expresión y duda un segundo, pero finalmente sale del aula.

Cuando estamos solas, no sé por dónde empezar.

—¿Qué pasa? —Perla echa su cabello ondulado detrás de los hombros—. Has estado en las nubes toda la clase.

Juego con las manos sobre mi regazo. Esto es más difícil de lo que pensé.

—Perla, la verdad es que no sé cómo preguntarte esto, yo... no quiero incomodarte, y me aterra arruinar lo bien que nos llevamos. Yo...

—Es sobre Kang, ¿no?

No parece enfadada y eso me tranquiliza.

Asiento y ella suspira.

—Deja de parecer tan aterrorizada. —Me frota la parte de arriba del brazo—. Sabía que tarde o temprano tendría que contártelo.

—Lo siento.

—No te disculpes, es normal que quieras saber. Estás interesada en él, ¿no?

Asiento de nuevo.

—Creo que necesitamos que sepas la historia para que nosotras podamos seguir conociéndonos. Esto no va a estropear nada, Klara. Me caes muy bien y una historia pasada con un chico no va a cambiar eso. Vamos, las historias son mejores con un buen café *latte*.

—¿Hay *lattes* en la cafetería?

Ella bufa.

—Hay una máquina de Starbucks en la sala de reuniones de los delegados de clase.

—¿Podemos entrar ahí?

Ella se levanta.

—¿Quién crees que es la delegada de esta clase?

—¿Tú?

—El hecho de que estés tan sorprendida es insultante.

—Pensaba que sería Malia o Jayden —comento recordando a los inteligentes de clase.

—Ni lo menciones. Malia me ganó en notas, pero yo le gané en voto popular. ¿De qué sirve la inteligencia si no puedes ser amable con los demás?

Meneo la cabeza y salimos de clase para ir a la sala de los delegados de clase a por dos *lattes* bien cremosos. Con nuestros abrigos, salimos al patio y nos sentamos en un banco. El día está nublado, pero no hace mucho frío. La nieve que cayó ayer aún cubre la hierba ligeramente. Hay varios grupos de estudiantes alrededor, charlando. En silencio, probamos nuestros cafés, nunca he sido amante del café, pero este está riquísimo. Perla mira hacia el frente, así que solo puedo ver su perfil, y deja salir un largo suspiro. Le doy su tiempo, lo menos que quiero es que piense que la estoy presionando de alguna forma.

—Crecí en Nueva York hasta que mis padres se divorciaron hace dos años. En el acuerdo, mi padre se quedó con el apartamento de la ciudad, le dio una buena suma de dinero a mi madre y le compró una casa inmensa aquí en Layton. La familia de mi madre es de aquí, así que por eso escogimos este lugar. Además de que mamá tuvo la oferta de trabajo de consejera. —Se detiene un momento—. Pero antes de que mudarnos, tuve que vivir todo el proceso del divorcio, las peleas, la separación... Para lidiar con todo eso, me refugié en la comida y engordé muchísimo en muy poco tiempo. Mi madre estaba muy preocupada, pero la comida era lo único que calmaba mi ansiedad, mi tristeza.

—Lo siento —replico honestamente.

—Tranquila... Bueno, el caso es que, cuando nos mudamos aquí, yo ya estaba bastante gordita y me sentía aterrada porque tenía que empezar en un instituto nuevo y temía que se metieran conmigo y me criticaran. Hasta que comenzó el proceso de divorcio de mis padres, yo siempre fui delgada, y en Nueva York estaba acostumbrada a recibir cumplidos por la figura que tenía... Tal como temía, aquí no me recibieron demasiado bien... Nadie me hablaba, nadie se sabía mi nombre, solo era la gorda nueva o la gorda del aula C. No tenía amigos, y mis almuerzos solitarios al lado del cubo de basura se volvieron rutina.

Se me estruja el corazón al imaginarlo. Una sonrisa triste se forma en los labios de Perla.

—Fueron días muy difíciles, no voy a mentirte. Creí que todos aquí eran malos y crueles al aislarme de esa forma. Pero entonces comencé a escuchar el programa de Kang y recuerdo que pensé: «No todos son malos en el instituto. Kang parece diferente». Y lo fue. Envié mensajes a su programa todos los días hasta que un día él me escribió.

Noto un fuerte dolor en el pecho ante esa revelación.

Yo
¿Esto es algo que haces con todas las chicas que siguen tu programa?

Kang
No, solo contigo.

¿Eso fue mentira?

—Nos escribíamos mensajes todos los días, y cuando finalmente nos vimos en el instituto, no podía creer que uno de los chicos más populares se hubiera fijado en mí. No tengo palabras para explicar lo mucho que me ayudó Kang, me hizo recuperar mi autoestima y la confianza en mí misma, rescató a la chica extrovertida y alegre que solía ser cuando vivía en Nueva York. Me di cuenta de que no necesitaba ser delgada para ser quien soy, que mi apariencia no tiene nada que ver con lo que soy como persona. Yo puse de mi parte, por supuesto, pero él fue ese empujón que necesitaba para encontrar mi fuerza. Gracias a él, fui a terapia, empecé a conocer a otras personas e hice mis primeros amigos.

Escucho atenta, aunque mi corazón se está agrietando cada segundo que pasa y que me doy cuenta de que no fui nada especial, de que Kang ha hecho con otras chicas lo mismo que ha hecho conmigo.

—Bueno, como sabes, Kang es muy atractivo, y tiene una personalidad maravillosa. Me enamoré de él como una tonta. Estaba loca por él. Nuestra amistad siguió igual durante un tiempo, y al no ver ningún avance, decidí confesarle lo que sentía.

Una expresión herida cruza el rostro de Perla.

—Kang no sentía lo mismo. Fue muy amable y en ningún momento se burló de mis sentimientos, pero su rechazo me dolió como no te puedes hacer una idea. Me dijo que él entendía el dolor de un amor no correspondido porque él mismo estaba enamorado de alguien que no podía tener, que lamentablemente su corazón tenía dueña, y que, aunque ella no sentía lo mismo por él, él la seguía queriendo y por eso nunca había salido con nadie en el instituto, ni pensaba hacerlo en el futuro.

Recuerdo las palabras de Kang en el programa hace tiempo: «Debo admitir que no he sido del todo honesto con ustedes, mis queridos oyentes. El otro día les dije que nunca me he enamorado, pero eso no es verdad, mi primer amor fue un amor imposible. Ella estaba enamorada de otra persona, así que, sí, sé lo que se siente, y por experiencia les digo que es mejor dejar ir a ese amor y seguir adelante».

¿Su primer amor no fue correspondido? ¿Acaso Kang todavía está enamorado de esa chica?

—Le pedí que no me hablara, ni me buscara, porque necesitaba estar alejada de él para poder olvidarlo, y él lo entendió y respetó mi petición. Terminó el curso y me tomó todo el verano olvidarme de él, y cuando empecé este año ya no sentía nada por Kang. De todas formas, no me he atrevido a retomar la amistad con él, así que aquí estamos.

—No sé qué decir.

—A veces pienso que estamos tan acostumbrados a que no nos traten bien que cuando alguien lo hace, cuando alguien nos brinda amabilidad y comprensión, asumimos que es porque está enamorado de nosotros. Como si el interés amoroso fuera la única razón que justifica que se porten bien contigo. Me parece muy triste... ¡Qué jodido está el mundo!, ¿no crees?

—¿De verdad ya no sientes nada por él?

—No, solo un inmenso agradecimiento. No tengo nada en contra de Kang. No fue culpa suya que yo me enamorara de él y he de aceptar que no pudiera corresponderme. La única razón por la que te advertí de que te alejaras de él fue porque tuve la sensación de que te estaba pasando lo mismo que me pasó a mí. Lo siento, tú eres una persona diferente; no tenía por qué decirte lo que te dije. Pero no quería que salieras herida. En cualquier caso, me equivoqué, ya que no sé cuál es la relación que hay entre ustedes o si él tiene algún interés por ti... Bueno, pues esa es mi historia.

—Te entiendo, no te preocupes. —Agarro su mano y la aprieto suavemente—. Gracias por contármelo; no tenías que hacerlo, así que gracias.

Ella me devuelve el apretón.

—Nah, necesitaba hacerlo para que empecemos nuestro camino como amigas con buen pie.

Le sonrío y me enderezo. Ojos al frente para tomar un sorbo de mi café, que calienta mi boca y mi garganta y me proporciona una fugaz sensación de calidez.

El resto del día pasa sin darme cuenta, es como si no estuviera ahí del todo después de lo que Perla me ha contado. Las grietas en mi corazón duelen y parece que se agrandan cada vez más.

«Kang me escribió».

«Nos escribíamos todos los días».

«Cuando finalmente nos vimos en el instituto, no podía creer que uno de los chicos más populares se hubiera fijado en mí».

No quiero creerlo porque es demasiado doloroso, pero tiene mucho sentido; es como si Perla me hubiera contado exactamente lo que yo he vivido con Kang.

El timbre que indica el fin de las clases suena, y me quedo sentada ahí. Perla y Diego se despiden y me despido de ellos, distraída.

Cuando vuelvo a la realidad, el aula ya está vacía. Después de dejar algunas cosas en la taquilla, la cierro y tomo mi mochila. Con el rabillo del ojo puedo ver una figura en la distancia del pasillo. Cuando me giro, lo veo ahí de pie, con su mochila colgando de un solo hombro, su expresión neutra.

Kang.

El pasillo asimismo está vacío, solo estamos él y yo. De nuevo siento un dolor en el corazón. Me duele verlo sin tener la seguridad de que siente lo mismo que yo. Es una sensación completamente diferente ahora, vuelvo a sentirme como la chica que lo escuchaba en la oscuridad de su cuarto, una seguidora más, nada especial para él. Comenzamos a caminar, acercándonos cada vez más y aprieto mis manos a los costados. Por un segundo, temo que pase por mi lado sin más, como ha hecho esta mañana. Pero no, viene directo hacia mí. Cuando estamos frente a frente, sus ojos negros encuentran los míos y una leve sonrisa se forma en sus labios.

—Hola, Klara con K.

Él me habla tan tranquilo, como si no le molestara para nada que no hayamos hablado desde ayer. Soy tan tonta...

—Ahora que no hay nadie sí puedes saludarme.

Tal vez yo sea otra Perla para él, pero yo tengo que ser honesta con él: me ha molestado que esta mañana me saludara de una forma tan fría.

Se rasca la nuca.

—Lo siento, estaba teniendo un mañana difícil.

—Tranquilo —le digo y empiezo a andar hacia la puerta.

Kang me sigue y camina a mi lado.

—Ey, ey, espera. Lo siento de verdad, y para recompensarte, tengo algo para ti.

Me ofrece tres entradas y las tomo. Son para el partido de esta noche.

—Te hará bien divertirte un poco esta noche. Irá todo el instituto. Puedes llevar a tus nuevos amigos.

Las palabras de Perla dan vueltas en mi cabeza —«Él fue ese empujón que necesitaba para encontrar mi fuerza. Gracias a él, empecé a conocer a otras personas e hice mis primeros amigos»—, y entonces lo entiendo: no me está invitando a ir con él al partido. Quiere que vaya con mis amigos y me divierta. Mi historia y la de Perla cada vez se parecen más, y cómo duele.

—Gracias —susurro.

Lo observo ahí caminando a mi lado con su expresión serena en su atractivo rostro.

«Me gustas mucho, Kang. Eres la primera persona que me ha hecho sentir después de tanto tiempo de vacío emocional. Lamento mucho haber confundido tu amabilidad con amor, pero es difícil no hacerlo cuando tu *crush* te ofrece un poco de atención».

Siento un nudo en la garganta y aparto la mirada mientras acaricio las entradas.

—Gracias de verdad, llevaré a mis amigos.

—Bien. —Kang se pone delante de mí y empieza a caminar de espaldas para seguir hablando mientras me mira—. ¿Me animarás cuando salga a jugar?

Finjo una sonrisa.

—Claro.

—Tengo que irme —me informa—. Nos vemos más tarde, Klara con K.

—Hasta más tarde, Kang.

Lo veo girarse de nuevo para alejarse por el pasillo y luego desaparecer al doblar la esquina. Maldigo a mis ojos por llenarse de lágrimas... ¿Así que esto es lo que se siente? He leído y escuchado muchas historias sobre desengaños amorosos, pero por primera vez en mi vida siento este dolor.

El dolor de un corazón roto.

28

Cálmame

—¡Panteras! ¡Panteras! ¡Panteras!

Los gritos a mi alrededor me aturden y hago una mueca. Está de más decir que todos están emocionados por el partido de esta noche. Las luces blancas de la cancha de fútbol resplandecen en la semioscuridad de un cielo que aún conserva un poco del naranja oscuro del atardecer. Los deportes nunca han sido lo mío, siempre fui la niña que se quedaba después de clases en el aula de arte o que leía entre clase y clase un libro sobre técnicas de pintura. Y cuando mi madre se puso enferma, me centré en ella, y luego tuve que centrarme en mí cuando la enferma fui yo. Así que nunca me han llamado la atención los deportes, me atrevo a decir que no entiendo algunos de ellos, ni siquiera el fútbol.

Agradezco la existencia de Google y su capacidad de explicarte cosas en muy poco tiempo: dos equipos, un balón, para ganar cada equipo tiene que meter el balón en la portería del equipo contrario. Simple.

«Gracias, Google».

A mi derecha, Perla se mete dos dedos en la boca y silba tan fuerte que me tengo que tapar los oídos. ¿Dónde habrá aprendido a silbar así?

A mi izquierda, Diego está muy ocupado hablando con una chica que está a su otro lado. Envidio su confianza y su capacidad de hablar con cualquier persona con tanta tranquilidad. No puedo negar lo extraña que me siento estando aquí.

Es la primera vez que estoy en un lugar con tantas personas, es la primera vez que vengo a un partido de fútbol. Ni siquiera sé por qué he venido. Tal vez quería aventurarme fuera de mi zona segura; los lugares llenos de gente son algo que he evitado durante mucho tiempo por mis miedos. Y la verdad es que aquí, en las gradas, en medio de docenas de adolescentes y de algunos padres que gritan, silban y hablan me siento incómoda.

Las animadoras salen al campo y entusiasman al público con sus pompones y su apretado uniforme negro con líneas azul oscuro. Sonrío. Parecen tan alegres, están tan guapas con su pelo recogido en una trenza y ligeramente maquilladas... Oigo a Perla suspirar y la miro. Sus ojos están llenos de tristeza y anhelo hasta que las animadoras salen del campo. El público se calma, y por fin mis oídos descansan. Nos sentamos y me giro hacia Perla.

—¿Estás bien?

Ella asiente, apretando sus labios ligeramente.

—Siempre quise ser animadora.

—Oh, ¿y por qué estás aquí y no allí entonces?

—Ellas no están preparadas para aceptar mi tipo de belleza. —Perla me mira y me sonríe—. Ser delgada aún es un requisito para entrar en el equipo de animadoras.

—¿Quién lo dice?

—Nadie lo dice, pero cuando intenté entrar, me dieron excusas como que no era muy flexible, que no me veían motivada... —Resopla y se coloca un mechón de pelo detrás de la oreja—. Por lo menos, no me dijeron directamente que no me aceptaban por gorda.

—Eso es terrible, lo siento.

—No te preocupes, he aprendido que mi tipo belleza todavía es demasiado para mucha gente, pero ya se acostumbrarán.

—¿Tu tipo de belleza?

—Así es. Hay belleza en cada uno de nosotros, Klara. El problema no es que vengamos al mundo con diferentes caras o cuerpos, ni tampoco lo que tengamos o de lo que carezcamos, el problema es que han creado unas pautas de belleza, y cuando alguien se sale de esas pautas, es apartado y forzado a creer que es horrible. Pero eso no es cierto, porque todos tenemos nuestra particular belleza. ¿O por qué crees que fuimos creados diferentes?

—Me gusta tu forma de ver las cosas. —Tomo su mano—. Me das mucho ánimo.

Ella aprieta mi mano.

—Creo que somos almas gemelas, Klara.

—Espera, espera, espera... —dice Diego, y yo me enderezo en mi asiento para mirarlo y para que Perla también pueda verlo—. ¿Almas gemelas? ¿No crees que vas un poco rápido, Perla? Recuerda que Klara me declaró su amor hace dos días, que yo rechacé.

Perla pone los ojos en blanco.

—No correspondido, así que ella está soltera, ¿no?

—¡Guau! —Diego menea su cabeza—. Piraña.

—¿Disculpa?

—Eres una piraña de corazones. —Diego pasa la mano por detrás de mí y me abraza—. Como la pobre Klara está destrozada por mi rechazo, tú vienes y te aprovechas de su pobre corazón como una piraña.

Yo me río un poco y Perla agarra el brazo de Diego y lo quita de mis hombros.

—Eso no tiene ningún sentido, Diego. ¿Piraña? ¿En serio?

—Diego. —La chica que está a su lado trata de llamar su atención, y tira de la manga de su camisa.

—Volveré —nos susurra Diego antes de girarse para seguir hablando con la chica.

El partido comienza y al ver que Kang sale al campo me entran ganas de taparme los ojos. Tendré que verlo durante todo el partido, lo que solo puede hacer que mi corazón roto duela aún más.

Se ve tan diferente en el campo de juego, tan seguro de sí mismo, pero a la vez tan serio, tan cerrado. No se parece al chico del pasillo de auditorio, capaz de sonrojarse con facilidad, ni al chico que sonríe en el pasillo cuando todos lo saludan. Su cabello negro empapado de sudor se le pega a la cara y puedo ver por primera vez lo perfilada que es. El equipo de los Panteras es negro con rayas azules y lleva una pantera en la parte delantera de la camiseta. A Kang le queda muy bien.

Intento no mirarlo y mis ojos navegan por los otros jugadores, pero, sin poder evitarlo, siempre vuelvo a él, y es doloroso. Kang es mi primer amor, así que asumo que es normal sentirme tan triste después de saber que durante todo este tiempo él solo ha querido ayudarme, lo cual me hace sentir peor porque no es culpa suya que yo me haya enamorado.

Escucho un suspiro y me giro hacia Diego, quien no está mirando el campo de juego, sino las gradas de enfrente. Sigo su mirada y, para mi sorpresa, veo que a quien mira es a la chica líder que me atormentó el otro día. El brillo de sus ojos negros me dice que ella es alguien especial para él. ¿O me estoy imaginando cosas?

—¿Diego?

No me oye.

—¿Diego?

Sale de su hechizo y parpadea.

—¿Sí?

—¿La conoces? —pregunto, haciendo un gesto de cabeza hacia la chica.

—Es mi exnovia.

—¿De verdad?

No puedo creer que haya salido con ella. Después de cómo me trató, de las palabras horribles que me dijo, aunque no le guardo rencor, no me parece la mejor chica del mundo. Diego arruga el entrecejo al ver mi expresión.

—Sí, ¿por qué te sorprende?

Me encojo de hombros.

—Por nada.

Diego me observa como si no me creyera.

—¿Por qué terminaron?

Se lame los labios y aparta la mirada.

—No quiero hablar de eso.

—Claro, entiendo. Centrémonos en el partido.

La incomodidad de esta conversación se desvanece a medida que avanza el partido.

De repente, bajo la mirada y me quedo observando mis manos sobre el regazo, lo delgados que son mis dedos, la fragilidad de mis uñas... Mi cuerpo se ha recuperado mucho de la quimioterapia, pero aún hay algunas partes que deben volver a la normalidad. Cuando levanto la vista, está a punto de empezar la media parte, pero algo ha cambiado en mí... Al ver a tanta gente a mi alrededor, todos concentrados en algo de lo que no formo parte, mi corazón comienza a acelerarse, aprieto los puños y trato de averiguar cuál puede ser el camino más corto para bajar de las gradas y salir de aquí. Me tomará mucho tiempo.

«Necesito salir de aquí. No puedo respirar. Voy a hacer el ridículo delante de todo el instituto».

—Voy... —me falta el aire— al baño.

Me pongo de pie y paso por delante de Diego para salir de ahí.

—¿Klara?

—Ahora vuelvo.

Paso por delante de un montón de gente sentada y bajo las escaleras de las gradas, sosteniéndome el pecho como si mi vida dependiera de ello.

«No puedo respirar».

Cada vez que intento tomar una respiración profunda, el aire se me queda atorado en la garganta, y comienzo a desesperarme. Le doy la vuelta a las gradas y me apoyo en una pared oscura que está oculta detrás. Puedo sentir mi corazón en la garganta, lágrimas de miedo me ruedan por las mejillas porque no me entra aire en los pulmones. Me estoy ahogando.

«Y estoy sola... Voy a morirme aquí sola, nadie va a ayudarme».

Con dedos temblorosos, saco el móvil, pero se me cae de las manos... Noto un hormigueo extendiéndose por mi cara y mis extremidades... Estoy hiperventilando. Sé que voy a desmayarme si esto sigue así, por lo que trato de recordar lo que el doctor B me ha dicho: «Cuando estás teniendo un ataque de pánico, tu cuerpo se pone en modo de lucha o huida y la parte racional de tu cerebro, que se encuentra localizada en la corteza prefrontal, queda completamente bloqueada. Por eso no puedes pensar con claridad y crees firmemente que morirás sin tener ninguna base o razón verdadera que justifique esta creencia. Lo primero que debes hacer es calmar tu cuerpo y tu mente para salir de ese estado de lucha y huida y poder pensar racionalmente de nuevo».

Calmar mi cuerpo.

Me deslizo por la pared hasta quedar sentada en el suelo, estiro las piernas delante de mí y pongo las manos sobre los muslos, cerca de las rodillas. Cierro los ojos, levanto una mano y luego la bajo de nuevo dejándola caer sobre el muslo, después hago lo mismo con la otra mano, y repito este movimiento una y otra vez, como si estuviera dándome palmadas en secuencia sobre ambos muslos, en un ritmo suave y tranquilo. Me enfoco en esta secuencia, en la sensación de mis dedos cuando bajan y caen sobre mis muslos, primero una mano y luego la otra, una y otra vez.

—Estoy calmada. —Repito las frases que el doctor B ha practicado conmigo—. Estoy a salvo, estoy... —trago saliva— protegida.

Cuando mi atención quiere volver a mi acelerado corazón o a mi dificultad para respirar con profundidad, lucho por centrarme en las palmadas sobre los muslos, siguiendo el ritmo.

—Estoy calmada, estoy a salvo, estoy protegida.

Repito las mismas palabras una y otra vez, manteniendo el movimiento de las manos. Mi respiración comienza a regularse, al igual que mi corazón, pero no me detengo. Continúo haciendo lo mismo hasta que puedo respirar con normalidad. Abro los ojos, y me quedo ahí, asimilando lo que acaba de pasar. Una sonrisa se expande por mis labios y siento henchirse mi pecho de orgullo porque por primera vez he superado un ataque de pánico sola, sin la ayuda o la asistencia de nadie. He utilizado las herramientas que me dio el doctor B y ha funcionado, he podido manejarlo. Ahí, sentada en medio de la oscuridad solitaria detrás de las gradas, sonrío abiertamente ante una gran victoria.

29

Enamórame

KANG

—¡Buen trabajo!

—¡Has jugado tan bien como siempre!

—¡Tenemos que celebrarlo!

Los cumplidos continúan a mi alrededor mientras meto mi equipo en la bolsa después de darme una ducha y cambiarme en los vestidores. Hemos ganado 3-2 y pasado a las semifinales del condado. No es una sorpresa, nuestro equipo ha ganado las estatales varias veces e incluso una vez las nacionales.

Esa copa nacional se la debemos a Ares Hidalgo, un delantero que en su último año de bachillerato, antes de irse a la universidad, elevó a este equipo a los cielos. Muchas veces puedo sentir la presión de los miembros de los Panteras, porque sé que esperan de mi parte la misma habilidad y capacidad de ese mítico jugador; estoy dando lo mejor de mí, espero que sea suficiente.

Choco los cinco y le doy las gracias a todos por sus cumplidos en la salida del vestidor.

El campo sigue iluminado por luces blancas, y puedo ver las gradas ya casi vacías, la mayoría de los estudiantes están reunidos en grupos alrededor.

—*Oppa!* —Min-seo, mi hermana menor, aparece a mi lado, sonriendo—. ¡Felicidades! ¡Has estado increíble!

Le sonrío y le revuelvo su alborotado cabello negro que cae despreocupadamente a los lados de su cara. Ella me gruñe y me aparta la mano.

—Te he dicho que no hagas eso, me hace sentir como una enana.

—Lo eres.

—En comparación contigo, tal vez, porque eres muy alto, pero soy de estatura promedio.

—Mina... —la regaña mi madre. En casa la llamamos Mina cariñosamente, en vez de Min-seo, porque le gusta más—. No molestes a tu hermano —dice, y mirándome a mí me sonríe—. Excelente partido.

Noto enseguida que está sola, mi padre no ha venido con ella. Ella parece leer mi expresión.

—Tu padre está muy ocupado.

—Lo sé.

—Es tarde, tu hermana y yo nos iremos adelantando. Conduce con cuidado, ¿vale? Y no tardes mucho en llegar a casa.

—Está bien.

—*Oppa*, ¿me puedo quedar contigo? ¡Por favooor!

—Mina —mi madre la agarra del brazo—, vamos.

Mi hermana hace un puchero dramático hasta que mi madre la obliga a girarse y a seguirla. Me quedo ahí, mirando cómo se alejan; es doloroso recordar que solíamos ser más en nuestra familia. Yo no debería ser el hermano mayor, porque el mayor era Jung. Pero él ya no está.

«¿Habrías venido a ver el partido, Jung? ¿Habrías arrastrado a nuestro padre para que viniera a verme jugar?».

El ruido de vidrio estrellándose contra el suelo llamó mi atención y salí de mi habitación para ir corriendo a la de mi hermano mayor. No dudé en abrir la puerta con rapidez. Estaba sentado en la esquina del cuarto, temblando, con los brazos alrededor de las piernas, que apretaba contra su cuerpo. Se veía pequeño y frágil, a pesar de ser mucho más alto que yo.

—Jung —le llamé, arrodillándome frente a él.

—No puedo... respirar... —dijo estirando la mano y agarrándome del cuello de la camisa.

Un ataque de pánico, los tenía con frecuencia. Jung sufría una fuerte depresión y ansiedad desde que tuvo un accidente automovilístico en el que estuvo a punto de perder la vida. Tuvo que estar meses en el hospital y luego hacer fisioterapia para recuperar completamente la movilidad. Cuando lo trajimos a casa, pensamos que todo había acabado, que podíamos dejar atrás ese episodio de nuestras vidas, pero estábamos equivocados.

Jung se había recuperado físicamente, pero, mentalmente, le quedaba mucho camino por recorrer. Investigué todo lo que pude para ayudarlo a lidiar con los ataques de pánico, pero me di cuenta de que mi hermano necesitaba ayuda profesional y medicación. Se lo dije a mi padre, y su respuesta me rompió el corazón.

—Un hijo mío jamás visitará a un loquero —replicó, furioso—. Un hombre no necesita esas cosas; eso es cosa de mujeres. Mientras tú y tu hermano vivan bajo este techo, no van a avergonzarme de esa forma. Dile a Jung que deje de comportarse como un estúpido y salga a tomar aire. Si todo está en su cabeza, que reaccione y deje de preocupar a su familia.

—Papá... —le rogué con lágrimas en mis ojos—, Jung está muy mal. Por favor...

—¿Esas son lágrimas? —Me agarró del mentón con rabia—. Kang Jae-sung —dijo mi nombre completo—, será mejor que no se te esté pegando la debilidad de tu hermano. Tu deber es ayudarlo, no volverte débil como él.

Debilidad... Falta de hombría.

Eso era lo que los trastornos psicológicos significaban para mi padre.

Los hombres no sufrían de esas cosas, eras débil si tan siquiera hablabas de ello. Jung empeoró: casi no comía, no salía, hablaba poco..., y yo no podía quedarme de brazos cruzados por mucho que dijera mi padre. Aunque solo tenía dieciséis años, a escondidas de mi padre, busqué a un psicólogo, al que pagué con mis ahorros, y este remitió a mi hermano a un psiquiatra para que le recetara antidepresivos, pues, dijo, era urgente que empezara a tomarlos. Nos dio la cita con el psiquiatra para el día siguiente. Estaba tan preocupado por él que esa noche dormí a su lado y estuve cuidándolo en todo momento; no quería que le pasara nada. Solo tenía que aguantar una noche más, y luego el psiquiatra nos ayudaría.

Desafortunadamente, mi padre nos vio por la mañana y, sospechando que yo había pedido ayuda profesional, comenzó a interrogarnos y, finalmente, nos prohibió salir ese día. Perdimos la cita.

Dos días después, Jung, a sus diecisiete años, se suicidó.

Recuerdo su cuerpo pálido, su cara enterrada bajo sus sábanas, su mano colgando a un lado de la cama, varios botes de pastillas para el dolor en el suelo... Me quedé ahí parado en la puerta, con la mano sobre la manija. No podía moverme. Escuché los pasos apresurados de mi madre pasando por mi lado, sus gritos de dolor al tratar de despertar a Jung... y la expresión de sorpresa y agonía de mi padre cuando cayó de rodillas ante la cama de su hijo. No lloré, no me moví, no parpadeé. Mi hermano... se había ido. Se había estado desmoronando frente a nuestros ojos y no habíamos hecho nada para ayudarlo. Yo... no hice lo suficiente por él. Debí haber hecho más, debí haberme enfrentado a mi padre.

Jung...

¿No pudiste darme un poco más de tiempo? ¿Cuán grande era el dolor de tu alma para que decidieras dejarme solo? Jung, lo siento mucho, lamento tanto no haber podido ayudarte... no haberte salvado cuando nos diste tantas señales.

Culpé a mis padres, me culpé a mí mismo durante mucho tiempo. Me deprimí e, irónicamente, mi padre apareció un día en la puerta de mi habitación y me dijo:

—*Tú... Vamos a ir a un terapeuta mañana. Estate listo a las ocho de la mañana.* —*Luego se fue.*

Quería gritarle, quería insultarlo. «*Ahora que mi hermano está muerto, ¿te importa mi salud mental? ¿Por qué tuviste que esperar que algo así pasara para dejar atrás tus pensamientos anticuados?*».

Estuve yendo a terapia durante dos años, y cuando dejé de ir, me dediqué de lleno a ayudar a los demás. Fue entonces cuando empecé mi programa de radio. Por eso, voy a estudiar Psicología cuando acabe el bachillerato. No quiero que haya más Jungs en el mundo, que, por falta de conocimiento y consciencia, se pierdan vidas entre las grietas de la sociedad.

Mientras camino por un lado del campo de fútbol con la bolsa deportiva colgada del hombro derecho, paseo la mirada por todos los grupos de estudiantes que veo. Algunos aún están sentados en las gradas, otros están saliendo y otros siguen de pie a un lado del campo. Un par de manos cubren mis ojos desde atrás y puedo reconocer ese perfume de inmediato. Quito las manos y me giro.

—Ey, campeón —me dice en su tono burlón usual.

—Ey, Lizzie.

Lizzie es mi mejor amiga de toda la vida. Nos conocimos un verano en tercero de primaria en un campamento escolar y desde entonces somos inseparables. Lleva el cabello rubio recogido en una cola alta y aún va con su uniforme de animadora, pero se ha puesto una chaqueta tejana encima.

Sus ojos grises brillan con alegría.

—¡Vamos a ir a las semifinales! Ese gol estuvo de película. —Me ofrece los cinco y yo choco con ella, riendo un poco.

—Siempre dices lo mismo.

—¿Vas a ir a la fiesta de Kyle?

Kyle es su novio. Es el portero de nuestro equipo. Solíamos salir mucho juntos. Me llevo bien con él. De hecho, me llevo bien con todo el mundo, aunque sé que algunos solo buscan mi amistad por mi popularidad.

—No.

Lizzie bufa.

—¿Por qué eres tan aburrido? ¡Nunca vas a las fiestas! Este es tu último año de bachillerato y te estás perdiendo la parte divertida.

—Si te refieres al alcohol y todo lo demás, creo que no me estoy perdiendo mucho.

Lizzie pone los ojos en blanco.

—¿Estás seguro de que tienes dieciocho años? A veces me parece que tienes treinta.

Actúo como si me hubiera descubierto, poniendo una mano sobre la boca dramáticamente.

—No se lo cuentes a nadie.

Lizzie me saca el dedo y empieza a alejarse.

—Si cambias de opinión, ya sabes dónde es.

La veo marcharse. La observo de perfil, saludando a otras chicas y sonriéndoles. Ella fue mi primer amor, la primera que logró que se me acelerara el corazón solo con una mirada, la primera a la que me declaré, le escribí cartas de amor y le dediqué canciones en mi programa, con la esperanza de que me estuviera escuchando. Ella estuvo siempre a mi lado cuando mi hermano tuvo el accidente, cuando salió del hospital, cuando falleció... Lizzie siempre estuvo ahí. A mí me gustaba, pero ella no sentía lo mismo. Cuando le dije lo que sentía, ella me rechazó con delicadeza y me contó que estaba enamorada de Kyle, quien era mi mejor amigo en ese momento. Pasamos unos meses incómodos, pero retomamos nuestra amistad después de eso como si nada hubiera pasado.

Me costó mucho conseguirlo viéndola todos los días, teniéndola siempre ahí, a mi lado, sin poder tocarla y decirle lo que seguía sintiendo. Pero lo logré, y ahora solo siento cariño por ella. A veces me pregunto si de verdad estuve enamorado de Lizzie o solo me gustaba porque no podía tenerla... De todas formas, ahora sé que no quiero enamorarme; ser rechazado resulta demasiado doloroso, y no quiero volver a pasar por ello.

Salgo del campo saludando a varios grupos de compañeros y camino por delante de las gradas sin dejar de buscarla, hasta que por fin la veo.

Klara.

Aún está sentada en las gradas. Lleva puestos unos tejanos y tiene la cabeza cubierta con esa capucha negra que le he dicho tantas veces que no necesita usar. Su cabello corto negro se pega a ambos lados de su cara, apenas le llega al mentón. A simple vista, parece muy frágil, pero en realidad es una chica muy fuerte. Por el brillo y la profundidad de su mirada, resulta evidente que es alguien que ha vivido mucho para su edad. Su expresión es la de una persona sabia.

Y su sonrisa...

Su pequeña cara se ilumina tanto cuando sonríe que tengo que apartar la mirada porque noto que mi corazón se acelera de inmediato. Si ella se viera a sí misma a través de mis ojos, no se pondría esa capucha nunca más, no se ocultaría. Es tan bonita, y no solo físicamente, sino también a un nivel que transciende lo físico. Me encanta lo que ella me transmite, el brillo en sus ojos, la calidez en su sonrisa, la calma en su voz.

Me la quedo observando como un idiota frente a las gradas, la gente pasa por detrás de mí, unos me saludan, otros murmuran... Klara está hablando animadamente con Perla, riendo de vez en cuando. Pongo la mano en mi pecho para sentir los latidos desesperados de mi corazón. Sé que ella no me ha visto, así que me permito observarla, sin apartar la mirada ni un segundo cuando sonríe. Diego aparece a su lado y se sienta junto a ella, y no puedo evitar sentirme celoso.

Diego. Diego. Diego.

Diego me cae muy bien, pero verlo con Klara, me molesta. La primera vez que lo vi con ella, la abrazó y ella parecía tan cómoda entre sus brazos que no pude evitar molestarme. Klara se ha mostrado muy cerrada conmigo, me ha costado mucho averiguar lo poco que sé sobre ella, y ver que abrazaba a Diego con tanta facilidad me dolió...

Sin embargo, me disculpé con ella por mi inmadurez y todo iba bien hasta que le dije que la llevaría a casa después de clase. Ella primero aceptó, pero luego, aún no sé por qué, me dijo que no podía irse conmigo. Me quedé un rato en el instituto después de clases para adelantar algunas cosas para el partido de hoy y, cuando salí al aparcamiento, la vi irse con Diego.

Auch.

Después de eso, no quise hablar con ella porque estaba molesto, aunque sabía que no podía reprocharle que ella prefiriera irse con Diego. Klara y yo solo somos amigos... Además, yo nunca he sido celoso ni controlador; no sé qué me pasa con ella, pero la idea de que le guste Diego hace que me vuelva loco y actúe como un inmaduro. No le envié mensajes y apenas la saludé en el pasillo. Le di entradas para el partido, actuando todo *cool*, como si nada me afectara o como si no me hiciera falta hablar con ella, cuando lo que tenía que haber hecho era preguntarle directamente si le gustaba Diego.

Bravo, Kang. ¿Tienes dieciocho años u once?

Supongo que tengo miedo de que me diga que le gusta Diego, aún recuerdo la cara de lástima de Lizzie cuando me dijo que le gustaba Kyle.

—¡Kang!

Maldigo en mi cabeza a quien me ha llamado a gritos. Klara me mira y me giro tan rápido como puedo para que no se dé cuenta de que estaba parado como un idiota mirándola.

—¡Qué gol! —me comenta una chica. Me esfuerzo por recordar su nombre. ¿Anna...? ¿Hannah...? ¿Yana...?

—Eh, gracias —contesto con una sonrisa amable.

—¿Vas a la fiesta? —me pregunta emocionada, agarrándose de mi brazo—. No tengo con quién irme. ¿Puedo ir contigo?

—No voy a la fiesta.

—¿Por qué? —Hace un mohín.

—Estoy cansado.

—Claro, el partido...

—Debo irme —me despido, y salgo del campo para ir al aparcamiento.

Dentro de mi coche, descanso la frente sobre el arco del volante. Un golpe en el vidrio me sorprende, y echo un vistazo. Es Diego. Cuando bajo el vidrio, no puedo evitar fruncir el entrecejo.

—¿Diego?

—Romeo —me dice con cierto tono acusatorio.

Klara y Perla vienen de las gradas y se detienen detrás de él dejando un espacio prudente. Klara me ve y aparta la mirada y yo trago saliva.

—Chicas —Diego habla lo suficientemente alto para que ellas puedan oírle—, Kang se ha ofrecido a llevarnos a la fiesta.

«¿Qué?».

—Pero ¡si hemos venido en tu coche! —le reprocha Perla.

Diego se encoge de hombros.

—He bebido unas cuantas cervezas y prefiero no conducir, y estoy seguro de que Kang, que es un tío tan amable, nos llevará. ¿No es así?

—Eh, bueno, yo...

Diego se inclina hacia mí, casi metiendo la mitad del cuerpo a través de la ventana abierta y susurra:

—¿O debería contarle a Klara que te has quedado diez minutos mirándola en las gradas? La mano sobre el corazón fue un poco dramática para mi gusto, pero muy convincente.

Se endereza y rodea el coche.

—Vamos, chicas, subíos.

Como Perla y Kara no se mueven, me aclaro la garganta.

—Vamos, súbanse, los llevo —digo sonriendo.

Las chicas comparten una mirada, pero finalmente caminan hacia el coche.

Perla no duda en sentarse detrás con Diego, obligando a Klara a sentarse a mi lado. Lucho con las ganas de bajarle la capucha.

«No te escondas de mí», pienso.

Pongo música para ahogar el silencio y la miro unos segundos. Noto que el corazón se me acelera al tenerla al alcance de mis manos, ahí a mi lado. Me concentro en conducir y salir del aparcamiento, pensando en lo idiota que he sido al creer que tengo algún control sobre lo que siento.

«Ay, Kang, menos mal que no volverías a enamorarte nunca».

30

Entiéndeme

KLARA

¿Las fiestas siempre han sido así de ruidosas?

Tengo que taparme los oídos cuando entramos en la casa llena de adolescentes. A pesar de que es inmensa, está repleta de gente. No puedo negar que mi corazón se acelera al igual que mi respiración, no me he preparado para lidiar con un evento social como este, creo que aún estoy un poco nerviosa después del ataque de pánico que he tenido en el campo de fútbol. Y el hecho de que estemos con Kang tampoco ayuda a mi desbocado corazón. Me he propuesto olvidar lo que siento por él, no quiero que me ocurra como a Perla, y confundir su amabilidad con algo más. Sin embargo, sentada a su lado en el coche, me he dado cuenta de que no sé si podré conseguirlo.

Es fácil ignorar tus sentimientos por una persona cuando no la tienes cerca, pero resulta imposible hacerlo si la tienes delante de ti.

Sigo a Perla, quien se detiene en una esquina vacía de la sala de esta casa. Diego y Kang vienen detrás de mí y se paran a mi lado.

—¡¿Quieren tomar algo?! —grita Diego para que podamos oírlo por encima de la ruidosa música.

Perla asiente. Cuando me mira a mí, yo niego con la cabeza. Mezclar alcohol con antidepresivos nunca es una buena idea. Diego mira luego a Kang, quien como respuesta también menea la cabeza sonriendo; tampoco quiere nada.

Diego toma la mano de Perla y le grita que lo acompañe. Lo observo en pánico tirar de ella y alejarse entre la multitud, dejándome sola con Kang. Mi corazón late aún más desbocado, lo cual pensé que sería imposible. Paseo la mirada por todos los lados, evitando mirarlo a él. Hago una mueca ante lo ruidosa que es la música. Puedo sentir la mirada de Kang sobre mí, y eso me hace tragar saliva. Se inclina hacia mí y su respiración me hace cosquillas.

—¿Quieres ir a un lugar menos ruidoso? —susurra en mi oído esa voz que me ha gustado tanto desde la primera vez que la escuché y que siempre causa estragos en mí.

Me giro para mirarlo, lo cual es un error: Kang aún está inclinado hacia mí, así que su rostro se encuentra a escasos centímetros del mío. Doy un paso atrás de inmediato y noto cómo el calor me invade las mejillas. Kang me ofrece su mano y yo la tomo, disfrutando demasiado de la sensación de este contacto tan simple, pero tan íntimo. Lo sigo a través de la gente y llegamos a la cocina. Muchos lo saludan y lo felicitan por el partido, yo noto que muchos me miran con curiosidad al darse cuenta de nuestras manos enlazadas. Kang recoge una taza con tapa que tiene una bebida caliente y me la da antes de tomar la suya. Luego me guía escaleras arriba, y eso me recuerda a esas películas románticas donde las parejas suben al piso de arriba y buscan un cuarto para tener más privacidad. Pero sé que Kang no es ese tipo de chico. Además, eso lo hacen las personas que se gustan entre sí.

Avanzamos por un pasillo, doblamos una esquina y nos adentramos en otro y comienzo a creer que esta casa es un laberinto. El dueño debe de tener mucho dinero.

Finalmente, nos detenemos frente a unas puertas dobles y Kang suelta mi mano para abrirlas y se hace a un lado para dejarme pasar. El frío del invierno me golpea al salir. Es un balcón espacioso que tiene luces de decoración enroscadas como si fueran serpientes por las barandillas blancas. La vista es hermosa, da a la parte de atrás de la casa y puede verse el pueblo a lo lejos. Hay árboles muy altos moviéndose ligeramente con la brisa. Kang me pasa por un lado y se acerca a la baranda, apoyando en ella su mano libre mientras mira el paisaje de espaldas a mí. Yo me acerco a los labios la taza tapada y noto el calor que sale por el pequeño agujero. Olfateo: chocolate caliente.

—Va a nevar pronto. —Kang rompe el silencio y se gira levemente para mirarme por encima del hombro.

Estamos solos.

Necesito relajarme. No es la primera vez que estamos solos. Es muy normal estar a solas con un amigo. Kang se gira por completo hacia mí y levanta su taza de chocolate caliente como si quisiera brindar. Y luego me sonríe y aparecen los hoyuelos que tanto me gustan en sus mejillas. Y entonces me doy cuenta de algo muy importante: Kang es una persona muy especial para mí. Me ayudó con su programa de radio, me calmó mientras tenía un ataque de pánico, me ofreció su mano en cuanto supo que estábamos en el mismo instituto y no ha parado de hacer lo posible para ayudarme a incorporarme al mundo de nuevo. Se ha portado muy bien conmigo, ¿por qué debo cuestionar la razón por la que lo hizo? Es una buena persona y no se merece que yo le pida explicaciones por los motivos que le llevaron a querer ayudarme.

Kang me encanta, pero yo mejor que nadie sé que ser correspondida por un chico no es lo más importante del mundo. Mi vida nunca ha girado en torno a eso, he lidiado y superado cosas mucho más intensas que un desamor. Me siento agradecida por haber conocido a gente tan buena como él, Perla y Diego en mi primera semana en el instituto nuevo. Son mis primeros amigos en mucho tiempo. Me siento agradecida por haber superado sola por primera vez un ataque de pánico, por haber asistido a mi primer partido de fútbol, por mi primera fiesta después de todo lo que he pasado... Son logros que me llenan y me calienta el corazón.

Así que, con una gran sonrisa, camino hacia él y alzo mi taza de chocolate.

—Salud, Kang.

Chocamos nuestras tazas y damos un sorbo a nuestras bebidas. El chocolate calienta mi boca y baja por mi garganta, calentándome por dentro. Me pongo al lado de Kang para disfrutar de las vistas.

—Mucho menos ruidoso que allá adentro, ¿no?

—Sí, la verdad es que no me esperaba que las fiestas fueran así de ruidosas —le respondo con honestidad.

—Suenas como si fuera tu primera fiesta de bachillerato.

—Lo es —admito con una leve sonrisa.

—No te has perdido mucho —me comenta.

Me giro y me apoyo de lado en la baranda.

—Si tú lo dices, te creo —contesto, y antes de que él pueda decir algo, añado—: Bat-Kang.

Él alza una ceja.

—¿Bat-Kang?

—No creas que he olvidado tus escapadas nocturnas al bar de la calle Catorce, Bat-Kang.

Él aprieta los labios, aguantando una sonrisa.

—Tengo que darte puntos por tu originalidad. De todas formas, para que lo sepas, me queda muy bien la máscara de Batman.

—No lo dudo.

Lo digo antes de pensar y hago una mueca avergonzada. Kang alza una ceja.

—No lo dudas, ¿eh?

Me enderezo y me giro de nuevo para evitar su mirada.

—Como si tú no lo supieras... —susurro.

—¿Como si no supiera qué?

«Que eres atractivo. Que los hoyuelos de tus mejillas cuando sonríes son adorables. Que cualquier cosa que te pones, te queda bien».

No digo nada y bebo otro sorbo de chocolate cliente.

—¿Klara?

—Es una vista preciosa, ¿verdad?

Le echo un vistazo a Kang y veo que me está observando con atención y que mantiene los ojos fijos en mí mientras me responde.

—Lo es. —Su voz se vuelve aún más profunda y agrega—: Es una vista magnífica.

Silencio. Nos quedamos mirándonos a los ojos y siento que me falta el aire. Él estira su mano libre hacia mí y me baja la capucha.

—No te ocultes de mí. —Su mano baja y la ahueca en mi mejilla con delicadeza. Me quedo congelada—. Ya te he dicho que eres preciosa. —Me acaricia con el pulgar—. Así que no te ocultes, Klara.

Me arden las mejillas y noto un extraño cosquilleo en el estómago. ¿A esto se refieren con eso de las mariposas en el estómago? En este momento, sintiendo su mirada, su mano en mi mejilla, su caricia..., mi pobre corazón enamorado quiere comenzar a tener esperanzas; todo es tan intenso y real... Me esfuerzo por mantenerme enfocada mientras mi cerebro y mi corazón se enfrentan entre ellos.

Mi cerebro: «Somos amigos, y los amigos se pueden decir cumplidos, Klara. No te emociones».

Mi corazón: «Con un amigo no sientes esto, no sientes que las emociones desbordan el ambiente, ni esa intensidad en los ojos de la otra persona».

Y como si la vida conspirara para hacer este momento aún más perfecto, copos de nieve comienzan a caer sobre nosotros, algunos aterrizan sobre el pelo negro de Kang, sobre su ropa.

—Kang...

No sé por qué digo su nombre, no puedo moverme, no quiero que este momento termine.

—Klara.

Abre la boca para decir algo más, pero la cierra de nuevo, dudando.

«¿Qué es lo que quieres decir, Kang?».

Da un paso hacia mí, cerrando el espacio entre nosotros, nuestros cuerpos casi rozándose, su mano aún en mi mejilla... Tengo que levantar la cara para poder mirarlo a los ojos. Estamos demasiado cerca. Un copo de nieve danza entre nosotros y aterriza sobre el labio superior de Kang. Levanto la mano libre y se lo quito con el dedo índice, rozando su boca, y sin darme cuenta abro la mía ligeramente. Kang cierra los ojos momentáneamente ante el contacto, y cuando los abre, el brillo en su mirada me hace tragar saliva.

¿Qué estoy haciendo?

Doy un paso atrás, rompiendo todo contacto entre nosotros. Kang se aclara la garganta y yo me muerdo el labio inferior antes de tomar otro sorbo de chocolate caliente. Finjo observar el paisaje de nuevo, tratando de calmar mi respiración y mis pensamientos.

¿Qué ha sido eso?

Los amigos no tienen momentos así, ¿o sí?

Mi mente viaja a la tarde en la que fui al cementerio con Diego. Estábamos los dos solos también y nos abrazamos, pero en ningún instante sentí lo que siento ahora. Fue solo un abrazo entre amigos. Para nada se parece a lo que estoy sintiendo con Kang.

—Está nevando, vamos a sentarnos.

Me guía a un banquito que está en la zona cubierta del balcón. Me siento a su lado, manteniendo una distancia prudente entre nosotros.

—¿Te ha gustado el partido de fútbol?

—Sí, has jugado muy bien, aunque seguro ya lo sabes.

—¿Por qué cada vez que me dices un cumplido añades que ya lo sé? ¿No te has puesto a pensar que un cumplido que viene de ti es mucho más importante para mí que las docenas que he recibido esta noche?

«¿Por qué?», quiero preguntarle, pero no puedo. Sus palabras me han dejado sin respiración.

—Lo siento —me disculpo. Tiene razón. Me cuesta hacerle un cumplido sin comentar que seguro que ya debe de saberlo.

El silencio reina entre nosotros durante un momento, pero no es incómodo. Vemos cómo la nieve cae lentamente y, al terminar nuestros chocolates calientes, tiramos las tazas de plástico a la papelera que hay a un lado del banco. Kang suspira y estira sus largas piernas delante de él. Me lo quedo mirando mientras mete las manos en los bolsillos de los pantalones. No creo que el suéter negro que lleva, aunque es grueso, lo proteja mucho de este frío. Tiene la mirada perdida en la nieve; sus pensamientos en otro lado. «¿En qué piensas, Kang?».

—A mi hermano le gustaba mucho la nieve —murmura tan bajo que apenas lo oigo.

¿Hermano? Kang nunca me había mencionado a su hermano; siempre habla de su hermana menor.

«Le gustaba...». Su tono de voz es muy triste.

—A mí me daba igual, pero, después de una nevada, él siempre me hacía salir para que hiciéramos muñecos de nieve, y eso que él era mayor que yo... Con la nieve, Jung se convertía en un niño de nuevo —termina, con una sonrisa melancólica en los labios.

Jung... ¿Acaso su hermano está...? Es la primera vez que veo tanta tristeza en los ojos de Kang.

—Tal vez por eso me gusta tanto la nieve ahora, porque hace que me sienta cerca de él —dice, y de repente parpadea como si volviera a la realidad y me mira—. Ah, lo siento, ya no sé lo que digo...

Se pone de pie, sacando las manos de los bolsillos de sus pantalones y se pasa los dedos por el cabello. Yo también me levanto y lo agarro por el borde del suéter para que se gire hacia mí. Antes de que pueda acobardarme, envuelvo mis brazos alrededor de su cintura y lo abrazo. El lado de mi cara queda enterrado en su pecho.

—Lo siento, Kang.

Se tensa al principio, pero luego me rodea con sus brazos. Huele tan bien... a jabón y a colonia suave.

—Aunque no sé qué le sucedió a tu hermano, puedo reconocer la voz del dolor, así que siento mucho que hayas pasado por algo tan doloroso.

Puedo escuchar el corazón de Kang latiendo desesperado.

«¿A él también le pasa? ¿Su corazón late así por mí? No puede ser...».

Kang me aprieta, presionándome aún más contra él, y siento que me falta el aire. Pero me permito disfrutar de su calor corporal, de reconfortarlo en su tristeza; solo somos él y yo aquí, bajo la nieve, ya me preocuparé de mi amor no correspondido luego.

Ahora solo me importa Kang.

31

Acéptame

Existen momentos en la vida que solo pueden ser descritos como perfectos. Sin importar su simpleza, calientan el corazón y te hacen darte cuenta de que la belleza de la vida está en las pequeñas cosas.

La felicidad no es un estado perpetuo, es una colección de momentos fugaces y perfectos. Esta noche ha sido una combinación de muchos logros: la salida con mis amigos, el partido, superar mi ataque de pánico sola, estar con Kang. Y este abrazo, con mi rostro contra su pecho, los latidos de su corazón en mi oído, mis brazos alrededor de su cintura, su cara ligeramente enterrada en mi cuello..., es para mí el colofón perfecto de esta noche. Cuando intento separarme, Kang me aprieta aún más contra él.

—Solo un poco más.

Susurra, y su aliento me hace cosquillas a un lado de la cabeza. Sonrío como una tonta y cierro los ojos. Sin embargo, como ya he dicho, estos pequeños momentos de felicidad se caracterizan por ser fugaces. El ruido de la puerta del balcón abriéndose nos sobresalta y nos separamos tan rápido que casi me tropiezo. Kang se rasca la nuca y yo finjo toser un poco.

—¡Kang! —La chica de mis pesadillas, exnovia de Diego, aparece a nuestro lado—. Pensé que no vendrías a la fiesta...

Él le sonríe con amabilidad.

—Cambié de opinión.

La chica me ignora por completo y se dirige a él como si yo no estuviera.

—¿Qué haces aquí afuera? Deberías entrar. Está a punto de comenzar el concurso de ping-pong de cervezas.

Kang toma mi mano y tira de mí para que me ponga a su lado.

—Estoy disfrutando de las vistas con Klara. ¿La conoces?

Ella se ve obligada a reconocer mi presencia y, aunque me cueste admitirlo, me da miedo.

«Pobrecita, ¿cómo una chica tan fea y defectuosa como tú se atreve a fijarse en Kang?».

Sus palabras y amenazas aún me atormentan. Me ha encontrado con Kang, y eso la hará enojar, y tampoco me he mantenido lejos de Diego. Me asusta pensar qué se le ocurrirá hacerme ahora que ha comprobado que no he hecho caso de sus amenazas.

—No, no la conozco. —Finge una sonrisa y estira su mano hacia mí—. Mucho gusto, Klara. Soy Yana.

Suelto la mano de Kang para sostener la suya un segundo.

—Hola —respondo entre dientes.

Kang frunce el entrecejo sin dejar de observarme. Yana se lame los labios.

—Entonces, ¿vienes, Kang?

—No.

La desilusión en su rostro es clara.

—Está nevando, debes de estar helado. —Estira las manos para frotarle los brazos en un intento de calentarlo, pero él da un paso atrás. Yana se queda con las manos en el aire y luego las baja, riendo—. Supongo que no tienes frío... Bueno, Klara... —Toma mi mano y me estremezco.

«¿Te has visto en un espejo, Klara? Ni siquiera tienes pelo de verdad. No eres nada, no vales nada».

«No me toques», quiero decirle, pero las palabras se me quedan atoradas en la garganta. He leído en foros de internet sobre acoso escolar lo que dicen las personas que lo han sufrido y ahora entiendo por qué muchas no pueden contar a nadie lo que les está pasando mientras están siendo acosadas... Yana me da miedo, se atreve a sonreírme después de haber sido tan cruel conmigo... Saber lo que es capaz de decir y de hacer me aterroriza y me paraliza de una forma inexplicable.

—Deberías venir conmigo —dice, tirando de mí, y doy un paso hacia ella, incapaz de negarme—, así conocerás a los demás.

Recuerdo a la chica que estaba con ella la otra tarde, y lo que me dijo: «¿Tienes idea de lo que fea que eres?». Probablemente, Yana ha venido a la fiesta con ella y con las demás. ¿Le habrá contado a todo el mundo lo que sabe sobre mí? ¿Lo que he pasado?

—Te la robo un segundo, Kang —anuncia, sonriéndome y apretando mi mano con tanta fuerza que hasta me hace un poco de daño.

Camino con ella hacia la puerta, pero me vuelvo para mirar a Kang. Se queda ahí contra la baranda, y me sorprende su expresión de tristeza. No quiere que me vaya. Pero yo, como un títere, entro al pasillo de la casa de nuevo. Yana va tirando de mí como si yo fuera una niña pequeña. Noto sus uñas clavándose en la palma de mi mano.

—¿Todo bien? —pregunta una voz familiar. Levanto la cabeza para ver a uno de mis compañeros de clase: Adrián. Acaba de salir de uno de los cuartos que dan al pasillo.

—Nada de tu incumbencia —dice Yana con un tono de desprecio.

—No te estaba preguntando a ti. —Me observa—. ¿Estás bien, Klara?

Yana se mete entre nosotros, molesta.

—Que no es de tu incumbencia, maricón.

Abro la boca sorprendida y Adrián también, pero él se recupera rápidamente.

—¿Cómo me has llamado?

Yana pone los ojos en blanco.

—Ya me has oído.

—No sé de qué estás hablando.

—Ah, por Dios, Adrián, quítate de en medio si no quieres que lo publique en el blog del instituto.

Adrián baja la cabeza y mi corazón se rompe. Yana no ha terminado con él.

—Me alegro de que sepas cuál es tu lugar, los de tu clase suelen ser tan molestos...

Vuelve a tirar de mí y lo dejamos a un lado. Me duele ver cómo se ha quedado de destrozado Adrián. ¿Así que esto es lo que Yana hace? Usa los miedos de las personas para salirse con la suya. Algo dentro de mí cambia, mientras no puedo borrar de mi mente el rostro derrotado de Adrián. Vuelvo a mirar hacia delante y veo mi mano enlazada con la de Yana.

«No dejes que el miedo a la muerte te impida vivir tu vida».

Por alguna razón recuerdo en este momento las palabras del epitafio de Darío. El miedo ha sido una constante en mi vida, me ha derrotado muchas veces, pero me he levantado, me he sacudido el polvo y he continuado. Tal vez cada derrota, cada momento de vulnerabilidad, cada vez que he sobrevivido a mis miedos me han llevado a entender mi fortaleza en este segundo. Hay momentos en la vida en los que, de repente, tu mente hace un clic y entiendes muchas cosas. He sobrevivido a la muerte de mi madre y a la horrible depresión que sufrí después, he sobrevivido a mi cáncer y no he dejado de luchar para recuperar mi salud mental cada día. Esta chica cruel y despiadada no es nada comparada con todo eso. Así que aprieto los labios y con todas mis fuerzas arranco mi mano de la suya. Yana se gira hacia mí.

—¿Qué pasa? Vamos, Klara. —Se me acerca para murmurarme—: Estoy segura de que no quieres hacerme enojar. Sabes muy bien de lo que soy capaz.

La sonrisa de mi madre invade mi mente, su caricia en mi mejilla dándome fuerza.

—No voy a ir contigo a ninguna parte, así que déjame en paz.

La sorpresa la deja sin palabras por un segundo, pero enseguida que reacciona.

—Mira, estúpida —me susurra—, no te creas tan valiente ahora. Sabes que puedo tomar el micrófono ahora mismo y contarles a todos los de esta fiesta tu patética historia.

Puedo sentir a Adrián aún detrás de mí, observándonos.

—Hazlo.

Eso parece dejarla sin palabras de nuevo.

—¿Qué?

—Hazlo, cuenta mi historia a todo el mundo. No me avergüenza —declaro, y es cierto—. Solo soy un reflejo de la realidad de muchas personas, la única diferencia es que mis heridas pueden verse, mientras que las de la mayoría de la gente no. Me he percatado de que la única razón por la que has tenido poder sobre mí es porque yo te lo he dado con mi miedo, pero se acabó, Yana. Ya no te tengo miedo, y eso te despoja de cualquier control sobre mi vida.

—Te vas a arrepentir.

—No lo creo. Esta chica fea y sin pelo natural ha superado cosas que dudo que incluso tu plan más extremo pueda igualar. —Dicho esto, me giro dándole la espalda.

Yana gruñe y se va por el pasillo hacia la fiesta.

Camino hacia a Adrián y le sonrío abiertamente.

—No tienes nada de que avergonzarte —le digo—. Además, te he *shippeado* con Ben desde el principio.

Adrián se queda sin palabras, pero al final sonríe y yo pongo la mano sobre su hombro.

—Cuando estés listo para gritarlo al mundo, estaré ahí para celebrarlo contigo. Tómate tu tiempo. —Él asiente—. Y no es una debilidad, Adrián. Quién eres, cómo eres, lo que has pasado y lo que te gusta jamás será una debilidad, ¿de acuerdo?

—Ok.

Levanto ambos puños.

—*Fighting!*

Él hace lo mismo.

—*Fighting!*

Ahora me cae mejor, ve dramas coreanos como yo. Estoy a punto de irme cuando él tira de mí y me abraza.

—No te conozco, pero lo que transmites es amor y aceptación. Muchas gracias, Klara.

Le sonrío al separarme y camino de nuevo hacia el balcón, donde está el chico que, más que mi *crush*, ha sido mi amigo. No puedo evitar que se me ensanche la sonrisa después de poner a Yana en su lugar y notar que el miedo que le he tenido ha desaparecido.

«Recuerda que cada derrota sigue siendo un avance que te llevará a una grandiosa victoria».

Siempre has tenido razón, madre, incluso después de muerta.

32

Confúndeme

—¿Color favorito?

—Morado. ¿El tuyo?

—Verde.

—Bien, mi turno —digo sonriendo.

Kang y yo hemos estado haciéndonos preguntas rápidas al azar. Es increíble lo mucho que puedes aprender de una persona con preguntas tan simples. He descubierto que, aunque es fan de muchas bandas de pop y de rock, le gustan mucho las bandas sonoras de algunas series y de algunas películas, le encanta escuchar música sin letra. También que su pasión por cantar nació escuchando este tipo de música, ya que quiso poner letra a esa música y acabó creando sus propias canciones. Estamos sentados en el pequeño banco de la parte cubierta del balcón. La nieve sigue cayendo y las vistas son perfectas. Estamos sentados con las piernas, frente a frente; es muy cómodo, no puedo negarlo.

—¿Pepsi o Coca-Cola?

—Coca-Cola —digo sin dudar—. La Pepsi es muy dulce.

—Eso no es cierto. —Arruga el entrecejo y su rostro se contrae ligeramente y, aun así, con ese aire confundido, está adorable—. ¡Saben igual!

—No has desarrollado bien tu sentido del gusto.

—Au.

—Tu turno.

Kang duda un segundo. Sus preciosos ojos negros miran a

un lado y a otro, como si no supiera si preguntar o no lo que tiene en mente.

—¿Kang?

—¿Comida favorita?

Algo me dice que no era eso lo que me iba a preguntar.

—Italiana. ¿Tú?

—Coreana.

—¡Claro! —Sonrío como una tonta—. Tiene sentido.

Espero la siguiente pregunta.

—¿Primer novio?

Es mi turno de fruncir el entrecejo. Abro la boca ligeramente: no esperaba esa pregunta.

—¿Ah?

Kang se aclara la garganta.

—¿Tu primer novio?

—Oh..., eh... Bueno... —Puedo sentir el calor invadiendo mis mejillas—. No... no tengo.

—Me refería a tu primer novio, no a si tienes novio actualmente —me aclara, notando que tengo las mejillas rojísimas.

—Es que... nunca he...

Y entonces Kang lo entiende.

—¿De verdad? Guau, no puedo creerlo. Eres tan... —se detiene y se lame los labios mientras mira a otro lado.

—¿Y... tú? ¿Primera novia?

Si me dice que es alguna de las brujas que son amigas de Yana, me decepcionaré un poco.

—Sexto de primaria —me confiesa avergonzado—. Se llamaba Ria, solo nos tomamos de la mano y fuimos novios una semana, pero yo creía que era el amor de mi vida. —Se ríe un poco y no puedo evitar reírme también.

Típico de esos amores del colegio.

No sé si es la comodidad de la situación o que ya hemos entrado en este tema, pero, sin poder contenerme, le pregunto:

—¿Tienes novia?

«Ay, Klara...».

—No.

Me siento idiota al notar que un rayo de esperanza se expande por todo mi ser.

«No, Klara, no; quedamos en que te olvidaras de esos sentimientos y disfrutaras de la amistad que Kang te brinda».

Lamentablemente, sus palabras me recuerdan lo que me contó Perla que Kang le había dicho cuando ella se le declaró: «Me dijo que él entendía el dolor de un amor no correspondido porque él mismo estaba enamorado de alguien que no podía tener, que lamentablemente su corazón tenía dueña, y que, aunque ella no sentía lo mismo por él, él la seguía queriendo y por eso nunca había salido con nadie en el instituto, ni pensaba hacerlo en el futuro».

¿Por eso no has tenido novia, Kang? ¿Aún estás enamorado de esa chica?

—Eso sí que no puedo creerlo —bromeo—. ¿Por qué?

Ladea la cabeza y me mira fijamente como si no quisiera perderse ni uno de mis gestos.

—Eres muy popular y...

—¿Tengo un aspecto saludable?

Eso me avergüenza, pero me hace sonreír como una tonta.

—Esperaba que ya no recordaras eso.

—Ya te he dicho que no olvido nada que tenga que ver contigo.

Bum, bum, bum... Mi corazón se acelera aún más. ¿Por qué me tiene que decir esas cosas? Nos miramos a los ojos un segundo que me parece eterno. Mi mirada baja a su boca y, por primera vez en mi vida, tengo curiosidad por saber cómo me sentiría si me inclinara un poco y presionara mis labios contra los suyos, que se ven tan húmedos y suaves. Sacudo la cabeza y giro la cara para mirar la nieve. Sin embargo, Kang me toma por sorpresa con la siguiente pregunta:

—¿Primer beso?

Trago saliva y me muerdo el lado del labio inferior sin mirarlo.

—No he tenido novio, así que... —Dejo la respuesta en el aire.

Noto la mano fría de Kang en mi mejilla para que gire la cara hacia él de nuevo. En el momento en el que nuestros ojos se encuentran, dejo de respirar. Su pulgar acaricia mis labios suavemente.

—No puedo creer que estos labios tan bonitos nunca hayan sido besados.

No sé qué decir. No puedo moverme, ni siquiera estoy respirando.

Me encanta lo que me acaba de decir, pero también me siento algo molesta: los amigos no se dicen cosas así ni se acarician de esta forma. He aceptado que Kang solo quiere ayudarme y estoy tratando de dejar de buscar un significado romántico a lo que me dice o a lo que hace, pero eso no le da derecho a darme esperanzas o hacer este tipo de cosas que se pueden malinterpretar. Eso me lleva a preguntarme si se comportó del mismo modo con Perla, porque eso explicaría por qué la pobre se confundió. Así que pongo mi mano sobre la suya y la aparto despacio de mi cara. Él parece confundido durante unos segundos.

—Kang... —comienzo porque no creo que pueda resistir mucho más todo esto—, sé que... ayudas a las personas como yo, Perla me lo ha contado... —noto que Kang se tensa—, y quiero darte las gracias por ello. Me parece muy noble que uses tu programa de radio para ayudar a la gente. —Tomo su mano entre las mías—. Muchas gracias por todo lo que haces, me siento afortunada de contar con tu amistad, pero... no tienes que hacer cosas como lo que acabas de hacer. Sé que tal vez quieres ayudarme con mi autoestima, pero no es necesario que vayas tan lejos.

Kang menea la cabeza, parece muy confundido.

—¿De qué estás hablando?

—No tienes que decirme que soy bonita o que mis labios son bonitos, ni acariciarme de esa manera solo porque quieres que me sienta mejor conmigo misma, sé que solo buscas ayudarme y, bueno, no quiero sonar como una desagradecida, pero eso me confunde... Te aseguro que estoy bien.

Kang frunce el entrecejo y libera su mano de entre las mías, poniéndose de pie. Yo también me levanto.

—¿Crees que te he dicho esas cosas solo porque quiero ayudarte?

—¿No es así?

Él no dice nada y se pasa la mano por el pelo, dándome la espalda.

—Kang, lo siento, no fue mi intención hacerte enfadar. Solo quiero evitar malentendidos, Perla me dijo...

—¿Perla? ¿Qué tiene que ver ella con nosotros? —Se gira hacia mí, esperando una respuesta.

«Nosotros».

—Ella es mi amiga y me ha contado que confundió tu amabilidad y se enamoró de ti... —Me armo de valor para decirlo—. Y no quiero que me pase lo mismo.

—¿Piensas que me comporto de esta forma con todas las chicas a las que trato de ayudar? —Suena herido—. ¿Crees que ando por la vida confundiendo a las chicas a las que ayudo para luego rechazarlas? ¿Eso es lo que piensas de mí?

—Kang...

—Guau... —Me da la espalda de nuevo, sosteniendo su cabeza entre las manos.

No entiendo por qué está tan enfadado; bueno, más que enfadado, parece muy herido.

Cuando se vuelve, se acerca a mí a pasos apresurados, obligándome a retroceder hasta que mi espalda choca con la pared que está a un lado de la puerta del balcón. Kang pone ambas manos contra la pared, acorralándome entre sus brazos. Sus ojos negros brillan. Se humedece los labios antes de hablar:

—No, Klara, nunca he hecho cosas como esta con nadie más. —Se inclina aún más. Noto que me cuesta respirar—. Sí he ayudado a muchas chicas, he hablado con ellas a través de mi programa de radio, pero jamás —su tono de voz suena frío y serio—, jamás he intimado con ellas como lo he hecho contigo. Si te digo que eres bonita, es porque eres jodidamente preciosa; si te digo que tu sonrisa es hermosa, es porque lo es hasta tal punto que me deja sin aliento y me acelera el corazón, y si te digo que tienes unos labios tentadores, es porque así lo creo, y desde que hemos entrado a este balcón me estoy muriendo por probarlos.

¿Lo he escuchado bien? Mis mejillas arden y mi acelerada respiración está fuera de control. Kang está tan cerca que puedo sentir el calor de su cuerpo contra el mío. Sus ojos se posan sobre mis labios y el anhelo en ellos es evidente. Se acerca a mí lentamente, como si temiera que fuera a alejarlo, pero al ver que no lo hago, sigue avanzando, hasta que deja de haber espacio entre nosotros. Cierro los ojos con fuerza, sintiendo los latidos de mi corazón en mi garganta.

Y entonces sus labios están sobre los míos.

Me tenso y aprieto los puños a mis costados. Sus labios son tan suaves como había imaginado. No sé qué hacer, nunca he besado a nadie, y ninguno de los dramas coreanos que he visto me ha entrenado para esto, así que le dejo tomar el control. Él comienza a mover sus labios contra los míos, rozándolos con suavidad y, torpemente, trato de seguirle el ritmo. Kang me presiona aún más contra la pared y mueve su cabeza a un lado, besándome con tanta delicadeza que siento cosquillas en el estómago. Tal vez yo no le esté devolviendo el beso de la forma más experta, pero el solo hecho de tener sus labios sobre los míos es suficiente para hacerme sentir en las nubes. Y en ese momento aprovecho para tomar su rostro entre mis manos y acariciarlo, algo que he querido hacer desde que lo conocí.

Cuando nos separamos, tardo unos segundos en abrir los ojos. Mi respiración y los latidos de mi corazón funcionan de manera errática. Me encuentro con la oscuridad y el brillo de los ojos negros de Kang. Me sonríe, y le aparecen los hoyuelos en las mejillas. Su voz es profunda, llena de emoción mientras pregunta:

—¿Primer beso?

No puedo evitar sonreír nerviosa.

—Kang.

33

Defiéndeme

No quiero abrir los ojos.

Los labios de Kang encontraron los míos de nuevo después de que le dije que mi primer beso me lo había dado él. La suavidad y la delicadeza con la que mueve sus labios sobre los míos tienen a mi corazón al borde del colapso, y mi respiración no está mucho mejor. No quiero que este beso termine, no quiero que este momento mágico llegue a su fin. No solo por lo especial, sino por todo lo que estoy sintiendo.

Todo el mundo habla del primer beso, pero nadie comenta qué hacer cuando termina. ¿Sonrío? ¿Hablo? ¿Le doy las gracias? No, claro que no. Cuando el beso termina, me toma un segundo abrir los ojos y mirar al chico cuya voz seguí durante tanto tiempo, cuyo programa fue mi ventana al mundo cuando estaba encerrada en mi habitación. Mi primer *crush*, mi primer amigo después de todo lo que pasé y mi primer beso. Mis ojos se encuentran con los suyos, y mi nerviosismo y mi miedo por el incómodo momento después de nuestro beso se desvanecen al perderme en su oscura mirada. El brillo de sus ojos me deja sin aliento. Sus labios están ligeramente enrojecidos por nuestro beso.

Y entonces entiendo por qué nadie habla de lo que ocurre después de un beso. Es un momento de profunda intimidad, de miradas compartidas, de complicidad... Es un momento en el que puedes ver claramente las emociones de la otra persona por el modo como se suaviza su expresión, por cómo se entrecierran sus ojos destellantes de sentimientos. Kang estira la mano hacia mí y acuna mi mejilla con delicadeza.

—¿Qué me has hecho, Klara? —me pregunta sonriendo—. Se me va a salir el corazón.

A mí también.

Abro mi boca para decirlo cuando la puerta del balcón se abre de golpe, y Kang y yo nos separamos tan rápido como podemos, pero por la expresión de la cara de Diego, creo que no hemos sido lo suficientemente rápidos.

—Lo siento, no quería... —mi pelirrojo amigo aprieta los labios aguantando una sonrisa— interrumpir, pero tenemos un problema.

—¿Qué ha pasado? —Doy un paso hacia él.

—Perla se ha peleado con Yana.

Al escuchar el nombre de esa chica tan llena de maldad, me tenso y los dos se dan cuenta.

—¿Dónde está? —pregunto, caminando hacia la puerta del balcón, donde está Diego. Kang me sigue en silencio.

—Está en uno de los cuartos. Ellie está con ella, pero no me han dejado entrar. Creo que deberíamos llevarla a casa.

Trato de recordar quién es Ellie. Es la lectora de nuestra clase, la chica callada que nunca despega los ojos de Diego y que me ha dedicado algunas miradas de odio porque creo que piensa que quiero quitárselo. Si supiera la realidad de todo...

Entramos en la casa y escuchamos el sonido de la música proveniente del piso de abajo. Durante un buen rato, me había olvidado de la fiesta por completo. Preocupada, interrogo a Diego:

—¿Por qué se ha peleado con Yana?

Diego se encoge de hombros.

—No me lo ha querido decir.

Esto no me gusta nada. Y tampoco ayuda el hecho de que algo le pasa a Diego. Se ha puesto tenso y serio nada más que he mencionado a Yana. Espero que ya no sienta nada por ella, aunque solo sé que Yana es su ex. No sé cómo terminaron o qué pasó, pero tengo la corazonada de que ella le rompió el corazón.

Al llegar al cuarto, Ellie abre la puerta ligeramente, sin dejarme entrar. Lleva puesta una bufanda de color café. Me saluda y luego me dice:

—Perla quiere que... —mira a Kang y luego a Diego— los chicos se queden fuera.

Los miro por encima del hombro dedicándoles una sonrisa. Diego asiente y Kang me hace el gesto de que entre sola.

—Esperaremos aquí.

Entro y me encuentro a Perla sentada en la cama con las manos a los lados de los muslos, aferrándose a la orilla de la cama.

—¿Perla?

Levanta la mirada y me sonríe. Pero no es una sonrisa genuina, y entonces veo que tiene el cuello lleno de rasguños.

—¿Qué ha pasado?

Me acerco a ella para mirar su cuello. No son rasguños profundos, pero la mayoría están hinchados y hay dos que tienen una ligera línea de sangre brotando de ellos.

—Por Dios, ¿estás bien?

Perla mantiene esa sonrisa tranquila, tratando de hacerme creer que todo está bien.

—Son solo rasguños, ella quedó peor, créeme.

—¿Qué ha pasado? —Me siento a su lado en la cama.

—¿Qué ha pasado...? —repite ella, y deja salir un largo suspiro antes de mirarme—. Pues que estoy cansada, que me he dado cuenta de que el mundo no se arreglará solo, que, si no le hacemos frente a gente como Yana, nada cambiará.

Sé a lo que se refiere, lo he pensado muchas veces. Si queremos un cambio positivo en el mundo, tenemos que empezar con nosotros, con las personas que nos rodean.

Generalmente, no hacemos nada porque pensamos: «¿Qué va a cambiar con que yo haga una pequeña cosa en un mundo de miles de millones de personas?». Pero un cambio, por pequeño que sea, puede significarlo todo para una persona, y eso es más que suficiente. Miro a Ellie y ella aparta la mirada con tristeza.

—¿Qué hizo?

—Estaba metiéndose con Adrián y con Ben —explota Perla—, insultándolos. Y luego —mira a Ellie un ligero segundo— comenzó a incordiar a Ellie, a llamarla bicho raro y a preguntarle que qué hacía aquí.

No me atrevo a mirar a Ellie porque no quiero incomodarla.

—Y de repente lo vi todo rojo —continúa Perla—. No pude controlarme, nunca había sentido la necesidad de hacer daño a otro ser humano hasta esta noche, Klara. Nunca he tenido siquiera una discusión fuerte con alguien, pero al parecer hay una capacidad de violencia en mí que desconocía.

—Todos podemos llegar a comportarnos de forma violenta, Perla. Algunos somos capaces de controlarnos mejor que otros, pero honestamente, y espero que no se lo digas a mi hermana, me alegro de que te hayas enfrentado a esa chica. Sin embargo, la violencia no es el camino.

—Disfruté de cada bofetada y de cada golpe que le di, Klara. Me asusta lo mucho que disfruté. Espero que eso le sirva de lección y nos deje en paz.

—¿Cómo están Adrián y Ben?

—Bien, se fueron después de la pelea. La verdad es que casi nadie le prestó atención cuando se metió con ellos, pero, desgraciadamente, ya tenía público cuando comenzó con Ellie.

Esta vez no puedo evitar mirarla.

—Lo siento. —No sé por qué me disculpo, tal vez me estoy disculpando por el mundo, por la existencia de gente como Yana.

—Estoy bien —me asegura.

—Ellie...

—Está bien, no podía ser una noche perfecta.

Y eso me entristece aún más, porque Ellie salió de su caparazón para ir al partido y luego venir a esta fiesta. Se estaba esforzando para mejorar su vida social, para salir del mundo de sus libros, y que gente como Yana se dedique a sabotear sus esfuerzos me parece una mierda.

Perla se levanta y se acerca a nosotras.

—No sé cómo salir. Estos rasguños son demasiado escandalosos y no quiero que los chicos los vean.

Ellie se quita la bufanda, y Perla, al entender sus intenciones, levanta las manos.

—No, no; no tienes que...

—Oh, vamos... —la interrumpe Ellie y le pone la bufanda alrededor del cuello. Luego, sonriéndole dulcemente y aún sujetando la bufanda, le dice mirándola a los ojos—: Gracias.

Un pequeño cambio puede significarlo todo para una persona.

Perla le devuelve la sonrisa y pone su mano sobre la de ella.

—No tienes que agradecerme nada. Ha sido un honor poner en su sitio a esa bruja. Además —le da una palmada en la mano—, hemos sacado algo bueno de esto.

—¿El qué? —pregunta Ellie frunciendo el ceño.

—Has sacado la nariz de tus libros y nos has hablado. Ya no hay vuelta atrás, ahora estás atrapada en nuestras redes.

—Así es —convengo—. Ahora no podrás deshacerte de nosotras fácilmente.

Ellie se ríe un poco.

—Podremos ser como los tres mosqueteros —dice Perla, y este comentario me hace recordar la conversación que tuvimos el otro día sobre que estaría bien añadir a otra chica a nuestro pequeño grupo—; bueno, como una versión dolorosamente realista de los tres mosqueteros.

—Pero una versión igual de maravillosa —comento, riendo un poco.

Perla asiente.

—La realidad no es perfecta o sin dolor todo el tiempo, pero eso no le quita su particular belleza.

Ellie se pone la mano en el pecho dramáticamente.

—Es un honor unirme a ustedes.

Perla y yo la imitamos, llevando nuestras manos al pecho.

—Un honor —declaramos muy serias, y al cabo de un segundo empezamos a reírnos a carcajadas.

Un golpe en la puerta nos devuelve a la realidad.

—¡Ey! ¿Todo bien? —La voz preocupada de Diego al otro lado de la puerta.

—¿Lista para irnos a casa? —le pregunto a Perla.

Ella asiente y veo que Ellie disimula y se acomoda el cabello. Había olvidado mi sospecha de que a ella le gusta Diego. Y cuando abrimos la puerta, me doy cuenta de que también había olvidado a ese chico alto al que he besado hace unos minutos y cuyos labios aún siguen ligeramente rojos. Cuando lo veo, mis mejillas se sonrojan de inmediato.

—¿Nos vamos? —me pregunta Diego, que mira a Perla y luego a Ellie, quien a su vez pasea la mirada por todos lados para evitarlo.

Perla le sonríe en un intento de disminuir la tensión.

—Sí, vamos.

Se me ocurre una idea.

—¿Ellie?

—¿Sí?

—¿Tienes cómo irte a casa?

—Eh, sí, sí... Me iré en taxi, no te preocupes.

—Claro que no, puedes venir con nosotros. Kang tiene que llevar a Diego a buscar su coche. Lo ha dejado en el campo de fútbol. Estoy segura de que luego Diego puede llevarte a casa.

Mi amigo pelirrojo me mira extrañado.

—Claro —le dice Kang a Ellie—, ven con nosotros.

34

Recuérdame II

Me alegra decir que el viaje de regreso en el coche de Kang resulta divertido.

Diego no para de hablar de todas las locuras de la fiesta; es como si supiera que en el momento en que el silencio reine entre nosotros, puede que nos sintamos algo incómodos. Ellie se dedica a mirarlo cuando él no se da cuenta y Perla se ríe de las cosas que explica.

En cuanto a mí, voy en el asiento del copiloto, sentada al lado de Kang, riéndome de vez en cuando de las cosas que dice Diego. Evito mirar a Kang, porque cada vez que lo hago solo puedo pensar en su rostro cerca del mío y en la sensación de sus labios suaves sobre los míos. Mi corazón no ha latido a un ritmo normal desde que me he montado en el coche, pero he mantenido la calma.

Inquieta, miro a Kang de reojo y justo en ese segundo él me echa un vistazo y nuestras miradas se encuentran. Sus labios se curvan en una sonrisa de complicidad antes de volver a mirar el camino frente a él.

Siento ese hormigueo familiar en el estómago. Jamás pensé que los sentimientos podrían hacerte experimentar tantas reacciones físicas.

A la primera que dejamos en casa es a Perla, porque vive antes de llegar al campo de fútbol. Mi plan de Cupido está funcionando hasta ahora.

Una vez en el aparcamiento del campo, Kang se detiene, y Diego sale del coche, seguido de Ellie. Yo bajo el vidrio.

—Llévala a casa —le indico a Diego guiñándole un ojo a Diego, o bueno, eso intento, porque nunca he podido hacerlo bien.

Él me dedica una mirada extrañada.

—¿Qué le pasa a tu ojo?

Me aclaro la garganta.

—Buenas noches —le despido, y añado en un susurro para que solo él me oiga—: Cangurito.

—Klara...

Subo el vidrio soltando una risita malvada. Cuando me enderezo en mi asiento, siento la mirada pesada de Kang sobre mí.

—¿Conocías a Diego de antes? —Su voz es neutra, y sé que se refiere a si lo conocía de antes que yo empezara a venir a este instituto.

—Eh, algo así.

—¿Algo así? —Kang levanta una ceja.

—Es una larga historia —le respondo, siendo consciente de que estamos solos.

Estamos solos otra vez, y la última vez que pasó eso, terminamos besándonos. Kang no dice nada más y comienza a conducir después de que le doy mi dirección. El olor de su colonia se mezcla con el aroma del ambientador que tiene colgando del vidrio retrovisor.

Tomo una respiración profunda y la dejo salir en un largo suspiro.

—¿Qué tal tu primera fiesta? —me pregunta Kang, girando el volante y deteniéndose frente a mi casa.

—Nada mal, chocolate caliente, una pelea, una nueva amiga y... —Trago saliva, pero no digo nada más.

—¿Y?

—En resumen, una fiesta con sus altibajos.

Kang se gira hacia mí en su asiento.

—¿No se te está olvidando algo?

Jamás lo olvidaría, pero no puedo decirlo. Él sonríe y los hoyuelos de sus mejillas me derriten.

—¿Qué? —pregunto, nerviosa.

—Creo que necesito recordarte algunas cosas de esta noche que parece que has olvidado.

Kang se quita el cinturón de seguridad y yo dejo de respirar. Se inclina sobre mí, y su rostro se acerca al mío a una lentitud que me permite disfrutar de cada detalle de sus atractivas facciones antes de que sus labios se encuentren con los míos.

Mi segundo beso.

Quisiera decir que de alguna forma mágica ya soy una experta después de un beso, pero no es así: aunque no es tan difícil como la primera vez, sigo torpemente su ritmo. Pongo las manos sobre sus hombros y lo beso sintiendo los latidos de mi corazón en la garganta y los oídos. Al separarnos, Kang sonríe sobre mis labios.

—¿Ya has recordado?

—Creo que sí...

Se aleja de mí y se endereza en su asiento.

—¿Qué tipo de películas te gustan? —me pregunta sin más. Y yo ni siquiera sé cómo se habla, cómo se respira, cómo nada.

—Eh..., películas normales.

Ay, Klara, ¿qué clase de respuesta es esa?

—¿Películas normales? —Kang se ríe un poco y me echo a reír también.

—Quiero decir que no hay un género concreto que me guste. Si la trama me llama la atención, no me importa el género.

—Vale, bueno, revisa la cartelera de cine esta semana y escoge una, ¿de acuerdo?

Lo miro confundida.

—Me gustaría ir al cine contigo, Klara.

—Oh.

—Es una cita.

—Oh.

Kang se ríe, y está tan guapo cuando lo hace que me entran ganas de hacerlo reír todo el tiempo.

—¿Te parece el miércoles después de que termine el programa?

—Sí, claro. Se lo comentaré a mi hermana, sin embargo.

—De acuerdo.

Las luces de un coche nos alumbran un segundo, captando nuestra atención. Es el de mi hermana entrando en el garaje abierto de casa. Kamila se baja con dos bolsas de compras, y no me sorprende: mi hermana es el tipo de persona que va a comprar después de las once de la noche. Walmart, que cierra a las dos de la mañana, es una bendición para ella.

Veo que Kang se tensa al ver a Kamila rodeando el vehículo para ir hacia la entrada de la casa.

—¿Kang? —lo llamo.

No me responde. Tiene los ojos fijos en ella, ligeramente abiertos como si estuviera sorprendido. ¿La conoce?

—Kang —lo llamo de nuevo, y esta vez él parece reaccionar y me mira forzando una sonrisa—, ¿conoces a mi hermana?

—Algo así.

—¿Algo así? —Sé que está usando mis palabras.

—Es una larga historia.

No le presiono ni exijo una respuesta porque él no lo hizo cuando me preguntó por Diego.

—Debo entrar —le digo—. Buenas noches, Kang.

—Buenas noches, Klara con K.

Eso me hace sonreír y me bajo del coche, pero me quedo en la acera despidiéndome de él con la mano mientras él comienza a alejarse calle abajo. Me meto las manos en los bolsillos y me dirijo a la puerta de casa, sin poder evitar la sonrisa que curva mis labios. El camino en nuestro jardín está cubierto de la nieve que cayó hace un rato.

¡Qué noche!

Con cada paso que doy hacia la puerta, mi sonrisa se hace más amplia. Kamila sale de casa, al parecer aún tiene bolsas que buscar en el coche, pero se para en la puerta, observándome.

—¿Y esa sonrisa?

Me encojo de hombros, y cuando doy otro paso, no veo la capa de hielo que cubre parte del camino y me resbalo y me caigo de culo en la nieve.

—¡Por Dios! ¡Klara! —Kamila se acerca corriendo a ayudarme, pero también se resbala y se cae delante de mí, estrellándose conmigo ligeramente. Las dos nos reímos a carcajadas. Me siento tan feliz.

—¿Estás bien? —Kamila me pregunta entre risas.

—Perfecta —le contesto, pero estoy empezando a tener frío porque tengo la ropa empapada por culpa de la nieve.

Kamila sostiene mi cara con ambas manos.

—Hace tanto tiempo que no te veía reír así... —Su voz está llena de sentimiento—. Estás preciosa.

Pongo mis manos sobre las de ella.

—He sobrevivido tantas tormentas que ahora soy una vista hermosa.

Y ahí, en medio de la nieve, después de caernos y con frío, seguimos riéndonos, porque la belleza de la realidad de la vida está en que los momentos más simples como estos son inigualables, inolvidables, y los que nos motivan a creer que, sean cuales sean nuestras debilidades o nuestras cargas, podremos volver a reír un día.

35

Acompáñame

No puedo negar el miedo que me recorre al cruzar las puertas del instituto.

Tengo miedo de lo que Yana pueda hacer después de lo que pasó con Perla, y extrañamente, no es por mí por quien temo, sino por Perla y Ellie, en especial por Ellie, porque sé que Perla ha desarrollado un caparazón con que protegerse de muchas cosas. De ninguna forma quiero decir que Ellie sea débil, pero, de las tres, presiento que es la más vulnerable a cualquier humillación que Yana haya preparado.

Una parte de mí espera que la pelea del viernes le haya hecho entrar en razón, pero tengo el presentimiento de que Yana no es del tipo de personas que deja pasar cosas como esa. Al enfilar el pasillo de las taquillas, escucho risas y susurros, y en la lejanía puedo ver a Ellie frente a su taquilla cogiendo cosas con ferocidad y lágrimas en los ojos.

Oh, no. Me agarro de las tiras de la mochila y me apresuro hacia ella.

—¡Ellie!

Ella me lanza una mirada rápida antes de recoger su mochila del suelo y pasarme por un lado para salir de ahí.

—Ellie...

Mis ojos caen sobre su taquilla. Hay un montón de papeles pegados con dibujos de caricaturas con gafas llorando: «Soy Ellie y hago lo que sea para llamar la atención porque soy una perdedora». Arranco furiosa un papel que dice: «¿Quieres ser mi amigo?». Al girarme me encuentro con un montón de adolescentes: unos están susurrando, otros me miran con lástima y otros sonríen mientras siguen haciendo comentarios sobre lo que ha pasado. Solo puedo ver la espalda de Ellie caminando, ya está casi al final del pasillo. Corro hacia ella y la alcanzo cuando llegamos al baño, donde ella se encierra en uno de los cubículos.

—Ellie...

—Estoy bien, Klara. —Su voz está llena de dolor y sé que está llorando.

—Ellie, abre la puerta.

—Estoy bien, de verdad, ya debería estar acostumbrada a esto.

—Nadie tiene que acostumbrarse a cosas así. Vamos, iremos a dirección y acusaremos a Yana, sabemos que fue ella.

—¿Crees que eso lo arreglará? Tal vez la expulsen unos días, pero luego volverá y seguirá atormentándome.

—Ellie —llamo a la puerta—, por favor, ábreme.

Ella accede y se me parte el corazón al ver lo roja que tiene la cara porque está llorando. Está sentada encima de la tapa del sanitario, sorbiendo por la nariz y con los ojos llenos de lágrimas.

—Oye, tienes razón —le digo agachándome frente a ella y conjurando mi mejor sonrisa—, la expulsarán unos días y luego ella volverá como si nada, pero si vuelve a molestarte, volveremos a decírselo a la directora, y ya veremos cómo le van las notas si sigue siendo expulsada. Si nos quedamos sin hacer nada, esto no se solucionará por sí solo. Además, olvidas algo muy importante, Ellie.

—¿Qué?

—Ya no estás sola —le sonrío de nuevo, agarro sus manos entre las mías—, ya no estás sola —le repito, y eso le hace sonreír.

Vamos a dirección para informar de lo que ha hecho Yana, pero no funciona como esperaba.

—¿Tienen pruebas? ¿Alguien la vio hacerlo? —pregunta la señora Leach, nuestra directora.

—No, pero sabemos que fue ella.

—Y no dudo de sus palabras, chicas, pero para hacer una acusación como esa, necesitamos pruebas, en especial, en un tema tan delicado como el acoso escolar.

—Señora Leach, Yana se está vengando. Se peleó con Ellie y Perla en la fiesta del viernes, después del partido, y estamos seguras que...

—Klara —me detiene la directora—, eso ocurrió fuera del instituto, así que no puedo intervenir, solo puedo intentar ayudar con lo que pasó aquí. Hablaré con Yana.

—Lo negará, por supuesto.

—Lo siento, es todo lo que puedo hacer.

Ellie y yo compartimos una mirada decepcionada. Así que aquí es donde nos falla el sistema, por eso tantas personas que sufren acoso escolar no dicen nada, porque en algunos casos nadie hace nada para ayudarlas. Te dicen que hables, que no te quedes callado, pero por lo menos aquí, en Cooper, eso es solo pura palabrería, porque, cuando llega el momento, no hacen nada.

Salimos del despacho de la directora para ir a nuestra primera clase y puedo ver la tristeza en el semblante de Ellie. Le doy un abrazo de lado.

—Todo va a ir bien —le prometo honestamente.

—¡Chicas! —Perla aparece frente a nosotros con su cabello trenzado a los lados de la cara. Está guapísima—. ¿Estás bien? —le pregunta a Ellie.

Ella asiente.

—Me han contado lo que ha pasado... ¿Qué les ha dicho la directora?

—Que hablará con Yana, pero estoy segura de que lo negará todo.

—Ah, por supuesto que lo hará, esa víbora...

Alzo una ceja.

—¿Víbora? Guau, tus insultos están evolucionando.

Ellie sonríe, y no sabe lo mucho que me alegra verla sonreír.

—Si vamos a ser un grupo, necesitamos mejores insultos —nos dice mientras vamos hacia nuestra clase.

—A ver —la motiva Perla—, ilumínanos con tus conocimientos.

—He leído mucho, así que mis insultos no solo serán cultos, sino que solo los entenderán las personas que leen tanto como yo.

Perla y yo compartimos una mirada confusa.

—Nosotras no leemos mucho —admitimos.

—No se preocupen, a ustedes les explicaré cada insulto.

—Perfecto.

Casi llegando a nuestra clase, las miradas sobre Ellie son obvias y los susurros también. Tomo su mano y le sonrío, tratando de transmitirle que todo irá bien. Perla gruñe y se gira hacia la gente que dejamos atrás en el pasillo.

—¡¿Qué es lo que miran?! —les grita, y todos apartan la mirada—. ¿No tiene nada mejor que hacer que cuchichear? Aquí los únicos perdedores son ustedes. —Y les saca el dedo, y yo abro la boca sorprendida.

Seguimos caminando, y Ellie se ríe y le da las gracias a Perla.

El simple hecho de tener alguien, de no estar solo en momentos difíciles, hace que todo sea muy diferente. Entramos en clase, y ya todos están en sus asientos, incluido Diego, que lleva puestas unas gafas de sol y tiene la cabeza sobre la mesa. Estoy segura de que está dormido. Me siento detrás de él y empiezo a pincharle en la espalda con el lápiz hasta despertarlo.

—No estaba dormido —afirma, poniéndose bien las gafas.

—Tienes un poco de baba aquí —se burla Perla, señalando su boca.

El muy tonto se limpia, aunque no tiene nada.

—¿Te quedaste jugando a videojuegos hasta tarde de nuevo? —le pregunto, aunque sé que así es.

—¿Videojuegos? Tal vez estuve de fiesta con un montón de chicas guapas —me responde sonriendo, y lo miro con incredulidad—. Bien, sí, estuve jugando. Es que el tiempo vuela cuando estás jugando en línea. Por cierto, jugué en línea contra Kang ayer, y le pateé el trasero.

—No te creo.

Él jadea exageradamente y se quita las gafas de sol.

—Me ofendes.

—¿Cuál es tu usuario? —Ellie habla tan bajito que nos cuesta oírla, pero aun así me alegro de que esté siendo valiente y se atreva a hablar con Diego—. Quizá podamos jugar en línea tú y yo —añade tras aclararse la garganta.

—Sin ofender, Ellie, pero no quiero derrotarte.

Ella alza una ceja.

—¿Crees que no puedo ganarte porque soy una chica?

Diego se rasca la nuca.

—No, no; no he querido decir eso.

—Entonces acepta el reto... ¿O es que me tienes miedo?

Diego sonríe socarrón.

—Reto aceptado.

Se quedan mirándose y Perla y yo compartimos una mirada cómplice, apretando nuestros labios para no sonreír como tontas porque, aunque Diego no se haya dado cuenta, hay química entre ellos, puedo sentirla en el aire y no sé cómo explicarlo.

Guau, Klara, apenas te han dado tu primer beso y ya te crees una experta en el amor. Mis mejillas se calientan al recordar el rostro de Kang cerca del mío, el brillo de sus ojos, la sensación de sus labios sobre los míos... Una parte de mí aún no se cree lo que ha pasado. Este fin de semana apenas he podido dormir ni prestar atención a lo que Kamila y Andy me decían.

Espero no ponerme muy nerviosa cuando hoy vea a Kang por ahí en los pasillos. Nos hemos enviado mensajes, pero no nos hemos visto desde la fiesta del viernes. Desde que nos besamos.

Sonrío como una tonta cada vez que pienso en mi primer beso. Sacudo la cabeza para prestar atención a la clase.

En la cafetería, me estoy riendo con Diego, que se ha puesto una patata frita sobre el labio superior como si fuera un bigote y está imitando al profesor de química. Ellie lo observa y se le escapa un suspiro. Perla, por su parte, sacude su cabeza y le dice que está loco.

—¿Han visto la nueva película de acción? —pregunta Diego—. Deberíamos ir juntos, las películas son más divertidas cuando las ves en grupo.

—Me gustan más las de terror —dice Perla—. Sangre y muerte.

Diego hace una mueca.

—Siempre me has parecido una chica muy dulce... —ironiza.

—A mí también me gustan más las de terror —interviene Ellie.

Me alegro tanto de que ya esté cogiéndonos confianza y soltándose a hablar más... Además, parece que se ha olvidado de la desagradable sorpresa de la primera hora de la mañana.

—Pero no me gustan esas en las que todo es sangre y muerte, sino las de suspense y las de terror psicológico.

Diego menea la cabeza.

—¿Con quién me he juntado? —suspira—. En fin, sea cual sea la película, deberíamos ir al cine, ¿no?

Eso me recuerda mi cita con Kang para ir al cine el miércoles. ¡Solo faltan dos días! Tengo que acordarme de decírselo a Kamila... De repente, recuerdo la extraña reacción de Kang cuando vio a mi hermana. Me muero por preguntarle sobre eso, pero no quiero incomodarlo. Estuve a punto de preguntarle a Kamila, pero no me atreví.

—Sí, me parece una idea genial. ¿Vamos el fin de semana? —pregunta Perla, y yo asiento, porque no tengo planes; de hecho, creo que es la primera semana en mucho tiempo que saldré dos veces: una con mis amigos y otra con... Kang.

Si hace un mes me hubieran dicho que estaría viviendo este momento, me habría parecido increíble. ¿Yo, con amigos? ¿Yo, en bachillerato? ¿Yo, saliendo con mi *crush*? Imposible. Eso ha sido lo más difícil de la depresión, creer que esa tristeza y ese miedo sería todo lo que iba a tener en mi vida, que nunca mejoraría, que todos los días serían iguales: vacíos, sin sentido y dominados por el miedo permanente. Es tan fácil subestimar nuestra fortaleza, nuestra capacidad de progresar, de dar un paso tras otro sin importar lo pequeño que sea o cuántos pasos retrocedas en una recaída, porque todos nos ayudan a avanzar en el camino a la recuperación.

Esos pequeños pasos a los que no damos importancia se van sumando y nos ayudan a empoderarnos poco a poco, a fortalecer nuestra mente, hasta que un día te encuentras riendo tan abiertamente que te duelen las mejillas y el estómago, y te das cuenta de que tu vida será mucho más que solo tristeza y miedo.

De que tú eres mucho más que tristeza y miedo.

Y que, después de haber luchado tanto, eres un ser humano con una mente fuerte, con empatía y habilidad para entender a los demás, para ayudar a quienes están luchando por superar sus propios miedos, paso a paso —miro a Ellie, que se está riendo—, y también a quienes ya transitan por sus vidas con la suficiente decisión —mi mirada recae sobre Perla, que está poniendo los ojos en blanco por algo que ha dicho Diego—, e incluso a aquellos que ocultan sus dudas y temores detrás de sonrisas. Diego me sonríe y me saca la lengua.

Y aunque nuestros pasos sean algo que necesita ese primer empujón individual, esa fortaleza en nuestro interior, la compañía y la mano extendida de alguien sonriendo y diciendo que todo estará bien te puede ayudar a dar un pisotón tan fuerte que hará que tus miedos se agrieten un poco. Porque no hay nada más poderoso que un ser humano que ha luchado, que ha sobrevivido, que sabe cómo se siente y puede extender su mano a otros con una sonrisa, asegurando que sí se puede salir adelante, que ellos son prueba de ello.

Así que observo a mis amigos con una sonrisa, porque sé que juntos daremos un pisotón sin igual.

36

Felicítame

—¿Cómo te sientes?

La pregunta del doctor B no me sorprende. Estoy sentada en el cómodo asiento a un lado de su consultorio. Honestamente, estoy muy emocionada de estar aquí con mi psicólogo de nuevo, quiero contarle todos mis progresos, quiero contarle que he hecho amigos, que he superado un ataque de pánico sola, que he conocido al chico que me alegraba los días con su voz. Quiero decirle que ha tenido razón todo este tiempo, que sí puedo salir adelante, que no es fácil, pero es posible, tan posible como la sonrisa genuina que se forma en mis labios al responderle.

—Estoy... estoy bien. —Por alguna razón, mi voz se rompe un poco porque hacía tanto tiempo que no podía decir esta frase... Aprieto los labios y noto que los ojos se me llenan de lágrimas. El doctor B me sonríe abiertamente.

—Me alegra mucho escuchar eso, Klara. —Me pasa la caja de pañuelos—. Nada más refrescante que lágrimas de alivio, de emoción, ¿no es así?

Asiento en silencio.

—Imagino que tienes mucho que contarme. Un chocolate caliente sería un acompañante perfecto, ¿no crees?

Asiento de nuevo y él se pone de pie para prepararlo en una máquina instantánea que tiene detrás de su escritorio. El olor de chocolate caliente llena el consultorio y él me pasa mi taza. Le doy un sorbo antes de empezar a contárselo todo.

El doctor B me escucha atento. Veo cómo se le ilumina la

cara; en especial, cuando le cuento lo del ataque de pánico en el partido de fútbol.

—Bravo, Klara. ¿Te has permitido felicitarte a ti misma, ahí frente al espejo o a solas, decir en voz alta lo orgullosa que estás de ti misma?

—No.

—Nos resulta fácil decirnos en voz alta las cosas negativas que pensamos sobre nosotros mismos, pero no tanto decirnos algo positivo o felicitarnos por un logro. ¿Sabes por qué? Porque después de pasar tanto tiempo en ese lugar de tristeza y miedo, te acostumbras a resaltar lo malo, a expresar solo lo malo. De alguna forma, olvidas que lo bueno también tiene derecho de ser dicho, de ser expresado y que está muy bien que te sonrías a ti misma frente al espejo y le felicites por lo que has logrado.

—Creo que no podría hacer eso sin llorar, soy una sensible.

—Pues llora —dice encogiéndose de hombros—. Las lágrimas también nos ayudan a expresar nuestras emociones, nuestros sentimientos profundos, porque estos a veces son difíciles de traducir en palabras. Tus emociones son válidas, tus lágrimas también lo son, al igual que tus carcajadas y tus sonrisas. Todo lo que eres como persona es válido y maravilloso.

—Aún no me puedo creer que esté mejorando, que esto sea posible. El mundo —pienso en Yana y sus amigas— asusta a veces, pero ser capaz de estar ahí, de ser parte de ese mundo me emociona mucho porque significa que... —me lamo los labios—, que ya no estoy aterrada, que puedo salir de casa, que puedo ser... normal.

—Siempre has sido normal, Klara. —Me sonríe—. Pero has tenido tus batallas, y has tenido que luchar por tu salud mental.

—No ha sido nada fácil —admito, limpiando una lágrima que se me escapa.

—Nadie ha dicho que lo haya sido. Te has convertido en una guerrera. Estoy muy orgulloso de ti, Klara con K. La chica que entró a mi consultorio hace seis meses por primera vez, temblando, agarrada a la mano de su hermana —mientras lo dice me puedo ver entrando a este lugar aquella tarde, muerta de miedo por estar fuera de casa—, está ahora frente a mí contándome que tiene amigos, que sale sin compañía, que ha superado sola un ataque de pánico... ¿Te das cuenta de lo orgullosa que tienes que estar de ti misma?

—Sí.

—Quiero que, después de esta sesión, vayas a casa y te felicites por todo lo que has logrado, ¿de acuerdo?

—De acuerdo.

Al llegar a casa, entro a mi habitación y cierro la puerta con lentitud. Mis ojos observan mi cuarto con nostalgia, recordando que este era el lugar que más conocía, mi lugar seguro, del que poco salía. Puedo recordarme caminando de un lado a otro, también sentada en una esquina del suelo llorando, abrazando la foto de mi madre, acostada en la cama con los auriculares puestos escuchando el programa de Kang, incapaz de mirarme al espejo porque no podía hacerlo sin sentirme fatal.

Me acerco al espejo y mi reflejo me recibe como siempre, pero ahora no me siento mal.

—Yo —comienzo, siguiendo el consejo del doctor B— he hecho un buen trabajo. —Mis ojos se enrojecen—. He superado muchas cosas, me he caído, me he levantado, ha dolido, ha quemado, pero aún estoy aquí. —Noto cómo se deslizan las lágrimas por mis mejillas—. Soy una chica muy fuerte, estoy orgullosa de mí misma. —Me quito la peluca y acaricio mi pelo corto—. He vencido muchos de mis miedos, y es hora de trabajar mi autoestima. No me esconderé más; mis heridas, mi sufrimiento no es algo de lo que tenga que avergonzarme.

Pongo mi mano sobre el espejo.

—Lo he logrado, he salido de aquí, he hecho amigos...

Felicidades, Klara. —Se me escapa un gemido—. Mamá, debes de estar tan orgullosa de mí, ¿no es así, mami? —Miro la foto de las dos a un lado del espejo y levanto el brazo, flexionándolo para mostrar mis bíceps—. Soy fuerte —afirmo alzando la voz—. Soy muy fuerte, mamá.

La sonrisa de mi madre en la foto me da tanta paz, tanta tranquilidad... casi puedo verla detrás de mí en el reflejo del espejo, sonriéndome y abrazándome por detrás para besarme a un lado de la cabeza.

«Eres una campeona, mi niña».

Cierro los ojos, recordando su voz.

«Si tan solo pudiera verte otra vez, mami. Sentir tu calor, tu olor en un largo abrazo».

Me abrazo a mí misma con delicadeza. Intento recordar aquel último abrazo que me dio, porque me da energía, me da fortaleza. No quiero que su muerte sea solo un motivo de tristeza, quiero que también sea algo me dé fuerza, que me dé valor para seguir adelante, porque mi madre se merece mucho más que ser un recuerdo triste. Ella fue una mujer emprendedora, independiente, que nos regaló la mejor infancia a mí y a mi hermana. Se merece ser honrada de manera positiva.

«Nunca voy a olvidarte, mamá. Siempre estarás en mi corazón, en cada lucha, en cada victoria, en cada derrota, porque eres parte de mí, aunque ya no estés conmigo».

—¿Klara? —Kamila llama la puerta.

—Pasa.

Entra con una caja mediana en las manos. Andy está detrás de ella con otra caja más grande.

—Pero ¿qué...? —empiezo a decir frunciendo el entrecejo.

Kamila me da la caja y la abro. Es una cámara instantánea. Andy pone la caja grande sobre la cama y también la abro. Es un tablero de corcho con bordes de madera para colgar fotos.

—Hace días dijiste que te gustaría hacer fotos de todos tus avances y colgarlas en algún sitio para poder verlas —me dice

Kamila mientras miro la caja con la cámara. Por lo visto, imprime las fotos apenas las toma—, así que decidimos sorprenderte con esto.

Sonrío, y la abrazo. No puedo tener una mejor hermana, alguien que recuerda con tanto detalle todo lo que digo.

—Gracias —le susurro antes de soltarla para abrazar a Andy.

Cuando me separo de él, la emoción me recorre al ver la caja. Estoy deseando armarla y colgar en ella las fotos que tome. Será mi primer proyecto artístico en mucho tiempo.

Mi primer paso para volver al arte. Un paso más.

Nada se resuelve de un día para otro, pero mientras sea constante, sé que podré lograrlo. Llegará el día en que pueda sostener un pincel de nuevo.

Kamila se sienta en mi cama y Andy se apoya en el marco de la puerta.

—¿Cómo va todo? —me pregunta mi hermana mientras me siento en una mullida silla que tengo en la esquina de mi habitación para abrir la caja de la cámara.

—Bien...

Oh, tengo que decirle que he quedado con Kang, y noto que me pongo roja.

—De hecho, esta noche voy a salir.

—¿Oh? —Kamila suena sorprendida, y no la culpo—. ¿Y adónde vas?

—Al cine —murmuro.

—¿Con quién?

Andy parece darse cuenta del rojo de mis mejillas y se aclara la garganta.

—Creo que va con sus amigos. —Andy tiene la capacidad de leerme la mente y notar cuándo no quiero contar alguna cosa. Creo que es mucho más hábil leyéndome que mi hermana, a pesar de que ella es psiquiatra.

—¿Amigos? —Kamila comenta emocionada—. ¿Cuándo

vamos a conocerlos? Puedes invitarlos a casa, prepararé una cena, puedo...

—Kamila... —la interrumpe Andy.

—Lo siento, lo siento... Estoy siendo demasiado... —se disculpa—. Todo a su tiempo. Los conoceremos cuando tú quieras que los conozcamos.

Eso me hace sonreír. Se complementan tan bien... Kamila es demasiado intensa, como decía mi madre, y demasiado analítica, siempre le da vueltas a todo, mientras que Andy es práctico, directo, de ese tipo de personas relajadas que van con el ritmo de la vida. No he visto una pareja que se complemente tan bien como ellos dos. Supongo que hay personas que están hechas para estar juntas.

—Bueno, te dejamos trabajar. —Kamila se levanta—. Me muero por ver tus primeras fotos. —Me sonríe—. Por cierto, ¿a qué hora termina la película?

—A las diez, pero creo que iremos a tomar un helado después, así que llegaré sobre las once. ¿Está bien?

—¡Claro! Cualquier cosa, no dudes en llamarme y voy a buscarte de inmediato, ¿vale?

Sé a lo que se refiere. «Cualquier cosa» significa «ataque de pánico», o que me sienta mal, o que necesite salir corriendo de donde sea que esté. Básicamente, lo que mi hermana acaba de decirme es que ella irá corriendo a mi lado si algo sale mal, como siempre.

—Ok.

Se acerca y me da un beso en la frente.

—Te quieroooo —me dice al separarse.

Yo arrugo la nariz haciendo una mueca burlona de asco.

—Empalagosa, ¿cómo la aguantas, Andy? —bromeo. Él se encoge de hombros.

—No es fácil.

—No, ya me ha llamado empalagosa. —Kamila finge sentirse herida—. Está volviendo la Klara alérgica a los «te quiero».

—No a todos los «te quiero», solo a los tuyos.

—¡Oh! —chilla Andy—. *Fatality!*

Nos reímos y ellos salen de la habitación.

Cuando ya he montado mi tablero de corcho con los bordes de madera y lo he decorado con algunos papeles de colores y unas luces viejas que quedaron de la Navidad del año pasado, me siento satisfecha y ya estoy deseando imprimir y colgar mi primera foto.

Después de ducharme, me preparo para mi salida con Kang. Me pongo unos pantalones negros y una camisa púrpura de manga larga. Me seco el pelo con una toalla. Me está creciendo bastante rápido, algunos mechones ya me llegan a las orejas y me cubren la nuca. Me miro en el espejo y mis labios se curvan en una sonrisa de aceptación.

Quererme un poco más me llevará tiempo, pero por algo se empieza.

—Qué bonita sonrisa tienes, Klara —me digo a mí misma. El doctor B me ha recomendado que me haga cumplidos. Dice que para muchas personas lo más difícil es aceptar su cuerpo tal como es.

«Si fuera más alta...».

«Si mis ojos fueran de otra forma o de otro color...».

«Si mi cabello fuera liso o rizado...».

«Si tuviera más pecho o más trasero, me aceptarían».

«Si fuera guapa...».

«Quiero ser como ella. Ella es perfecta, y yo no. Ella tiene el tipo de belleza que gusta a todo el mundo, y yo no».

Lamentablemente, vivimos en una sociedad en la que nos bombardean con imágenes de gente guapa y nos hacen creer que la belleza es eso, y que si no encajas en esos estándares de belleza, eres alguien defectuoso. No es mucho lo que podamos hacer para cambiar eso, pero mi madre siempre decía que cada cambio comienza en uno mismo. Es muy difícil admirar tu propia belleza. El doctor B me dio un ejemplo muy claro al preguntarme con qué facilidad podía ver la belleza en otras chicas y hacérselo saber. Y me encontré recordando todas las veces que le he hecho un cumplido a una chica. Todas me parecen guapas, todas tienen algo único, que las hace resaltar individualmente.

El doctor B me sonrió cuando le conté eso y me dijo: «Ahora quiero que imagines que estás caminando por la calle y te ves a ti misma paseando por ahí. ¿Qué te parecería bonito de esa chica?». Me costó encontrar algo, pero al final lo hice, y mi respuesta me sorprendió: «Que tiene una sonrisa preciosa y unos ojos muy bonitos».

El doctor B pareció complacido.

«Es muy fácil ver la belleza en los demás, pero cuando llega el momento de verla en nosotros mismos, nos resulta casi imposible. ¿Sabes por qué, Klara? Porque solemos ser nuestros más despiadados críticos. Nadie te juzgará más o te criticará con mayor intensidad de lo que lo haces tú misma. Nadie será tan cruel contigo como tus propios pensamientos. Y eso afecta la autoestima, nunca podremos satisfacer a ese crítico implacable que tenemos en la cabeza. Así que, para mejorar eso, quiero que comiences a ver qué cosas de ti misma te parecen bonitas. Me has dicho que te gustan tu sonrisa y tus ojos. Vale, pues hazte cumplidos delante del espejo todos los días. Resulta muy terapéutico mirarte en el espejo y decir en voz alta: "Me encanta mi sonrisa". Al principio, tal vez ni te lo creas, pero con el tiempo esas afirmaciones positivas producirán un cambio en tu forma de verte».

El doctor B ha tenido un impacto tan positivo en mi vida... Sé que a la gente no le gusta contar que va a un terapeuta porque muchos te tachan de loco cuando lo dices. Otros afirman que no sirve de nada ir al psicólogo para hablar, que para eso hablan con sus amigos, y ya está. Pero los psicólogos saben lo que hacen, han estudiado el comportamiento y la mente humana durante mucho tiempo, te pueden proponer ejercicios que te pueden ayudar mucho. Tal vez algunas personas no han tenido una experiencia tan positiva como la mía, pero es cuestión de encontrar a una psicóloga o psicólogo con quien conectes. Yo pasé por varios antes de encontrar al doctor B.

Mi teléfono vibra en la cama y lo cojo.

Kang
Ya estoy frente a tu casa.

Mi corazón empieza a latir como un loco y tomo una respiración profunda.

Yo
Ya salgo.

Me ajusto la peluca frente al espejo, pero entonces las palabras del doctor B empiezan a resonar en mi cabeza. Sonrío y me la quito, liberando mi corto cabello rizado. Los rizos caen sobre mi frente y mis orejas ligeramente.

—Tienes unos rizos preciosos, Klara —me digo antes de ponerme mi chaqueta.

Me da miedo la reacción de Kang cuando me vea, pero me he propuesto no permitir que los miedos dominen mi vida. Mientras camino hacia la puerta de casa para salir, puedo imaginar a mi madre a mi lado, al doctor B guiñándome el ojo, y a Kamila y Andy aplaudiendo. Tomo una respiración profunda poniendo la mano sobre la manija de la puerta y abro. El aire nocturno me recibe.

Los cambios no suceden de un día para otro, se necesita dar pequeños pasos para conseguirlos.

37

Rescátame

«Respira, Klara».

El camino hasta el coche de Kang se me hace eterno. Soy consciente de cada paso, de cómo abro y cierro las manos sudadas, de cómo me muerdo el labio y lo libero sin saber qué cara poner... Mi corazón late desbocado dentro de mi pecho, y trago saliva, intentando relajarme. Quisiera decir que mi fortaleza desde que salí por la puerta de casa no ha decaído, pero sí lo ha hecho; no es fácil para mí mostrarme de esta forma tan vulnerable ante Kang. Su desaprobación me devastaría, pero sé que, si me atrevo a hacer esto con él, será mucho más fácil mostrarme así al resto del mundo.

Soltando una bocanada de aire, rodeo el coche y abro la puerta del copiloto para subirme. Pero no me atrevo a mirarlo. Cierro la puerta y me quedo ahí sentada con las manos apretadas sobre mi regazo.

—Hola, Klara con K.

Su voz...

«Buenas noches, mi gente, les habla de nuevo Kang, su amigo y compañero de su programa nocturno *Sigue mi Voz*».

Su voz siempre consigue tranquilizarme al instante. Quizá porque hace mucho que la escucho y fue mi refugio cuando no me atrevía a salir de mi cuarto. Así que relajo los hombros y giro mi cara para mirarlo.

Kang.

Su expresión es de orgullo. Sus labios esbozan una tierna

sonrisa y estira su mano para colocarme un corto mechón rizado detrás de la oreja antes de sostener mi mejilla.

—Me alegro de que ya no te ocultes, Klara.

No sé qué decir. Tenía tanto miedo... Pero él con su voz y sus palabras me ha tranquilizado con tanta facilidad... Su actitud refuerza mi fe en las personas. No todo el mundo quiere criticar a una chica como yo. Hay personas buenas como él, como Perla, como Diego y como Ellie. Personas que están listas para aceptarme tal como soy en cuanto yo esté lista para hacerlo, y creo que ese momento ya ha llegado. El doctor B tiene razón: la aceptación más difícil de conseguir no es la de los demás, es la de nosotros mismos.

Le devuelvo la sonrisa y pongo mi mano sobre la suya.

—He privado al mundo de mi luz durante mucho tiempo —bromeo.

—Completamente de acuerdo con eso. —Me acaricia el pómulo con el pulgar mientras yo me pierdo en sus ojos—. Bienvenida de vuelta al mundo, Klara con K. Hay muchas cosas malas, pero también muchas maravillas, y es un placer recibirte.

Mi sonrisa se extiende aún más y me vuelvo más consciente de su mano sobre mi mejilla, de lo cerca que está su rostro, mis ojos bajan a sus labios por un segundo y me sonrojo. Kang lleva una camisa oscura con las mangas enrolladas hasta los codos. El ruido de alguien golpeando el vidrio de mi ventana hace que nos separemos tan rápido como podemos.

Es Kamila.

Kang se cubre la cara ligeramente con una mano y se gira hacia la ventana de su lado. Yo frunzo el ceño.

—Buenas noches —saluda mi hermana, intentando echar un vistazo al chico que hay a mi lado—. Te dejaste el móvil.

Me lo da.

—Gracias —le digo con una sonrisa incómoda.

Kamila abre la boca para decir algo cuando Andy aparece detrás de ella y la agarra de los hombros.

—Nosotros nos vamos a dormir, ¿verdad, Kamila? Buenas noches, chicos, que lo pasen bien —nos desea y me guiña un ojo antes de llevarse a mi hermana, que sigue intentando ver cómo es mi acompañante.

Mientras los veo entrar en casa, subo el vidrio y Kang comienza a conducir sin decir una palabra.

Tengo que preguntar, es obvio que él no quería que mi hermana lo viera, así que solo puedo asumir que se conocen, pero ¿de dónde?

—Kang.

—¿Has elegido una película?

Ah, se me olvidó.

—Estoy seguro de que encontraste alguna película *normal* para ver —me comenta con una sonrisa, recordándome mi vergonzosa repuesta de la otra noche cuando le dije que me gustaban las «películas normales».

Bravo, Klara.

—No te preocupes si no has tenido tiempo de mirar la cartelera. Puedes mirarla ahora en el móvil —me recomienda al notar mi silencio.

—De acuerdo.

Observo los árboles pasar por la ventana y no sé cómo preguntarle sobre mi hermana, así que seré directa. Abro la boca para hablar, pero él parece leer mi mente.

—Es una larga historia —suspira—. ¿Puedo contártela después de la película?

—Está bien.

Llegamos al cine y compramos las entradas para una película de misterio, palomitas y un par de Coca-Colas. Cuando Kang me da las palomitas y la Coca-Cola, sonrío como una tonta: era mi combinación favorita para escuchar su programa de radio, y ahora estoy aquí en el cine, teniendo una cita con él. Ahogo un chillido *fangirl*.

Kang alza una ceja.

—¿Qué?

—Solía comer palomitas con Coca-Cola mientras escuchaba tu programa.

Él se lame los labios antes de apretarlos para controlar una sonrisa, pero sus hoyuelos aparecen igual. ¿Este chico es real? ¿De verdad todo esto me está pasando? ¿Estoy fuera de casa sin mis pelucas?

—¿«Escuchaba»? ¿Es que ahora ya no escuchas mi programa? —replica antes de meterse una palomita en la boca mientras caminamos hacia la sala de cine.

—No, ahora ya tengo a la versión real. —Me encojo de hombros.

—Auch —susurra—, he perdido a una radioyente y he ganado una novia, ¿eh?

Ambos nos paramos de golpe. Kang tose, ahogándose con la palomita. Yo le doy palmadas en la espalda, pero, tras escuchar la palabra «novia», noto que mi corazón se ha descontrolado.

—Quiero decir... —empieza a justificarse cuando deja de toser—. Es una forma de hablar...

No sé si está rojo por lo que acaba de decir o porque casi se muere ahogado con una palomita.

—Es muy pronto, lo sé... No te estoy presionando, no...

—Te he entendido, Kang —lo tranquilizo entre risas.

Él se pasa la mano por la cara.

—Es que soy un desastre contigo.

—Somos un desastre juntos.

La película debe de ser famosa porque la sala de cine se llena de inmediato. Sentarme al lado de Kang no me pone tan nerviosa como estar rodeada de tanta gente en un espacio cerrado. Es una parte de mis miedos con la que aún lucho. Él parece notar mi incomodidad y me mira preocupado.

—¿Estás bien?

Asiento ligeramente, tensándome un poco en el asiento.

Tomo una respiración profunda y comienza la película. Pero sé que no estoy bien, ya no como palomitas, ya no bebo Coca-Cola, ya no hablo ni me centro en mi atractivo acompañante. Todo pasa a un segundo plano cuando tienes un ataque de pánico, nada más importa, solo sientes la necesidad de salir, de escapar; solo sientes miedo. Trato de controlarme porque no quiero hacer una escena, pero tengo miedo y me resulta difícil respirar bien. Cada vez que intento respirar profundamente, se queda atrapada en la garganta y eso me desespera aún más.

—Voy al baño —le digo a Kang, poniéndome de pie antes de que él pueda decir algo y pasando por delante de la gente que está sentada en nuestra fila para salir.

Una vez fuera de la sala de cine, mis respiraciones empiezan a ser cada vez más rápidas y descontroladas.

«Necesito salir de aquí. No puedo respirar. Esto no es un ataque de pánico. Algo me pasa en los pulmones. Tengo mucho miedo...».

Salgo del cine y noto el frío del invierno; el aire del exterior me ayuda un poco.

Se me llenan los ojos de lágrimas y siento que pierdo el control, que no puedo hacer nada para respirar bien, que no estoy bien... Algunas personas pasan y me miran extrañadas.

«Tienes que calmarte, Klara, respira».

Pero no puedo hacerlo.

«Te estás poniendo en ridículo, eres un fracaso total. ¿Creíste que podías tener una cita normal?».

La sonrisa tranquilizadora de Kamila y del doctor B vienen a mi mente.

«Tú tienes el control. En medio de lo peor, recuerda que tú tienes el control. Y que va a pasar, Klara, aférrate a eso, un ataque de pánico siempre va a pasar».

Va a pasar.

Me alejo de la entrada del cine, apoyando una mano en la

pared hasta llegar a una esquina. La doblo y me meto en un callejón. Está oscuro y solitario. Hiperventilando, presiono mi espalda contra la pared y me deslizo hasta quedarme sentada en el suelo.

«Vamos, Klara, has podido hacerlo antes, puedes hacerlo otra vez».

Estiro las piernas frente a mí, cierro los ojos, pongo las manos sobre los muslos y empiezo a subirlas y bajarlas a ese ritmo que tan bien conozco.

—Tengo el control, estoy bien, estoy a salvo, estoy protegida —repito una y otra vez.

Soplo, las lágrimas caen sobre mis labios.

—Estoy bien, estoy a salvo, estoy protegida...

Mis manos continúan marcando ese ritmo ligero.

«Sé lo que es. Es un ataque de pánico, y sé que va a pasar. Tengo el control porque sé exactamente lo que es. Un ataque de pánico».

Repito esas palabras una y otra vez, ignorando la vibración del móvil en mi bolsillo. Sé que es Kang. Debe de estar preocupado, pero antes de contestarle, necesito superar esto primero. Después de unos minutos, vuelvo a respirar con normalidad. Veo a la distancia algunos coches aparcados y soy capaz de sentir de nuevo el frío y la brisa nocturna.

He podido hacerlo. He podido superar de nuevo un ataque de pánico sola.

Y este ha sido uno de los fuertes, uno de los más fuertes que he tenido.

Recuerdo entonces las palabras del doctor B, me dijo que me felicitara en voz alta.

—Bien hecho, Klara —me susurro, abrazándome y frotándome los brazos—. Has hecho un buen trabajo.

Me pongo de pie y salgo de esa esquina oscura y desolada para volver a la luz de nuevo, tanto literal como metafóricamente.

—¡Klara!

Kang está delante de la entrada del cine y corre hacia mí, obviamente preocupado. Y parece asustarse aún más cuando se acerca y ve mis ojos probablemente rojos por las lágrimas.

—Ey, ¿estás bien?

Le cuento la verdad.

—He tenido un ataque de pánico.

Busco en su expresión algún indicio de confusión, pero él solo suspira y me toma del brazo para abrazarme. Por un segundo, me quedo ahí de pie, sin hacer nada, hasta que reacciono y rodeo su cintura con mis brazos. Huele tan bien, su calor es tan reconfortante...

—Me has asustado —admite mientras acaricia mi nuca.

—Lo siento.

—No, no tienes que disculparte. —Se aparta un poco y sostiene mi cara con ambas manos para mirarme con esos ojos negros que derrochan honestidad—. Pero quiero que sepas que esto no es algo que tienes que ocultarme, sé que nos estamos conociendo, pero puedes confiar en mí, no tienes que hacerlo todo sola.

Pongo mis manos sobre las suyas.

—Lo sé, pero hay batallas que tengo que pelear sola, Kang. —Le ofrezco una sonrisa triste—. Hay momentos en los que yo tengo que ser mi propio caballero de brillante armadura.

Sus pulgares acarician mis pómulos mientras sus ojos se aproximan mis labios.

—Sé que el momento no es el mejor, pero me estoy muriendo por besarte.

Bum. Bum. Bum. Mi corazón vuelve a desbocarse. Parece sorprendido cuando asiento, sonrojándome, y entonces presiona sus labios contra los míos. Por un segundo, me olvido de lo que acaba de pasar y el mundo a mi alrededor se desvanece. Solo puedo sentir los suaves labios de Kang moviéndose sobre los míos. Aún sostiene mi cara con delicadeza y yo me agarro de sus brazos porque noto que las piernas casi no me sostienen.

Es increíble cómo pueden cambiar las cosas de un momento a otro: acabo de superar un fuerte ataque de pánico sola, lo cual es una gran victoria, y ahora estoy besando al chico que me gusta. Me hace darme cuenta de que eso es la vida: una colección de momentos buenos y malos, y por ahora solo me estoy enfocando en lo bueno porque estancarme en lo malo no me hará bien ni hará que desaparezca.

Kang se separa, pero deja sus labios cerca de los míos.

—Bien, caballero de brillante armadura, ahora que has ganado una batalla, puedes rescatar a tu príncipe —susurra contra mis labios y me da un beso corto—. Sonará cursi, pero no pienso quejarme si decides rescatarme con tus besos.

—¡Qué escándalo, mi querido príncipe! —bromeo, sonriendo.

Kang se separa un poco más y suelta mi rostro riéndose.

—Supongo que no sabremos quién es el asesino de la película —dice, golpeando suavemente mi frente con su dedo del medio.

—Lo siento.

—Tampoco quería saber quién es el dichoso desconocido. —Se encoge de hombros—. ¿Vamos a por un helado?

—Sí. —Tomo su mano y él mira nuestras manos unidas, rascándose la parte de atrás de la cabeza, y me parece verlo sonrojarse.

—Bien, creo que tenemos muchas cosas de que hablar, Klara con K.

Recuerdo que dijo que me contaría de qué conoce a mi hermana después de la película.

Comenzamos a caminar hacia su coche agarrados de la mano.

—Sentados frente a nuestros helados, te hablaré de alguien muy especial para mí: mi hermano Jung.

38

Cuéntame

KANG

Con dos helados sobre la mesa entre nosotros, juego con la cuchara mientras me preparo para contárselo todo a Klara. Recuerdo con exactitud todo lo que sucedió ese día, cada detalle, cada sensación...

El blanco de las paredes y las luces del hospital me hacen entrecerrar los ojos, que ya están irritados de tanto llorar en el funeral de mi hermano. Paso por entre enfermeras y doctores, que me miran preocupados sin decir nada. Probablemente están acostumbrados a ver gente llorar desconsolada en estos pasillos.

En mi mano, llevo apretado un papel rectangular pequeño que me dieron hace días con la fecha y el nombre del psiquiatra que debía ver a mi hermano. Me apresuro, revisando las puertas de consultorios, buscando el nombre. Soy un desastre, ni siquiera sé qué estoy haciendo.

Doblo una esquina y me encuentro con un pasillo desolado, en el que finalmente doy con la puerta con el nombre que estaba buscando. Llamo con desesperación. Una enfermera abre y me mira extrañada. Puedo ver su escritorio y otra puerta detrás de ella. Imagino que da a la consulta del doctor.

—¿Puedo ayudarte? ¿Te encuentras bi...?

—¿Dónde está el doctor Rodríguez?

La mujer frunce el ceño y me mira de arriba abajo. Aún llevo el traje negro del funeral e imagino que estoy despeinado y no quiero ni imaginar mi cara.

—Creo que te refieres a la doctora Rodríguez. —Miro el letrero de la puerta. No me di cuenta de que pone DOCTORA RODRÍGUEZ. ¿No era un doctor?

—Está haciendo su ronda. Debe estar a punto de llegar. ¿Tienes cita con ella?

Niego con la cabeza.

—¿Estás bien? ¿Cómo te llamas?

—Kang —susurro.

—Bien, Kang, ¿quieres pasar y tomar un té? La doctora volverá pronto.

—No, yo no... —Aprieto el papel, y entonces noto movimiento a mi derecha y giro la cabeza para ver quién está avanzando por el pasillo. Es una doctora joven de cabello oscuro recogido en un moño desordenado. Va con una bata blanca y lleva una mano metida en el bolsillo y sostiene una taza de plástico con café en la otra.

—Doctora, este chico...

—¡Usted! —digo entre dientes, y corro hacia ella con las manos en puños—. ¡Usted!

Ella no dice nada, solo me observa.

—¿Por qué no pudo ver a mi hermano el día que vinimos a ver al psicólogo? ¡¿Por qué?! Él ya estaba aquí, bastaba con que lo viera un segundo, ¡un puto segundo! —No suelo hablar así, pero estoy fuera de control—. ¡Eso habría sido suficiente! Pero no le dio cita hasta varios días después, y mi padre no nos dejó salir de casa, y... ¿Por qué? Él estaba muy mal, era necesario que usted lo viera ese día, era... —La rabia hace que las lágrimas inunden mis ojos, pero no las dejo caer—. ¡Mi hermano está muerto por su culpa!

La expresión de la doctora Rodríguez se suaviza antes de llenarse de tristeza. Doy otro paso hacia ella mientras sigo gritándole:

—¡Por su culpa mi hermano está muerto!

—Kang... —comienza a decir la enfermera detrás de mí, pero la doctora levanta la mano, asintiendo, tranquilizándola.

¿Por qué no dice nada?

—¡Usted pudo salvarlo! ¡Usted pudo...! —Me quedo sin aire, los sollozos se me quedan atorados en la garganta—. Vengo de su funeral, de despedirlo... Solo tenía diecisiete años, él... —Soplo. Se me hace difícil respirar. El dolor me ahoga y lágrimas rebeldes se me escapan de los ojos—. Yo no pude salvarlo, yo... hice lo que pude, pero... Si usted lo hubiera visto ese día, si tan solo... —Doy un paso atrás limpiándome las lágrimas—. Si usted...

Me froto el pecho porque el dolor vuelve a recorrerme como cuando encontré a Jung muerto en su habitación.

—Usted pudo salvarlo, y yo no hice lo suficiente, y ahora ya no puedo hacer nada, porque él está muerto... —digo entre lágrimas.

Me fallan las rodillas y caigo al suelo.

—Él... Yo ya no puedo hacer nada.

La doctora le pasa el café a la enfermera y se sienta frente a mí. La tristeza es evidente en su expresión, pero al mismo tiempo transmite tanta paz...

—Llora, grita, insúltame —me indica—. Está bien, Kang. Está bien expresar lo que sientes. Y si es ira la emoción que predomina en estos momentos en tu corazón por la muerte de tu hermano, quiero que sepas que es completamente normal. Todo ese dolor, toda esa rabia, esa impotencia y esa culpa son completamente normales, Kang.

—¿Cómo puede hablar con tanta tranquilidad cuando mi hermano está muerto por su culpa? Usted no quiso verlo ese día, estoy seguro de que él estaría vivo si usted lo hubiera atendido.

—La rabia es lo único que motiva mis palabras—. ¡¿Por qué no pudo atenderlo?! ¡¿Por qué?!

—No estaba en el hospital, Kang, no estaba de guardia. Si hubiera estado aquí, estoy segura de que...

—¡Excusas! Jung era una emergencia. ¿No la llaman cuando hay emergencias? —Ella asiente.

—*La llamaron y decidió no venir, ¿no es así?*

Ella suspira, sus ojos se enrojecen ligeramente.

—*Mi madre murió ese día.*

Es como si le hubiera lanzado un balde de agua fría a mi rabia, desvaneciéndola. La doctora se esfuerza por respirar profundamente y evitar llorar, y lo logra.

—*Pero eso no es lo importante ahora. ¿Te gustaría entrar a mi consultorio un rato?* —*me pregunta, y yo me siento como una mierda.*

—*Lo siento... Yo... no sé qué estoy haciendo... Lo siento mucho... No sé en qué estaba pensando al venir aquí. Yo solo...*

Ella me pone las manos sobre los hombros.

—*Está bien, Kang.* —*Frota mis hombros con delicadeza*—. *Lamento mucho la muerte de tu hermano, y si te parece bien, me gustaría ayudarte a lidiar con todo esto.*

Sacudo la cabeza, llorando silenciosamente.

—*No he venido por eso.*

—*Quizá no, pero ya que estás aquí, creo que te haría bien hablar con alguien.*

—*No tengo cita con usted.*

—*No te preocupes por eso. Si te digo que tenemos tiempo para hablar, es porque lo tenemos.* —*Se pone de pie y me ofrece una mano.*

Miro su mano y dudo un segundo, pero luego el rostro deprimido de Jung viene a mi mente, y pienso en lo diferente que habría sido todo para él si hubiera recibido ayuda cuando lo necesitaba. Así que tomo la mano de la doctora, me levanto y la sigo a su consulta.

Ella fue mi psiquiatra los dos años que tardé en recuperarme. Y es alguien muy especial para mí. Le estoy muy agradecido, pero no quería que me reconociera delante de Klara; por lo menos, no hasta que ella escuchara la historia de mi propia boca.

Quisiera no tener que contarle a Klara algo tan trágico en nuestra primera cita, pero tarde o temprano me querrá presentar a su hermana, así que es mejor que ella lo sepa ahora.

Tomo una respiración profunda.

—Mi hermano mayor Jung se suicidó.

Klara abre la boca ligeramente y estira la mano por encima de la mesa para tomar la mía.

—Lo siento mucho, Kang.

—Mi padre no creía en la depresión, en nada que tuviera que ver con la salud mental. Decía que todo era una cuestión de voluntad personal. —Es refrescante poder hablar de esto sin sentir ganas de llorar—. No quiso que lleváramos a mi hermano a un psicólogo, a pesar de que sufría una profunda depresión después de un accidente de coche que tuvo. Yo pensé que podía salvarlo. —Sonrío para mí mismo con tristeza—. Supongo que siempre queremos ser héroes para las personas que queremos.

Klara aprieta mi mano suavemente.

—Un día, Jung no aguantó más y se quitó la vida. —Necesito otra respiración profunda para continuar—: Me destrozó, me... No puedo explicar con palabras el dolor que sentí, que aún siento. Yo quería a mi hermano con todo mi corazón, teníamos una conexión increíble. Fueron tiempos muy difíciles para mí.

—Ni siquiera puedo imaginarlo, Kang, de verdad que lo siento mucho... —Sus ojos y su voz me proporcionan tanta tranquilidad...

—Mírame, diciéndote todo esto en nuestra primera cita... Entendería si ya no quisieras volver a verme —bromeo. La verdad es que mi corazón no resistiría que ella no quisiera volver a verme. La observo, buscando en su pequeño rostro alguna señal de que no desee seguir conmigo, pero solo encuentro una sonrisa tranquilizadora. Niega con la cabeza.

—Está bien, te agradezco que quieras contarme lo que le pasó a tu hermano —afirma.

Me la quedo mirando. Siento ganas de abrazarla otra vez, de besarla, pero me controlo porque no quiero ser demasiado intenso, no quiero hacer nada que le haga pensar mal de mí o que arruine lo que tenemos. Nunca he sentido estos miedos con ninguna otra chica, supongo que ella me gusta mucho más de lo que pensaba. Suspiro antes de proseguir:

—En fin, antes de que Jung... muriera, yo lo había llevado a un psicólogo y este lo remitió a un psiquiatra...

—A mi hermana... —asume ella, y asiento.

—Sí, pero nunca llegamos a ir a la cita con tu hermana porque mi padre no nos dejó, y después ya fue demasiado tarde. Yo... —recuerdo mi rabia al caminar por los pasillos del hospital buscando a la hermana de Klara— estaba muy enojado el día del funeral de Jung, así que fui al hospital a echarle en cara a tu hermana que no hubiera visitado a Jung el mismo día que fuimos al psicólogo. Pero ella me dijo que no estaba en el hospital porque... —Klara espera paciente— porque tu madre había muerto ese día.

Se tensa y aleja su mano de la mía. Sin duda no se esperaba que dijera eso. Aparta la mirada. Es un tema sensible y difícil para ella. No se esperaba que yo lo supiera.

—Me convertí en paciente de tu hermana después de ese día —sigo. No quiero entristecerla con el recuerdo de su madre; ya ha tenido una noche lo bastante difícil—. Le estoy muy agradecido. Tu hermana es una excelente psiquiatra. Me ayudó mucho.

—¿Por eso te ocultabas de ella, para que yo no supiera que se conocían?

—Quería contártelo yo mismo.

—Entiendo... —Suspira y estira las manos para entrelazarlas con las mías—. Gracias por contármelo, Kang... Sé muy bien lo difícil que es hablar de la muerte de un ser querido.

De nuevo me la quedo mirando porque me parece irreal: su expresión comprensiva, la curva de la sonrisa genuina en sus labios, el brillo de sus ojos, su alborotado cabello corto y rizado alrededor de su cara... Todo de ella es tan auténtico, tan bello... Klara me transmite tanta paz... Es increíble.

—Me gustas mucho, Klara —declaro mirándola fijamente.

Sus ojos se abren sorprendidos y sus mejillas se enrojecen de inmediato. Imagino que yo debo de estar igual.

—Yo... —se interrumpe, y le doy su tiempo, pero no puedo evitar sentirme nervioso—. Tú también me gustas, Kang.

El calor se expande por mi pecho y me echo a reír nerviosamente. Ella se ríe conmigo. Ahí, en esa colorida heladería, nos sonreímos y charlamos cómodamente. Me siento tan feliz que no quiero que la cita se acabe, nunca pensé que podría sentirme así con una chica. He sido capaz de hablar con ella de mi hermano sin llorar y me he atrevido a decirle lo mucho que me gusta... Klara tiene algo especial que hace que quieras contarle todos tus problemas, porque escucha sin juzgar y aceptándote tal como eres. Nunca he conocido a nadie igual que ella.

Klara con K es una de las chicas más especiales que he conocido en mi vida. Haré lo posible para formar parte de su vida durante mucho tiempo.

39

Atrápame

KLARA

«Todo a su tiempo», me recuerdo. Kang me ha hablado de su hermano y mi corazón se ha roto al imaginarme lo que debió de sentir al encontrar a Jung muerto. Su impotencia, su culpa... Así que no quiero entristecerlo aún más contándole cómo murió mi madre, quiero que esta noche sea de él y su momento para abrirme su corazón. Ya habrá otras citas donde pueda compartir mi historia con él. Hay una conexión especial cuando encuentras a alguien que ha pasado por un dolor similar al tuyo, ya no te sientes tan solo, tan incomprendido. Creo que pasar por circunstancias dolorosas hace que desarrollemos una capacidad especial para conectar con las personas que también han sufrido.

—Te has quedado muy callada de pronto.

Kang me observa antes de tomar una cucharada de helado. Está a punto de terminárselo.

—Solo estoy pensando locuras.

—¿Locuras? A ver, diviérteme.

—No, otro día. —Sonrío nerviosa porque, aunque estoy cómoda con él, su presencia sigue acelerando demasiado mi voluble corazón. Aún evito sus ojos de vez en cuando porque su profundidad hace que me falte el aire—. ¿Cuándo me llevarás a verte cantar en el bar de la calle Catorce?

Kang alza una ceja.

—Klara, ¿es que ya quieres delinquir conmigo? Esta es solo nuestra primera cita —bromea.

—Oh, vamos, cantar en un bar no es ningún delito.

—Lo es si eres menor, como es mi caso.

—Bueno, el dueño te permite hacerlo, en todo caso es él quien está haciendo algo ilegal, ¿no? De todas formas, aún no entiendo cómo pudiste convencerlo.

—Tengo mis métodos.

—Confías demasiado en tu encanto.

Él apoya los codos sobre la mesa y se inclina hacia mí. Dejo de respirar.

—¿Soy encantador?

Sin querer, mis ojos bajan a sus labios y el recuerdo de sentirlos sobre los míos calienta mis mejillas, así que trago con dificultad y bajo las manos de la mesa a mi regazo.

—Como si no lo supieras...

Él tuerce los labios y echa el cuerpo hacia atrás. Mi acelerado corazón agradece la distancia entre nosotros.

—Tal vez no lo sepa, Klara.

—No voy a decirte que eres encantador, Kang.

—Auch, ¿por qué esa agresividad? —Se pasa la mano por el pelo, despeinándose, lo que hace que aún esté más atractivo.

—Te diré que eres encantador cuando me lleves a verte tocar a ese bar.

—Oh, ¿negociando ahora?

—Lo he aprendido de ti. —Me encojo de hombros.

Recuerdo todas esas veces que Kang negoció conmigo para obtener información sobre mí. Parece que fue hace mucho tiempo, yo aún estaba en mi habitación, no salía, y la idea de verlo algún día ni se me cruzaba por la cabeza. Sin embargo, aquí estamos, frente a frente, teniendo nuestra primera cita.

Durante todo el camino hasta mi casa, no paro de incordiarlo con lo de que me invite a ir a verlo cantar a ese bar. De verdad, quiero escucharlo cantar. No puedo ni imaginar lo que me puede hacer sentir su voz mientras lo hace.

De repente suena su teléfono y él me lo pasa.

—¿Puedes contestar? Dile que estoy conduciendo.

—Es una videollamada de Erick —susurro, y de repente recuerdo que voy sin peluca y que no me siento con fuerzas para enfrentarme a la reacción de alguien como Erick. Esos segundos en los que observo el teléfono en mis manos se me hacen eternos. Miles de pensamientos cruzan mi mente.

Kang me llama, pero lo escucho en la distancia.

«Erick se va a burlar».

«No, no lo hará».

«Tal vez no, pero te mirará con lástima, como te miran todos cuando te ven sin peluca. ¿Recuerdas las miradas de lástima en el hospital cuando te daban tu tratamiento?».

Cierro los ojos y pienso en la sonrisa de mi madre, en lo guapa que estaba incluso sin pelo. «Solo es pelo, mi niña, crecerá —me dijo haciéndome un guiño con los ojos—. Además, veamos el lado positivo, ya no tendré que usar gorro cuando esté cocinando mis pasteles».

Inhalo profundamente, inflando el pecho y sintiendo cómo el aire se desliza por mis pulmones, y luego suelto todo el aire antes de apretar el botón para aceptar la videollamada.

Un Erick con el pelo alborotado aparece en la pantalla. Está sentado en un sofá.

—Hola —dice, y frunce el ceño al verme.

—Hola.

—Tú no eres Kang.

—Noup.

—¡Estoy conduciendo! —grita Kang y yo giro el teléfono para que Erick pueda verlo—. ¿Qué quieres?

—¿Así me saludas? —bufa Erick—. Oye, Klara —giro el teléfono para verlo de nuevo—, ¿tú has visto cómo trata a su mejor amigo?

—No seas dramático, Erick. ¿Qué quieres? —pregunta Kang.

Erick le responde y tienen una minidiscusión mientras yo sonrío. Erick no ha dicho nada al verme. Da la sensación de que ni se ha dado cuenta de que voy sin la peluca..., y yo he estado a punto de sufrir un colapso mental.

«A veces, nuestra mente ansiosa hace que nos preocupemos por cosas, por reacciones o por las percepciones de otras personas. Le damos vida a todo un ciclo ansiedad al solo considerar lo que otros piensan cuando esos pensamientos jamás han cruzado sus mentes. Creamos ansiedad a base de suposiciones». Las palabras del doctor B resuenan en mi cabeza. Cuánta razón tiene.

Nos despedimos de Erick antes de que él cuelgue, y Kang aparca frente a mi casa y descansa su antebrazo en el volante para girarse hacia mí.

—Me lo he pasado genial —le confieso con el corazón en la mano—. Esta noche ha sido... muy importante y especial para mí.

—Me alegro mucho. Eso quiere decir... ¿segunda cita?

—Por supuesto —contesto muy rápido, y hago una mueca de vergüenza.

Kang sonríe y aparecen sus adorables hoyuelos. Se quita el cinturón y se inclina hacia mí, su cara ni siquiera se ha acercado a la mía y yo ya he cerrado los ojos, apretándolos con fuerza. Sus labios rozan los míos y puedo sentir los latidos de mi corazón en la garganta. Kang me besa con suavidad y me da tiempo de seguirle el ritmo. Me agarro de sus hombros y le devuelvo el beso con lentitud. Después de unos segundos, él acelera el movimiento de su boca sobre la mía, y ladea la cabeza para profundizar el beso mientras pone su mano en mi cintura y me acerca más a él.

Bum. Bum. Bum. Creo que se me va a salir el corazón. Aprieto sus hombros, y noto cómo el beso crece en intensidad y velocidad. La respiración de Kang se vuelve pesada y me hace preguntarme si la mía está igual. No sé si son los nervios o las sensaciones que este beso está despertando en mí, pero me falta el aire, así que me separo de él para respirar. Kang mantiene su cara cerca de la mía y besa mi nariz antes de enderezarse en su asiento. Se lame los labios y me regala una sonrisa torcida.

—Buenas noches, Klara —susurra, y yo no puedo evitar sonreír con él.

—Buenas noches, Kang.

«Estoy en las nubes».

Mis palomitas y mi Coca-Cola me acompañan mientras escucho el programa de Kang. Es una experiencia completamente diferente ahora que lo he conocido, que hemos compartido tanto y que mi interés por él cuándo solo escuchaba su voz se ha convertido en algo tangible, en algo real. El último beso que compartimos aún está presente en mi mente, calentándome las mejillas y el corazón.

Apenas termina su programa, Kang me llama y hablamos cómodamente por teléfono.

—Tenemos que verlos tocar en vivo un día —comenta Kang. Estamos hablando de una de las bandas locales que él promociona en su programa.

Tomo el último sorbo de mi Coca-Cola.

—Me encanta la idea.

Kang suspira.

—Ya tengo nuestra próxima cita planeada, será en Carowinds. —Mi sonrisa se esfuma, Carowinds es un parque de atracciones muy popular que queda a tres horas de aquí. Kang continúa hablando del parque, emocionado y de todas las atracciones a las que nos subiremos. La alegría que transmite su tono de voz es tan increíble, que no me atrevo a interrumpir—. ¿Qué te parece?

—Es... —No sé cómo decirlo, cómo vocalizar el miedo que me da un parque de atracciones—. No lo sé... lo pensaré.

—Oh. —Su tono decae un poco y no me gusta, quiero poder emocionarme con él—. Tienes razón, lo siento, hice planes sin consultarte.

—No te preocupes, es solo que...

—Podemos hacer otra cosa, tranquila.

Nos despedimos después de eso, pero esa conversación ronda mi mente. En la oscuridad de mi habitación, observo la ventana y la tristeza me recorre por un buen rato. Kang tiene pasiones y tantas cosas que le gustaría hacer... ¿Lo limitaré? Eso es lo que menos quiero hacer, no poder compartir sus pasiones y las cosas que le gustan. Y quizá lo del parque sea algo puntual, pero ¿y si no lo es? Y si pasa de nuevo, ¿me he apresurado con todo eso? ¿De verdad estoy lista? Estoy loca por él y, porque lo quiero, jamás querría ser un bloqueo en su camino. Tal vez lo estoy pensando demasiado, sin embargo, no puedo evitarlo, mi ansiedad está por los cielos al considerar cada escenario.

Lucho por dormirme, recordando las palabras del doctor B para calmarme, para detener este círculo de pensamientos negativos. Y aunque finalmente lo logro, sé que una parte de mí cargará con esas dudas por un tiempo.

Hoy he decidido venir al instituto sin peluca, pero estoy comenzando a pensar que he cometido un grave error. Estoy a un lado de las puertas del centro, ligeramente escondida detrás de un pequeño árbol, mordiéndome las uñas y considerando llamar a Kamila para que venga a buscarme. No pasa nada si pierdo el último día antes de las vacaciones; es solo un día. No pasa nada. Saco el móvil para llamarla.

—¿Capucha?

La voz de Diego suena al otro lado del árbol y me asomo para encontrar su cara justo frente a la mía.

—¡Ah! —Brinco de la impresión y retrocedo un poco.

Diego se mete detrás del árbol conmigo.

—¿Qué estás haciendo? —pregunta y se queda mirando mi pelo rizado—. Preciosos rizos, Capucha.

—Gracias.

Alza una ceja.

—¿Por eso te estás escondiendo detrás del árbol?

—Eh..., creo que me iré a casa, no me encuentro muy bien hoy.

Diego entrecierra los ojos.

—Oh, no, Capucha —dice moviendo el índice delante de mí—. Tú no te vas a ninguna parte. Además, ¿esconderte detrás de un árbol? Qué cliché eres.

—Lo dice el chico que oculta sus sentimientos por una chica detrás de bromas. —Me cruzo de brazos—. Tú también tienes tu cliché, Diego.

Jadea exageradamente.

—No tengo ni idea de lo que estás hablando.

—Ellie.

Se sonroja y abre la boca agarrándose el pecho como si lo acabara de acusar de homicidio.

—Ya estás delirando. Este árbol —revisa las ramas— debe de contener algún alucinógeno.

Le golpeo el hombro.

—Vete a clase.

—¿Sin ti? ¡Ja! Jamás. —Sostiene mi mano—. Vamos, chica árbol, está a punto de sonar el timbre.

Me suelto de él.

—No voy a ir, Diego.

—Pensé que dirías eso. —Saca el móvil y llama a alguien—. Necesito refuerzos, árbol alucinógeno al lado de la puerta del insti.

—¿Qué estás haciendo?

Cuelga y sonríe victorioso. Unos segundos después, Ellie y Perla salen del instituto.

—¡Diego! —protesto con los brazos en jarra y lanzándole una mirada asesina.

Mis dos amigas se nos unen detrás del árbol y sonríen al verme.

—¡Estás guapísima! —Perla me abraza y, por encima de su hombro, veo que a Ellie se le ponen los ojos llorosos al verme.

—Ellie... —digo, y me separo de Perla, quien se gira para mirar preocupada a nuestra amiga intelectual. Y lo mismo hace Diego.

Ellie se limpia una lágrima que se le ha escapado y sonríe.

—Lo siento, lo siento —se disculpa cuando me acerco y pongo mis manos sobre sus hombros.

—Ey, ¿qué pasa?

—Solo... —su voz se rompe— es que tú... has pasado por tanto y eres tan valiente... Has venido hoy así para enfrentarte al mundo y..., no sé, me ha llegado al corazón. Soy una idiota, soy...

—No, Ellie —susurro y tiro de ella hacia mí para abrazarla—, no eres una idiota.

—Tú me haces sentir que sí se puede —me murmura al devolverme el abrazo—. Gracias, Klara.

—Ah, ya han conseguido derretir mi frío corazón —le oigo decir a Perla antes de sentir sus brazos a nuestro alrededor, uniéndose a nuestro abrazo.

—¡Abrazo grupal! —grita Diego, y se abalanza sobre nosotras tres.

Ese momento, esa calidez en medio del frío del invierno, ha sido uno de los mejores de mi vida. Además, consiguió hacer desaparecer dos pensamientos negativos que me habían estado atormentando durante mucho tiempo.

«Nunca tendrás amigos, Klara, nadie querrá ser amigo tuyo».

«Mírame aquí y ahora, rodeada de ellos».

«Lo único que la gente sentirá por ti será lástima».

«No, también puedo inspirar esperanza, tal como me ha dicho Ellie».

En mi mente, le saco el dedo a esos dos pensamientos negativos antes de sonreír como nunca.

40

Sujétame

KLARA

Juntos...

Hay batallas que podemos enfrentar solos, que debemos enfrentar solos si queremos vencer, pero hay otras en las que el apoyo de otras personas puede ser imprescindible para avanzar. Por ejemplo, cuando necesitas que alguien te dé la mano mientras entras en el instituto sin tu peluca y muestras tus rizos cortos por primera vez a todo el mundo. Y llegan las miradas, por supuesto, y los susurros, y quiero desaparecer ahí mismo. Disminuyo la velocidad y aprieto las manos de mis amigos. Echo un vistazo para ver a Diego a un lado sonriéndome para que siga y a mi otro lado a Perla, con sus cejas levantadas y una expresión de «Tú puedes con esto, nena». Ambos le dan un apretón de fortaleza a mis manos y sigo adelante.

El pasillo se me hace eterno, hasta que finalmente, llegamos a nuestra clase. Ya están todos dentro y me miran durante unos segundos, pero siguen a lo suyo como si nada, y yo doy las gracias por ello. Suelto a mis amigos y me giro para darles un abrazo.

—Gracias.

Cuando nos separamos, Diego toca mi frente con su dedo índice de manera juguetona.

—¿Gracias? —Sacude la cabeza—. A mí se me paga con un helado.

—A mí con un café —agrega Perla antes de guiñarme un ojo—. Tenemos pendiente una salida.

Les sonrío.

—Trato hecho.

No puedo creer que haya podido ir a clase durante tres semanas enteras. Cada día se hace más llevadero, no puedo negar que hay días en los que el miedo vuelve, llama a mi puerta y sacude mi día, pero lo he podido manejar bien. Ya no corro desesperada de vuelta a casa. Con mi meditación y con mis respiraciones, puedo controlar esas ganas increíbles de huir o de llorar sin control. Claro, que hay días en los que siento que no puedo más, y entonces me permito irme a casa temprano o pido hablar con la consejera. He sabido escoger mis batallas, y creo que eso me ha ayudado a mantenerme bien.

Hoy es el penúltimo día de clase antes de las vacaciones de Navidad, así que todos andan despidiéndose y charlando por ahí. No hemos tenido clase, sino que hemos estado haciendo celebraciones navideñas y charlando entre nosotros. Todos están listos para descansar, para olvidarse del instituto durante dos semanas. Por mi parte, a diferencia de ellos, no quiero irme, acabo de llegar, me estoy acostumbrando a todo y me aterra volver a estar en casa y no querer salir de nuevo. Supongo que hay miedos que seguirán ahí sin importar el tiempo que pase.

Pero no solo es eso, tampoco me apetece la Navidad, es una celebración difícil para mí. Es la época en la que mi madre disfrutaba más en la cocina preparando deliciosas comidas, y también tengo muchos recuerdos de cuando nos dábamos los regalos, cantábamos y reíamos juntas. Es una época del año que te pone melancólico y triste, aunque quizá sea solo cosa mía.

—¿Klara? —Ellie mueve su mano frente a mí—, no te has enterado de nada, ¿verdad?

—¿Eh?

—¿Que si tienes planes para después de clase?

—¡Claro que tiene planes! —repone Perla antes de que yo pueda responder—. Tiene que invitarme a un café.

Levanto una ceja.

—¿Disculpa?

—¡Nos lo has prometido! —grita Diego desde la otra esquina del aula, donde está bromeando con Adrián y Ben.

—Supongo que he de hacerlo... —replico encogiéndome de hombros.

—Excelente —exclama Ellie y se sienta a mi lado mientras Perla se une al grupo donde está Diego—. Klara, tengo que contarte algo.

—Dime.

Se acomoda las gafas con cuidado y se lame los labios antes de echar un vistazo a nuestro alrededor.

—Diego me ha invitado a salir —susurra.

—¡¿Qué?!

Todos nos miran frunciendo el entrecejo.

Me río nerviosamente y Ellie se pone roja. Después de unos segundos, todos vuelven a sus conversaciones como si nada.

—Lo siento, lo siento... Es que no me lo esperaba. —Quiero chillar, me siento tan emocionada como cuando los protagonistas de los dramas coreanos que veo por fin se dan cuentan de sus sentimientos y se besan—. Me alegro mucho de verdad —le digo de corazón. Sé que significa mucho para ella haber sido capaz de acercarse a Diego después de todo el tiempo que ha pasado observándolo de lejos con ganas de hablar con él.

—Yo aún no me lo creo —admite ella—. Estábamos jugando en línea y nos estábamos riendo por una tontería como siempre cuando de pronto me preguntó si me gustaría salir con él. Al principio, pensé que los auriculares me estaban jugando una mala pasada y le hice repetirlo. ¡Por supuesto que le dije que sí! ¡Y mañana vamos al cine!

—¡Qué romántico! —Junto las manos y las presiono contra mi boca—. Me lo tienes que contar todo después de la cita. Bueno..., no todo, solo lo que tú quieras.

—Obvio que todo, si hemos sufrido este *crush* juntas.

—Choca los cinco conmigo y luego nos vamos riéndonos a almorzar.

¡La cafetería está como siempre a tope de gente, pero ahora no me agobio tanto estando rodeada de tantas personas! Cada día me resulta más fácil.

Después de comer, mientras vamos por el pasillo, escuchamos un gran alboroto de voces y al poco aparece un grupo de chicos liderados por Kang que viene hacia nosotros. Todos nos pasan de largo, menos Kang, que se detiene frente a mí.

—Hola.

Me lamo los labios.

—Hola.

Diego, Ellie y Perla comparten una mirada de complicidad.

—Te vemos en clase —me dicen.

Asiento y me quedo ahí, frente a este chico que me hace sentir tantas cosas...

Kang me mira con cariño y sus dedos rozan mis rizos.

—Soy muy afortunado, eres preciosa.

Me sonrojo. Puedo sentir las miradas de las personas que pasan por nuestro lado en el pasillo. Me incomoda, así que intento enfocarme en él.

—¿Qué tal tu penúltimo día?

Se encoge de hombros.

—Como cualquier otro. Aunque, por primera vez, no me apetece tener vacaciones.

Yo tampoco.

—¿Por qué?

—Porque no te veré todos los días.

Kang extiende la mano y toma la mía. Nerviosa, la recibo y nos miramos a los ojos unos segundos. Sé que varias personas murmuran al vernos, e intento que no me afecte. Abro la boca para decir algo cuando:

«Klara Rodríguez. —La voz de la secretaria del instituto resuena por los altavoces—. Te esperan en el despacho de la directora. Klara Rodríguez, por favor, al despacho de la directora».

Noto una opresión en el pecho y suelto la mano de Kang, dando un paso atrás.

—¿Klara? —dice él frunciendo el entrecejo.

Una sensación desagradable me recorre la garganta hasta llegar a la boca del estómago y me alejo de Kang sin decirle nada. Todo a mi alrededor se vuelve borroso y confuso. Escucho a Kang detrás de mí. Me cuesta caminar, es como si arrastrara piedras pesadas atadas a los talones. Mientras avanzo por el pasillo de las clases, noto que se me está descontrolando la respiración y cierro las manos en puños a mis costados. Un recuerdo hace eco en mi mente.

«Klara Rodríguez, a la oficina urgentemente».

La última vez que me llamaron por los altavoces en mi antiguo instituto fue cuando mi madre tuvo que ser hospitalizada de urgencias después de una de sus quimios. Los efectos secundarios la habían dejado muy mal y casi la perdemos esa tarde. Aún recuerdo la cara de la directora cuando me dijo que me sentara y que me calmara mientras esperaba que Kamila viniera a buscarme para llevarme al hospital a ver a mamá. El pasillo parece estrecharse delante de mí y las voces me parecen muy lejanas, es como si solo pudiera escuchar los latidos acelerados de mi corazón, como si solo pudiera sentirlos en mis oídos, en mi pecho, en mis extremidades.

«Klara, siéntate, se trata de tu madre».

Casi al final del pasillo, me detengo y me apoyo de lado contra la pared, sosteniendo mi pecho que sube y baja con cada respiración descontrolada.

No puedo respirar. Sí puedo.

«Vamos, Klara».

—¿Estás bien? —me pregunta alguien, pero no puedo mirar. Es solo una figura borrosa frente a mí, porque no sé en qué momento los ojos se me han llenado de lágrimas—. Klara, ¿puedes escucharme?

No.

Unas manos me toman de los hombros, pero me las quito de encima con un gesto brusco.

—¡Déjame! —grito, y me encuentro con la expresión dolida de Kang. Sacudo la cabeza, porque no sé qué decir—. Déjame...

No quiero que me vea así, no quiero que nadie me vea así. Los latidos de mi corazón son muy fuertes, puedo sentir el miedo arrastrarse por mi piel, por mis venas hasta llegar a mi mente y convencerla de que voy a morir en los próximos minutos. Y entonces llega el hormigueo, porque estoy respirando tan agitadamente que no le estoy dando tiempo a mis pulmones a recibir el aire que necesitan... Estoy hiperventilando.

Cuando enfilo el pasillo principal, la señora Romes viene apresurada hacia mí. Supongo que alguien le ha dicho lo que me está pasando.

—¡Klara! —Me toma el rostro entre sus manos con cuidado—. Ey, ey, estás bien, estás bien, vamos... —Y entonces se gira hacia los estudiantes que se han quedado mirando y grita—: ¡No hay nada que ver aquí!

Me guía hasta su despacho, donde tiene un rincón de paz, como ella le llama.

—Tengo que ir al hospital, me siento... muy mal... —digo con voz ronca—. No puedo respirar... El... —busco mi teléfono—, el hospital más cercano está a diez minutos. Por favor, necesito un médico.

—Estarás bien, estarás bien... Vamos a respirar juntas.

—No puedo.

—Sí puedes, ya lo has hecho antes.

—No, un hospital...

—Vamos, Klara, podemos con esto.

La señora Romes se coloca detrás de mí y me rodea con sus brazos.

—Vamos, estás a salvo, respiremos juntas —me susurra al oído, usa su respiración calmada como ejemplo—. Vamos, uno... Eso es, lentamente... —me guía—. Estás hiperventilando, por eso te sientes así... Pero tú estás bien, recuerda tu mantra, vamos...

—Estoy calmada —suelto una respiración—, estoy a salvo, estoy protegida.

—Otra vez.

—No puedo.

—Lo estás haciendo muy bien, Klara, vamos.

—Estoy calmada, estoy a salvo, estoy protegida... —repito e inspiro despacio y luego dejo salir el aire lentamente. Lo hago de nuevo, sigo siendo consciente del temblor y el hormigueo en mis extremidades, de lo tensos que están mis músculos y de los latidos descontrolados de mi corazón.

—Eso es, eso es, Klara, vamos, seguimos respirando así —dice la señora Romes frotándome los brazos con suavidad—. Respiramos... Uno..., dos... Soltamos, vamos...

Lo primero que desaparece es la sensación de hormigueo y después, poco a poco, me voy calmando mientras sigo respirando profundamente.

Y llega el llanto.

Rompo a llorar desconsolada mientras la señora Romes me abraza.

—Ya está, ya ha pasado todo, Klara. Lo has hecho muy bien.

Me acaricia la cabeza y yo me aferro a su brazo sin poder dejar de llorar.

—He tenido tanto miedo...

—Lo sé, pero has podido manejarlo como una campeona.

—No, no... He perdido el control... Yo...

Me suelta un instante para colocarse delante de mí y toma mi rostro entre sus manos.

—Mírame —me dice seria—. Eres una campeona y estoy muy orgullosa de ti.

«Eres mi orgullo, mi niña». La voz de mi madre resuena en mi mente.

La señora Romes me deja desahogarme un rato en silencio y luego me ofrece una caja de pañuelos y un poco de agua.

—Lo siento, no sé qué me ha pasado...

—No te disculpes, Klara, me alegro de haberte podido ayudar a superarlo. Siempre estaré aquí si me necesitas.

—Por alguna razón, no he podido pasar sola este ataque de pánico... Ha sido muy... fuerte. Pensé que ya podía controlarnos yo sola, ¡qué ilusa he sido!

—No digas eso, y recuerda que los ataques de pánico no son algo que puedes llegar a controlar, sino que has de aprender a manejar y superar con las herramientas que te funcionan. Y tú lo estás haciendo muy bien.

—«Bien» no es el adjetivo que yo usaría.

—¿Qué te parece «de manera maravillosa»? —Me sonríe y me transmite tanta paz que me hace devolverle la sonrisa—. ¿Sabes cuál fue el detonante? ¿La gente en el pasillo? ¿El ruido? ¿Quizá nada? No siempre hay un detonante.

—Sé exactamente cuál fue. La llamada por el altavoz para que fuera al despacho de la directora.

—¿Por qué?

—La última vez que me llamaron para ir al despacho de dirección en mi antiguo instituto fue para decirme que mi madre estaba hospitalizada porque los efectos secundarios de la quimio la habían dejado muy mal. —Me sorprende ser capaz de decirlo en voz alta sin que se me quiebre la voz.

—Oh, lo siento mucho. Hablaré con secretaría para que avisen a tu profesor cuando te necesiten y no vuelvan a hacerlo por el altavoz, ¿de acuerdo? No necesitamos recordatorios de cosas tristes.

—Gracias... —Y entonces recuerdo que aún no sé la razón por la que me llamaron para ir a ver a la directora—. Oh, la directora... —Me pongo de pie y la señora Romes sacude la cabeza.

—Ya he hablado con ella, no te preocupes, solo quería hablarte de la clase de arte.

—Oh.

—¿Por qué no has asistido a arte, Klara?

—No lo sé.

—No intento presionarte, pero he visto tus pinturas, y sé que incluso ganaste un premio hace unos años, ¿no? Tienes mucho talento.

—No sé cómo explicarlo... Pintar es algo tan mío, tan conectado con mis emociones y con quien soy. Y ahora... no tengo ni idea de lo que soy. Me aterra enfrentarme a un lienzo y sentir rechazo por lo que pueda pintar, guiada por mis actuales emociones. Mis cuadros siempre han sido tan coloridos, tan vivos, tan motivadores... No sé cómo serían ahora... Creo que, de momento, prefiero no pintar.

—Atrapada en tus recuerdos, tu pintura no puede evolucionar, no puede mejorar y, sobre todo, no puedes disfrutarla, no puedes sentirla de verdad. ¿No echas de menos pintar?

—Cada segundo de mi vida.

—Vamos.

—¿Ah?

—De pie.

—Señora Romes... Hoy... no puedo.

Hoy ya he tenido suficiente.

—De acuerdo, lo entiendo, tómate el tiempo que necesites. Me sonríe una última vez y luego sale de su despacho. Me quedo sola unos minutos y me viene a la mente el rostro dolido de Kang. Me da miedo salir y encontrármelo en el pasillo, pero aun así lo hago, y me dirijo a los baños para lavarme la cara. El bajón que me ha dado este ataque de pánico es increíble. Tengo los ánimos por los suelos.

Entro en uno de los cubículos y bajo la tapa del inodoro para sentarme. Quiero hacer algunos ejercicios de respiración. De pronto, escucho a varias chicas entrar y comentar lo que me ha pasado:

—¿Has visto cómo le gritó a Kang? ¡Está loca! Pobre Kang... Entiendo que quiere ayudar a los demás, pero dejarse tratar así es demasiado...

—Tienes razón... No sé quién se cree Klara que es... Él solo estaba intentando ayudarla y ahora todos están hablando de él.

—Es una pena, que se rodee de personas así.

Mientras ellas siguen hablando, me hundo en un ciclo de pensamientos tristes y negativos. El bajón emocional que le sigue a un ataque de pánico pesa y, aunque ya no me cierro por completo ni caigo en ese estado de inactividad que solía ser frecuente al principio, no puedo negar que continúa afectándome. Y me agota tanto... Además, esta vez no fue algo que solo me afectó a mí, sino también a Kang, su rostro dolido aún me persigue. ¿Es así como serán las cosas? ¿Me convertiré en una carga para él?

En esa espiral de negatividad en mi cabeza, vuelve a mi mente la conversación que tuvimos en el parque de atracciones, la emoción que irradiaba y cómo no pude corresponderle por mis miedos. Kang merece disfrutar de las cosas que le apasionan de esa forma, merece alguien que pueda acompañarlo en todo. Él es luz para tantas personas con su programa y tan bueno con todo el mundo a su alrededor, a pesar de que no lo ha tenido fácil. Lamentablemente, estando a mi lado se encontrará con limitaciones y escenas como la de hoy.

Así que, respiro profundamente para coger valor, porque en la vida se toman decisiones a diario, unas más difíciles que otras, pero algunas increíblemente necesarias.

41

Rómpeme

KANG

—¿Estás de acuerdo, Kang? —pregunta Erick—. ¿Vendrás con nosotros a la cafetería después de clases?

—No lo sé.

Él último día de clases antes de las vacaciones de Navidad ha llegado, pero no estoy emocionado como otros años. Mi mente sigue dándole vueltas a la tarde de ayer, a lo que le pasó a Klara. Reviso mi móvil. Mi mensaje de texto sigue sin respuesta. Sé que está bien porque le he preguntado a Perla; no obstante, necesito escucharlo de sus labios, asegurarme de que todo está bien, de que *estamos* bien.

Cuando la clase termina, salgo apresurado hacia el pasillo donde está el aula de Klara. Llego en el momento exacto en el que ella sale, acompañada de Perla y Ellie. Está sonriendo por algo que dice Perla y me alivia verla tranquila. Sin embargo, cuando me ve, su sonrisa se desvanece y aparta la mirada.

—Hola —digo saludando con la mano.

Ellie y Perla me responden con una sonrisa amable.

—Hola, Kang.

Klara no dice nada.

—¿Puedo hablar contigo un segundo? —le pido.

Ella asiente aún sin mirarme y se gira para que la siga. Dejamos a Ellie y a Perla, y no me sorprende cuando terminamos en el pasillo del auditorio. El recuerdo de la primera vez que nos vimos aquí me pone de buen humor inmediato.

—¿Me has traído aquí de nuevo para decirme que estoy saludable? —bromeo y una ligera sonrisa curva sus labios, pero eso es todo, no hay respuesta.

Noto que está tensa y que tiene las manos cerradas en puños a sus costados. Algo va mal.

Klara se lame los labios y mantiene la mirada hacia un lado de la pared.

«¿Por qué no me miras?».

Mi buen humor se transforma en ansiedad y miedo. Quizá he hecho algo mal y he arruinado de alguna forma lo que hay entre los dos.

—Kang, creo que... me precipité con esto. Lo siento. —Su voz es un murmullo.

—¿Con esto?

—Tú y yo.

Esto me toma completamente desprevenido, no lo había visto venir en absoluto. No sé qué busco en su expresión, supongo que algún tipo de explicación o gesto que me ayude a entender lo que está pasando, pero no encuentro nada.

—¿De qué estás hablando, Klara? ¿Me estás diciendo esto por lo que pasó ayer? ¿Hice algo mal?

—No. —Niega con la cabeza y finalmente me mira. Hay mucha tristeza en sus ojos—. He tomado una decisión y espero que la respetes.

Haría cualquier cosa que ella me pidiera porque me importa y la quiero, pero esto... duele, y me resulta muy difícil decir algo porque he puesto todo mi corazón en nosotros, en ella.

—Tengo derecho a preguntarlo, Klara. ¿Por qué?

—He tomado una decisión.

—¿Por qué sí? Estás rompiendo conmigo... y no piensas decirme por qué.

—Lo siento, necesito tiempo, Kang.

—¿Tiempo? —pregunto frunciendo el entrecejo—. Puedo darte tiempo, Klara, todo el que necesites.

Ella se queda callada y sus ojos se enrojecen un poco.

—Espero que pases unas buenas vacaciones de Navidad, Kang.

Se esfuerza por sonreírme y luego se va.

Tengo que esforzarme para no detenerla, para no gritarle a todo pulmón que me está matando y que no entiendo nada. Sin embargo, no lo hago. No quiero presionarla. Creo que, con todo lo que ha pasado, no se merece tener que lidiar con un chico que no respeta sus tiempos y sus decisiones.

Me quedo ahí, en el pasillo en el que tengo tan bonitos recuerdos con Klara y que ahora ha sido el escenario de una conversación difícil que me ha dejado el corazón roto.

KLARA

«Lo he hecho», pienso con tristeza.

No he hablado con nadie de esto, porque creo que quizá no me entiendan, y porque ni siquiera sé cómo explicarlo. Kang me gusta mucho, pero no quiero perjudicarle en nada después de todo lo que él ha hecho por mí. No quiero afectar su vida de forma negativa. Y aún estoy procesando tantas cosas... No sé si podré lidiar con algo más justo ahora, por eso necesito tiempo.

Quiero tomarme estas vacaciones de Navidad para asimilar todos los cambios que he vivido, para celebrar mis victorias y fortalecer mi relación con mis nuevos amigos. Y aunque Kang forma parte de ese grupo de personas buenas que han llegado a mi vida y han impulsado cosas positivas, lidiar con el efecto que yo pueda tener en su vida me abruma. Quizá sea egoísta por mi parte, pero...

Sin darme cuenta, he terminado en el pasillo donde está el aula de arte, frente a la puerta abierta. Tomo una respiración profunda y me llega el olor de pintura fresca. Puedo ver los trabajos sin terminar, lienzos blancos y cuadros ya acabados. He pasado tanto tiempo en un aula como esta... Casi puedo verme ahí sentada, con los auriculares puestos, escuchando música y moviendo la cabeza al ritmo mientras pinto. También puedo ver a mi madre llegando sonriente para recordarme que he perdido la noción del tiempo de nuevo y que ha venido a buscarme porque el autobús escolar ya ha dejado de funcionar ese día.

—Debe de ser difícil, ¿no? —Ellie me sorprende, de pie a mi lado. No digo nada y entonces añade—: Me refiero a que debe de ser difícil perder algo que solía ser tan importante para ti...

La sonrisa de mi madre mientras salíamos bromeando del aula de arte es un recuerdo que tengo tan claro en mi mente...

—Lo es.

—Sé que no puedo compararlo, y que jamás podría igualarse a todo lo que has pasado tú, pero me imagino que yo sentiría algo parecido a lo que tú sientes si no pudiera leer... Los libros son mi forma de escapar de la realidad, de perderme en otros mundos...

Suspiro.

—No solo es que ahora no sea capaz de pintar..., es que he acabado asociando la pintura con mi tristeza —digo con honestidad—. Fue algo que simplemente pasó, y por ello me da miedo pintar, me da miedo ver esa tristeza en mis cuadros.

—Nuestro cerebro funciona de formas extrañas, ¿no?

Eso me hace sonreír.

—Creo que nuestro cerebro tiene muchas maneras de lidiar con los traumas para que podamos sobrevivir.

Ellie toma mi mano.

—Vamos, el último día de clases antes de las vacaciones se ha terminado oficialmente.

Suspiro y la sigo en silencio, aunque me gustaría decirle que eso no es lo único que se ha terminado hoy.

Estoy de vuelta a mis cuatro paredes.

Ahora me resultan asfixiantes, aburridas... Mi cuarto solía ser mi lugar seguro, he pasado tanto tiempo aquí... Ahora parece un recuerdo lejano; sin embargo, hace tan poco de todo ello, solo unas cuantas semanas. Cuánto pueden cambiar las cosas en poco tiempo. Cuando se está en un bajón, en los momentos oscuros, podemos creer que nos sentiremos así siempre, que nunca mejoraremos o podremos superar nuestra tristeza, pero sí podemos. Solo tenemos que luchar contra esa creencia de que esa tristeza será eterna o de que esa ansiedad paralizante será nuestro pan de cada día.

—¿Estás lista? —Kamila asoma la cabeza por el espacio entreabierto de la puerta de mi habitación—. Ya están aquí.

Suspiro y sonrío acercándome al espejo. Aún lucho con mi reflejo, con lo que veo, pero estoy aprendiendo a quererme más cada día. Estoy lista para la cena que mi hermana ha preparado para conocer a mis amigos.

—Te ves genial —asegura Kamila, entrando.

—No tienes que hacerme cumplidos todo el tiempo.

—Claro que sí, antes mamá... —se interrumpe—. Era la que te hacía cumplidos, así que ahora he tomado ese rol yo.

—Pues lo haces fatal.

Ella se ríe.

—Tu crueldad es adorable.

Kamila lleva puesto un delantal encima de su vestido informal negro. Está manchado de harina y de otras sustancias, y de inmediato recuerdo a mi madre, que solía pasarse el día en la cocina por estas fechas. Esta es la primera vez que Kamila ha horneado algo desde que mamá murió. Noto una opresión en el pecho.

—¿Qué has preparado? —pregunto, intentando sonar tranquila porque esto me pone muy emotiva.

Ella se sacude el delantal.

—Un pastel de fresas.

El favorito de mamá.

Nos quedamos en silencio un rato porque no necesitamos decir mucho en voz alta. Este es un paso inmenso para ella. Kamila también lo ha tenido muy difícil, y el hecho de que esté progresando me llena de emoción.

—Me has inspirado mucho, Klara —dice con mucho cariño—. Verte asistiendo a clases y haciendo amigos me ha motivado a dar unos cuantos pasos. Así que... —levanta las manos— comeremos pastel de fresas hoy.

Me acerco a ella y la abrazo con mucha fuerza.

—Lo estás haciendo genial, Kamila —musito contra su pelo.

—Quizá el pastel sea horrible, Klara, no tengas muchas expectativas —bromea, y me rio al separarme de ella.

—Gracias.

—¿Gracias?

—Gracias por ayudarme, por estar ahí para mí, aun cuando luchas tus propias batallas. Eres la mejor hermana del mundo.

Sus ojos se enrojecen y echa la cabeza hacia atrás, soplando.

—No, no, ¡cero lágrimas! ¡Vamos!

Me toma de la mano y salimos al pasillo. Me encuentro de frente con Diego en la sala. Ellie está detrás de él.

—¡Capuchaaaa! —Me envuelve en un abrazo inmenso y cálido.

Luego saludo a Ellie, y mientras nos dirigimos a la mesa, suena el timbre. Andy va a abrir la puerta. Perla entra y chilla cuando nos ve.

—¡Mis *losers*! —Nos llama así cariñosamente a veces. Nos envuelve en un abrazo grupal—. Han pasado cinco días y, literal, tengo la sensación de que hace años que no los veo. ¡Los he echado tanto de menos!

Mientras caminamos hacia la mesa y nos sentamos, Perla saluda a Andy y a Kamila, y les hace algún comentario gracioso sobre Ellie y Diego. Mi hermana parece encantada y comenzamos a servir los platos. Tomo asiento al lado de Andy, quien luce una gran sonrisa.

—Ni lo digas —susurro.

Andy me da un empujoncito con el codo.

—¿Dónde está el famoso locutor? Pensé que... —dice.

—Diego, ¿me pasas la sal? —lo interrumpo, y Andy parece captar el mensaje.

Perla está contando alguna de sus anécdotas neoyorquinas cuando mi móvil vibra por la llegada de un mensaje. Lo abro y una sensación de calidez envuelta de tristeza me llena el corazón. Es de Kang: «Feliz Navidad, K».

Le respondo de la misma forma y guardo el teléfono. Ellie y yo compartimos una mirada de complicidad. Por alguna razón, solo le he contado a ella lo que pasó. Simplemente, se dio la ocasión: es extraño cómo a veces tenemos momentos de confianza con algunas personas, sin planearlo.

La verdad es que extraño mucho a Kang, independientemente de todo, él y yo solíamos hablar todos los días o nos escribíamos mensajes, incluso antes de que empezáramos a salir.

—Estuvo increíble, ¿no, Klara?

La voz de Diego me trae de vuelta a la mesa.

—¿Qué?

Perla sacude la cabeza.

—Klara, como siempre, en las nubes.

—Decía que el último programa de Kang antes de las vacaciones estuvo genial, ¿no?

Oh...

Diego espera y le toma unos cuatro segundos darse cuenta de que no escuché ese programa.

—¿Te lo perdiste?

Ahora la atención de todos está sobre mí y no sé qué decir.

—¿Ese no fue el día que estuvimos viendo *It's okay not to be okay* juntas? —comenta Ellie. Le he hablado de ese drama coreano varias veces—. Estábamos tan metidas en la trama que se nos pasó el tiempo —miente sin inmutarse.

Sin embargo, Diego me sigue mirando.

—Sí, se me pasó —agrego para convencerlo.

Perla mira a Ellie y luego a mí, pero no dice nada.

Sé que tengo que explicarles que he dejado a Kang, pero no quiero hacerlo ahora.

Llega el momento del postre y Kamila trae el pastel de fresas. Tiene una pinta deliciosa, y cuando lo pruebo, me doy cuenta de que mi hermana ha heredado el talento culinario de mi madre. Está espectacular.

Brindando y comiendo un pastel que significa tanto para mi hermana, nos deseamos una feliz Navidad con sonrisas y mucho cariño.

42

Píntame

Volver al instituto es más difícil de lo que pensé.

A pesar de que me he aburrido mucho entre las cuatro paredes de mi habitación, en estas dos semanas de vacaciones también he vuelto a sentirme cómoda y segura en ella.

No puedo negar que he buscado a Kang con la mirada muchas veces. Después de ese mensaje de feliz Navidad, no he vuelto a saber nada más de él. Aprecio que respete mis tiempos, pero una parte de mí..., la parte romántica empedernida e inmadura, desea que él me busque, que luche un poco por mí como en los dramas coreanos que tanto me gustan.

La señora Romes me ha llamado a su despacho apenas he llegado.

Me saluda dándome la mano y me guía fuera de su despacho para ir a otro pasillo. Subimos unas escaleras y enfilamos otro pasillo largo del instituto, y ya sé adónde me está llevando. Estamos en el área de las clases de música, ciencias y arte.

Se detiene frente a la puerta del aula de arte y hace algo con su móvil.

—La señora Mann viene en camino.

—¿Qué estamos haciendo aquí?

Señala la puerta y me sonríe.

—Pintar.

—No.

Es lo primero que digo instintivamente.

—Solo entremos, ¿vale? —me propone—. Solo échale un vistazo.

—Es que... —Me detengo un segundo, pensándolo.

—Estaré contigo en todo momento, si me necesitas, y la señora Mann está a punto de llegar.

—Necesito tiempo; quiero hacerlo poco a poco.

Ella asiente.

—De acuerdo.

El primer día, solo me quedo en la puerta mirando el aula vacía.

El segundo día, observo cómo una clase hace su magia.

El tercer día, me animo a ver una clase completa con la puerta abierta.

El cuarto día, hago lo mismo.

Y, finalmente, el quinto día, estando el aula vacía, giro la manija de la puerta y abro. Por unos segundos, solo me quedo ahí, sin moverme, hasta que tomo una respiración profunda y entro. Lo primero que me golpea es el olor... a pintura que tan bien conozco.

Cierro los ojos y me permito inhalar profundamente.

«¡Qué bien pintas, hija!».

La voz de mi madre me arruga el corazón. Siempre me animó a pintar, desde que yo era muy pequeña.

Abro los ojos y veo todos los lienzos. Hay trabajos en proceso de varios estudiantes, algunos con la pintura fresca, y la única iluminación del aula viene de los grandes ventanales que hay en una de las paredes, desde los que se puede ver la nieve fuera del instituto y un árbol sin hojas. Es casi... nostálgico, parece una sala de arte abandonada en medio del frío.

Camino entre las pinturas. Hay figuras muy simples y otras muy trabajadas... Paso mi dedo por un lienzo en blanco, disfrutando de la textura, de la sensación... Y me viene el recuerdo a mi profesora de arte en mi antiguo instituto.

—¿Otra vez un retrato de tu madre, Klara?

—Sí, es solo que...

Desde que me había enterado del cáncer de mamá, lo único que quería era inmortalizar su rostro, era todo lo quería pintar, y mi profesora no lo entendía porque ella no sabía lo que pasaba en casa y yo cada vez me cerraba más.

—Retratos fue el tema del mes pasado, Klara, tienes mucho talento, pero no puedo presentar otro retrato tuyo en la exposición escolar del mes que viene.

No dije nada. Ella suspiró.

—¿Por qué no te tomas un descanso? Puedes volver al club de arte el mes que viene después de la exposición.

Me quedé mirando el retrato de mi madre. Había intentado reflejar en él la belleza de su pelo porque ya había comenzado a perderlo. Me forcé a sonreír a la profesora.

—De acuerdo, volveré a por el cuadro cuando se seque.

Ese fue el último cuadro que pinté.

No he vuelto a pintar desde entonces. De alguna forma, me hace sentir bien que el rostro de mi madre sea lo último que pinté.

—Klara Rodríguez —me llama una voz desconocida desde la puerta.

Me giro para ver a la señora Mann. Es delgada y alta. Lleva el cabello blanco recogido en un moño desordenado.

—Talentosa pintora del Instituto San José, ganadora de varios concursos escolares desde que ibas a primaria. Es un honor hablarte después de verte pasar por aquí tantas veces, bienvenida.

—Gracias.

Me observa unos segundos y luego comienza a caminar hacia mí.

—¿Te preparo un lienzo?

—No... —Niego con la cabeza enérgicamente.

—¿Por qué no?

—No he venido a pintar.

—¿De verdad? Eso que he visto en tus ojos parecía decir lo contrario.

No digo nada.

—¿Cuándo fue la última vez que pintaste?

—Hace mucho tiempo.

—¿Por qué?

—No lo sé.

—¿A qué tienes miedo, Klara?

Mis ojos se quedan sobre una pintura casi terminada de un anochecer.

—A mí misma. —Las palabras abandonan mi boca por sí solas.

—¿Tienes miedo de lo que puedas reflejar de ti misma en el lienzo?

—Supongo.

—Bien —dice, y comienza a montar un lienzo y a traer pinturas.

—¿Bien?

—¿Acaso los artistas no somos una bomba de emociones, de miedos...? ¿No es nuestra sensibilidad la que nos mueve? —me plantea con una sonrisa—. El arte no es más que la expresión de todo lo que sentimos. No recordamos un cuadro por su belleza, sino por lo que nos hizo sentir cuando lo vimos.

Me guía y me detiene frente al lienzo.

—No tienes que pintar nada elaborado, solo quiero que te permitas sentir y tocar la pintura, que grites esos miedos, si es necesario, que dejes salir todas tus emociones.

Mi mano tiembla al hundir los dedos en el color negro.

Ha pasado tanto tiempo...

Levanto la mano y veo la pintura deslizarse hacia el centro de mi palma y gotear desde mis dedos. Con lágrimas en los ojos, la presiono contra el lienzo.

«Me has pintado otro retrato, hija, es maravilloso, y mira lo bonito que te ha quedado mi pelo. Esperemos que pronto me vuelva a crecer y se vea así».

Quito mi mano del lienzo.

—No puedo.

La señora Mann me toma la mano, la coloca en el lienzo de nuevo y la mueve dibujando líneas negras.

—Sí puedes.

Toma mi otra mano y la mete en la pintura roja para ayudarme a trazar líneas rojas al lado de las negras. Noto las lágrimas rodando por las mejillas hasta caer desde mi mentón. Soplo y noto los sollozos atrapados en mi garganta.

—Llora, grita, haz lo que tengas que hacer. Tu arte está aquí para ser una puerta de salida a todo eso.

—Estoy rota... Todo lo que crearé estará roto.

La señora Mann me suelta las manos y me deja seguir sola.

—«El arte es para consolar a los que están quebrantados por la vida» —me susurra.

—Vincent van Gogh.

Presiono las dos palmas de las manos contra el lienzo, y la pintura se escurre entre mis dedos mientras me lamo los labios húmedos por las lágrimas.

—El cáncer es una mierda —digo en un murmullo—. Lo odio, odio que me quitara a mi madre... —Le doy una palmada con fuerza al lienzo y cojo más pintura, y sigo trazando, golpeando y pintando—. Odio que me quitara mi vitalidad y que arruinara mi mente. Echo tanto de menos a mi madre... y estoy tan cansada de vivir con miedo. Estoy... —Mi voz se rompe y me detengo.

La señora Mann pone sus manos sobre mis hombros y los aprieta con cariño. Yo me giro y la abrazo para llorar contra su pecho.

—Chisss, Klara. Bienvenida al arte de nuevo.

Me gira y me hace enfrentar el lienzo.

Observo los trazos que he hecho, y que de alguna manera tienen sentido para mí. Puedo ver en ellos la rabia y la tristeza, puedo verlo todo, y puedo ver lo que puedo crear a partir de ahí.

—Tómate el tiempo que quieras —me dice la profesora mientras se dirige a la puerta.

Después de verter algunos colores sobre una paleta de pinturas, tomo el pincel y comienzo con negro para crear una figura en medio del caos, la delineo con bordes blancos para que resalte y se vea claramente que es una chica. Enfatizo el rojo con un rojo más oscuro y agrego toques grises para crear un cielo calamitoso, casi de fuego. A los pies de la chica añado más grises, como si fueran cenizas caídas de las llamas del cielo.

Recuerdo aquella noche que estaba encerrada en mi cuarto escuchando el programa de Kang y que me puse a delinear la luna con el dedo sobre el vidrio de la ventana. Busco el color blanco para pintar la luna en el cielo rojo... Mientras pinto, recuerdo el rostro sonriente de mi madre, de Kamila, de Andy, de Darío y el de todas las nuevas personas que han entrado en mi vida: Kang, Diego, Perla y Ellie.

En medio del caos, del calor del fuego, de las cenizas, esas personas han sido mi luna, mi luz.

Pierdo la noción del tiempo y no es hasta que alguien llama a la puerta cuando me doy cuenta de que quizá ya sea la hora de salida. Me detengo y veo entrar a la señora Mann.

—¿Cómo vamos?

Me encojo de hombros.

—No es nada especial.

—A ver...

Se detiene delante del cuadro, apoyando su barbilla en una mano.

—Guau...

—No exagere, señora Mann.

—Es precioso, tanto... dolor... es... —se interrumpe.

—Gracias.

—Gracias a ti por volver a pintar, tu contribución al arte va a ser increíble, Klara.

No digo nada y ella habla de nuevo:

—Ya no hay autobuses, pero informaremos a tu hermana de que te irás con tus amigos. —Frunzo el ceño—. Están esperándote en la entrada.

—¿Qué? —Me limpio las manos con un trapo, pero las manchas de pintura siguen ahí. No me molesta después de pasar tanto tiempo sin ellas. Le doy un abrazo a la profesora y salgo.

Bajo las escaleras, y cuando entro en el pasillo principal, el ruido y los gritos me toman por sorpresa. Al final del corredor, están mis amigos, mis *losers*, como nos llama Perla a veces. Me quedo paralizada un momento.

—¡Klara! ¡Klara! ¡Klara! —gritan Perla, Ellie y Diego.

Respiro profundamente para controlar las lágrimas, ya he llorado demasiado hoy.

«Está bien celebrar las victorias a lo grande, Klara».

Les sonrío y comienzo a caminar hacia ellos.

Diego tiene una pancarta inmensa que dice: #CapuchaEsLaMejor, y Perla lleva otra en la que se lee: Arte, prepárate que llegó la puta ama. Ellie sostiene unos globos con ambas manos y una foto de uno de mis actores coreanos favoritos.

—¡Están locos! —les digo, abrazándolos y arrugando las cartulinas al hacerlo.

—¡Locos por nuestra Klara! —responde Perla—. ¡Por fin has vuelto a pintar! Estoy tan feliz por ti...

—No es gran cosa —susurro.

—Claro que sí.

Hacemos un círculo con nuestros brazos y damos vueltas para celebrar mi victoria. Nos separamos entre risas y Perla comenta:

—Cuando Kang habló con mi madre para que te ayudara con lo de arte, no pensé que funcionaría.

—¿Qué?

—Supongo que era una sorpresa —agrega Diego—. Él fue el que habló con la señora Romes para que te motivara a volver al aula de arte y nos lo contó para que estuviéramos aquí contigo. Nos dijo que no te dijéramos nada, claro, pero, bueno, ya sabes que no soy muy bueno guardando secretos.

Me quedo fría. Kang...

Kang ha organizado todo esto para mí, por mí, incluso cuando no estamos juntos, incluso cuando le he pedido tiempo para pensar... Mi mente viaja a la primera vez que escuché su programa, a nuestros mensajes de texto, al pasillo del auditorio donde hablamos por primera vez, a la fiesta, al chocolate caliente, a nuestro beso, a cuando fuimos al cine, a la conversación en la heladería, a su mirada cálida y a su sonrisa...

Y me abruman las emociones, lo que siento por él, ese sentimiento que he intentado ignorar las pasadas semanas. Quiero verlo, abrazarlo, decirle que es demasiado bueno para este mundo y que alejarlo de mí ha sido doloroso, que lo hice porque pensé que era lo mejor, pero... ¿lo es?

Pienso en llamarlo, sin embargo, lo que quiero decirle no puedo hacerlo por teléfono, así que pienso... Es viernes... Kang... debe estar tocando el bar de la calle Catorce.

—Chicos, necesito que me lleven a un bar.

—¿Qué?

—Vamos.

De camino al bar, llamo a Kamila y a Andy para que vayan allí por si acabamos teniendo problemas por ser menores de edad y querer entrar en un establecimiento de ese tipo.

—¿Klara? —dice Perla, y se queda esperando mi respuesta. Aún no les he contado mi plan.

Diego conduce, y yo juego con mis manos en el regazo, dudando.

—Voy a hacer algo muy cliché y loco, y espero que me apoyen si sale mal.

—Eso ni se pregunta —replica Ellie—. Ahí estaremos.

El bar es muy sofisticado y elegante. Me esperaba algo pequeño y poco conocido, pero esto parece un lugar de élite, de esos donde no entra cualquiera. Nos dejan entrar porque aún es temprano y al parecer el establecimiento tiene un área de restaurante que está abierto para todo tipo de público. La iluminación es un poco naranja, y las mesas y sillas de madera le dan un aire antiguo y bonito. Camino entre ellas y veo la tarima. Allí está Kang. No está cantando, está preparando su guitarra. Lleva puesta la máscara de Batman y eso me hace sonreír un poco.

—Esperen aquí —les pido a mis amigos, y me armo de valor para caminar hacia él.

Cada paso me pone más y más nerviosa.

—Kang —digo. Cuánto echaba de menos decir su nombre.

Se gira y la sorpresa es obvia en su rostro.

—¿Klara?

Me quedo sin palabras por unos segundos. Tengo tantas cosas que decirle que no sé por dónde empezar. Se baja de la tarima y da unos cuantos pasos hacia mí.

—¿Qué estás haciendo aquí?

—Quiero que me escuches, ¿de acuerdo? —Me tiembla la voz por los nervios y tomo una respiración profunda—. Lo siento..., siento haberte alejado de mí y no haberte dado las explicaciones que te merecías. Pensé que hacía lo correcto, no quería arruinar tu vida... Yo... —pausa y respiro de nuevo.

—Klara...

—Soy un desastre, ¿de acuerdo? Lo soy literalmente. Estoy en una lucha constante todos los días, y tendré buenos momentos y muchos bajones también. Y me verás reír y llorar, y quizá haya más ataques de pánico y me encierre en mi habitación de nuevo. No lo sé, y no puedes salvarme porque el amor no cura la depresión y la ansiedad, el amor ayuda y te da fuerza, y te sostiene, y desde luego que eso es mucho... Pero sé que yo no soy solo eso, Kang. También soy divertida, soy buena amiga, pinto bien, tengo un humor negro muy loco y una afición poco sana por los dramas coreanos y muchas otras cosas que me hacen ser yo. Soy mucho más que mi depresión y mi ansiedad, pero mi depresión y mi ansiedad son parte de mí... Así que, si quieres estar conmigo..., tienes que saber que este es el paquete completo.

Mi pecho sube y baja con cada respiración acelerada. He hablado muy rápido y siento que le he abierto por completo mi corazón.

Él me observa en silencio, procesando todo lo que acabo de decir.

—Klara... —Da el último paso hacia mí y su mano acuna mi mejilla. Aún lleva puesta la máscara, pero puedo notar la calidez de sus ojos—. Hace tiempo que me enamoré de ese paquete.

Se me va a salir el corazón. Me lamo los labios.

—Tal vez salir conmigo no sea lo mejor para ti. —Tengo que decirlo.

Él suspira.

—Yo también lucho cada día para superar la pérdida de mi hermano, aún tengo días en los que retrocedo en mi avance y me consume la culpa. Así que tienes razón, no podemos salvarnos, pero podemos acompañarnos, ¿no?

—Sí.

Kang se inclina hacia mí y aguanto la respiración hasta que su boca encuentra la mía. Es un beso lleno de tantas emociones, de tanta sinceridad, que aprieto las manos a mis costados sintiéndolo todo. El roce de nuestros labios es dulce y delicado. Cuando nos separamos, Kang me da un beso en la frente y me abraza.

—Te he echado de menos, Klara con K.

—Y yo a ti, Bat-Kang.

Se ríe por lo bajo y alguien se aclara la garganta. Nos giramos para ver a Kamila, Andy, Diego, Ellie y Perla.

Oh, Dios, ¿lo han oído todo? Por las lágrimas de Ellie, diría que sí.

—Un placer conocerte, Kang. —Andy estira su mano y Kang la toma.

Kamila les sonríe.

—Doctora Rodríguez —la saluda Kang con respeto.

—Para ti, Kamila —dice ella, y lo abraza con mucho cariño.

Ellie se limpia las lágrimas y me señala.

—Tu afición es hacerme llorar todo el tiempo, ¿no?

—Eres una sensible —la acusa Perla.

—Bueno —interviene Diego—. Ya que hemos venido hasta aquí, ¿nos tocas algo, Kang?

Él asiente y se da la vuelta para volver a la tarima.

Conseguimos mesa y nos pedimos unos batidos y algo de comer mientras esperamos que el bar se llene un poco más y Kang pueda hacer su presentación.

—Estas patatas fritas son deliciosas —comenta Diego metiéndose tantas como puede en la boca.

Ellie lo observa como si fuera la cosa más adorable del mundo.

—No quiero ser demasiado crítica, pero ¿por qué Kang lleva una máscara de Batman? —pregunta Perla. Y le cuento.

Comenzamos a charlar y se nos pasa el tiempo hasta que se llena el bar.

Cuando Kang aparece en el escenario, lo vitoreamos con entusiasmo. Pero enseguida nos quedamos muy callados cuando él se acomoda la guitarra y comienza a tocar una melodía suave antes de cantar y dejarnos con la boca abierta.

Si la voz de Kang era mi perdición, escucharlo cantar me lleva a un nivel superior. Estoy hipnotizada, mis ojos siguen el movimiento de sus dedos sobre la guitarra, cómo se flexionan sus brazos, cómo se mueven sus labios. Mis oídos se llenan de su voz, de la melodía de su guitarra.

Le echo un vistazo a los demás y todos parecen tan hipnotizados como yo. Kamila tiene la cabeza sobre el hombro de Andy. Diego tiene el brazo alrededor de Ellie y Perla sostiene mi mano.

Es increíble lo mucho que ha cambiado mi vida en los últimos meses, y cómo cada una de estas personas ha puesto su granito de arena para ayudarme. De repente lo recuerdo todo: el programa de radio de Kang, la primera vez que salí de casa, los perritos de mi vecina, aquel ataque de pánico en el baño en el que Kang me ayudó por teléfono, el instituto nuevo, conocer a Diego, a Perla, a Ellie, mis recaídas, mis lágrimas, mis logros... Todo lo que me ha traído a este momento.

Vuelvo a mirar a Bat-Kang mientras él termina de cantar y todos le aplauden como locos. Diego y Perla bromean sobre algo; Kamila, Andy y Ellie se ríen mientras aplauden, y Kang vuelve a nosotros aún con su máscara y lo felicitamos por todo lo grande.

Me pongo de pie y me aclaro la garganta.

—Quiero... hacer un brindis... —Levanto mi vaso—. Con batido de fresa, muy original —bromeo—. Por ustedes, cada uno de ustedes ha sido... una pieza muy importante en todo lo que he logrado. Ustedes son un ejemplo para mí, quiero que sepan que seguiré luchando y que lo más probable es que vuelva a caerme, pero ya no me da tanto miedo porque tengo a las mejores personas a mi alrededor y también sé que puedo levantarme porque ya lo he hecho antes. Así que... gracias.

Brindamos y sonreímos abiertamente porque, aunque la vida se complique y nos ponga frente a problemas y momentos difíciles, también hay días como este, días de celebración, días buenos, y hay que celebrarlos, sentirlos y vivirlos. Juntos, sigamos la voz de la alegría, de la compasión, de la paz, del amor, de los pensamientos positivos y, sobre todo, seamos lo que queremos ser, como queramos serlo y cuando queramos serlo.

No olvides seguir tu propia voz.

Carta final

De: Klara
Para: Lectores/as

Llegados a este punto, podríamos decir que ya nos conocemos, ¿no es así? Has estado ahí desde el comienzo, desde que no salía de casa, desde que mi único contacto con el mundo exterior era el programa de radio, desde que todo lo que había en mi corazón y en mi ser era miedo y tristeza. Me has visto progresar y retroceder, me has visto caer y llegar a tocar fondo. Toda mi vulnerabilidad ha quedado expuesta, lo has vivido en cada palabra, en cada párrafo. Pero también has vivido mis pequeñas victorias y las has celebrado conmigo. Has llorado conmigo, hemos vivido toda una vida juntos en unas cuantas páginas.

Quizá te has visto reflejada o reflejado en mí o mi vida te ha recordado la de alguien que conoces y por eso te ha emocionado lo que te he contado, porque esta no es solo mi historia, sino la de muchas personas, y siempre es bueno que alguien la cuente, ¿no crees?

Mi sueño es que el conocimiento sobre la salud mental se siga expandiendo por el mundo, que por ignorancia no se pierdan vidas preciosas como la de Jung, que las personas dejen de quitarle importancia a la depresión y a los trastornos de ansiedad. No puedes dejar de sufrirlos solo decidiendo que quieres hacerlo.

Podemos aprender, podemos crecer.

Quiero que te ames como eres, tal como lo hace Perla; que salgas de tu caparazón en algún momento, como Ellie, y que mantengas tu esencia y alegría a pesar de todo, como Diego, y que, solo si es posible, tus experiencias dolorosas promuevan un cambio en ti y puedas ayudar a los demás, como Kang.

Pero sobre todo quiero que sepas que sí se puede y que no te debes rendir por duro que sea, porque poco a poco puedes salir de lo que sea que te aqueja. No es fácil, pero tú, que has vivido mi historia conmigo, sabes que me caí y me levanté, que sufrí, pero también reí, que tuve ataques de pánico y aprendí a manejarlos. Y yo soy solo una de las muchas personas valientes que están ahí afuera dándolo todo, luchando y sobreviviendo y progresando. Así que tú puedes con esto, eres mi campeón, eres mi campeona.

Y en el caso de que sea una persona cercana a ti la que esté pasando por un momento difícil, espero que mi historia te haya dado unas cuantas ideas para ayudarla y para darte cuenta de la importancia que tiene extender la mano hacia alguien que se está hundiendo en la tristeza, en la ansiedad, en el miedo. Sentir la calidez del apoyo de otra persona puede ser vital.

Y, finalmente, recuerda ser una lucecita en medio de tanta oscuridad, esfuérzate por agrandar la luz de alguien más, por decirle algo bonito a alguien o hacer algo por alguien sin esperar nada a cambio. Reparte amor, calidez y luz porque este mundo ya tiene mucho odio, oscuridad y negatividad.

Mi nombre es Klara, sí, con K, fiel radioyente del programa *Sigue mi voz*, y estoy aquí para recordarte que sí se puede, que eres genial y que luches por lograr lo que quieres en la vida, porque yo creo en ti de todo corazón. Y espero que en tu memoria quede el recuerdo de esta chica que luchó desde el principio, desde el encierro de su cuarto con sus dramas coreanos, desde los pensamientos negativos, desde la depresión, desde los ataques de pánico, hasta emerger de nuevo y mejorar con cada paso, teniéndote a ti como testigo.

Y ahora te cedo el paso para que escribas tu historia en el libro de tu vida. Con una gran sonrisa, sacudo mis rizos y te grito: ¡es mi turno de seguir tu voz!

KLARA RODRÍGUEZ

Agradecimientos

Es la primera vez que tengo una sección de agradecimientos en mi libro. Y es que *Sigue mi voz*, más que una historia, es una parte de mí, fue lo que pintar es para Klara: una salida, una manera de expresar muchas cosas que viví.

Hay mucho de mí en Klara y en Kang. Ellos son una mezcla de ficción y realidad para mí, algo que creé desde la experiencia de perder a mi padre, de la depresión, de la ansiedad y de todas las cosas por las que pasé. Ellos fueron mi manera de desahogarme.

Quiero empezar por darte las gracias a ti, mamá. Estuviste a mi lado cada vez que sufría un ataque de pánico, en cada visita a la sala de emergencias, en cada visita al doctor, que nos decía que todo estaba bien, que no entendía por qué yo decía que no podía respirar, por qué sentía que me moría... Tú sostuviste mi mano en tantas camillas de hospital... Y sé que fue duro para ti verme tan mal y que nadie supiera lo que me pasaba. Muchas veces fuiste Kamila, otras Andy... Nunca te rendiste, ni te cansaste de luchar conmigo y por eso aún sigo aquí. Te quiero, mamá.

Y ahora es tu turno, Mariana, mi mejor amiga. Nos conocimos en el preescolar y hace más de veinte años que somos amigas. Pero esa no es la razón principal por la que estás en esta lista. Cuando enfermé, cuando pasaba por todo el proceso, pocas personas de mis amigos querían salir conmigo porque era la que siempre estaba enferma, la que le daban unos malestares que nadie entendía... Mucha gente se alejó de mí, pero tú nunca. Siempre me llevabas contigo y me asegurabas que si me sentía mal nos iríamos juntas a casa, sin ningún problema. Me llevabas dónuts a casa cuando no quería salir y veías películas conmigo. Nunca me juzgabas o hacías preguntas, solo escuchabas cuando estaba lista para hablar. No sabes lo mucho que eso significó para mí. Te adoro, eres mi persona favorita.

Ah, mis queridos lectores de Wattpad, ¿qué les puedo decir? Estoy tan agradecida con ustedes, que recibieron la historia con respeto, con amor, con entendimiento, que me motivaron a que siguiera escribiendo, incluso cuando estaba llena de inseguridades. Si he podido terminar este libro, ha sido gracias a ustedes. LOS QUIERO MUCHO.

A Darlis y a Alex, que me han sostenido en mis bajones, que me han levantado en mis caídas y que siempre han estado ahí para escucharme cuando las cosas se han puesto feas. Ustedes me entienden, me quieren y me apoyan y por eso les estaré eternamente agradecida. Como dije en una dedicatoria pasada: ustedes son la malta de mis empanadas.

También quiero darte las gracias a ti, nuevo lector, que quizá compraste este libro sin conocerme y le diste una oportunidad. Espero que te haya ayudado. Gracias.

Y finalmente, gracias, papá. Aún no puedo escribirte mucho sin que se me llenen los ojos de lágrimas, pero aprendí tanto de ti..., y sigo haciéndolo después de tu muerte. Este libro es para ti, para honrarte y también para dejarte ir. Descansa en paz, yo estaré bien, tengo la dicha, como Klara, de tener personas muy buenas a mi alrededor.

Y soy muy pero que muy afortunada de tener unos lectores que siguen mi voz.